閒婦好逑

2

花月薰 著

風 文創 320

目錄

第十六章

吳氏最擔心的事情，終於還是發生了。

戚氏坐在上首微笑地看著她，吳氏藉著喝水的機會，低下頭，想用茶水的熱氣掩蓋自己心虛的目光。

「妳我雖同為國公府的孫媳，大房和二房卻始終沒什麼來往，今日我偶得這金線香茶，便想著同弟妹一聚，邀弟妹前來品茗，弟妹不會嫌我唐突吧？」

吳氏捧著茶杯，勉強對戚氏彎了彎嘴角，喝了一口茶後，便對戚氏說道：「好茶，多謝大嫂；若是沒別的事，我還是先走了。」

也不知怎地，吳氏從前見戚氏也沒覺得壓力這般大，縱然以前常常在言語上欺負她，各種顯擺、各種優越也僅是擺在檯面上；可如今這個戚氏卻總是叫人感覺不安，那雙與從前一樣愛笑的眼睛裡似乎盛滿了更多令人捉摸不透的鋒芒。

放下杯子，吳氏想走，卻又被戚氏喊住。

吳氏倉促回頭，卻見戚氏淡雅如蘭般指著茶水旁的糕點說：「弟妹也太敷衍了，急著回去做什麼呢？妳我妯娌間還未好好話過家常，旁邊這糕點也算是名品，弟妹嚐一嚐再走也不遲啊。」

吳氏只好又坐了下來，拿著糕點食不甘味，腦中盤算一圈後，才找到話題說道：「對了，上回大姑娘送了一頂金花冠給璐兒，我還沒有上門謝謝大嫂呢。」

如今吳氏對戚氏不敢小覷，有很大一部分原因在於那頂花冠。她嫁入國公府怎麼說也是見過世面的人，那花冠市價絕不會少於百兩，戚氏卻容許女兒平白送給孩子，這份手筆絕不是她在府裡那蹩腳派頭可以做出來的。所以吳氏知道戚氏這兩年在外面定是有奇遇，才會對她越發不敢小覷。

「謝什麼，不過是些小孩子的玩意兒，主要是能讓璐兒喜歡，東西就值得了。」

見吳氏一臉尷尬，戚氏也不打算跟她繞彎子了，輕咳了一聲後，便狀似無意地說：「我之前在外生活，不懂得家裡的好，直到在外頭受了委屈，這才想回家裡來，跟大家一同作伴，無論過得好或不好，總能令人覺得安心一些，不必擔憂會不會有歹人上門喧鬧。」

終於還是來了。吳氏強顏歡笑地說道：「受、受委屈？大嫂在外受什麼委屈了？」

戚氏勾唇一笑。

「唉，委屈不提也罷。只是……」

戚氏故意拖長的話音讓吳氏不禁坐直背脊、咬緊牙關，下定決心只要戚氏指認她，她就打死不承認，一口咬定說不知道。

「只是我沒想到，府裡有人竟然對弟妹存了這般險惡之心。」戚氏話鋒一轉，頓時讓吳氏摸不著頭緒了。

吳氏愣愣地看著戚氏，半晌沒有說話，良久後，才吶吶地對喝著茶的戚氏說道：「什……什麼險惡之心？我怎麼聽不懂大嫂妳說的意思？」

戚氏放下茶杯，嘆了口氣，說道：「唉，原這件事也不該告訴弟妹的，只不過，我從前在府裡就覺得弟妹人品出眾，姿容無雙，大智若愚，卻被孔家弟妹那空有小聰明的人壓著，替妳不值罷了。如今又聽說了那番話，更覺得弟妹冤枉得很。」

吳氏很快就被戚氏吊起了胃口，端著茶杯饒有興趣地問：「哪番話？」

戚氏深吸一口氣，也不打算再兜圈子了，直接說道：「弟妹可知我這次回府是為什麼嗎？就是因為孔家弟妹心懷不軌，在外頭找了人去尋我麻煩，欺負我相公遠行，家中沒有男人，所以就想欺負我；幸好相公走時在宅子裡留了機關，才不至於釀成大禍，我對那幫歹人一番審訊之後……弟妹妳猜怎麼著？」

吳氏越聽，手心裡的汗就越多，水清這些天一直上街去找李霸他們，可是一連十多天都找不到人，她就知道那幫人定是栽了；如今聽見戚氏說竟然抓住了他們，並且審訊過了，那……那豈不是明擺著告訴她，她已經知道幕後主使者嗎？

「怎、怎麼著了？」

吳氏的眼神開始游移，目光顫抖，一個勁兒地灌自己茶，卻不敢去看戚氏此刻的眼睛。

戚氏見她如此，也是感到好笑，說道：「那些歹人供出了主謀。他們說，就是國公府的當家主母指使他們這麼做的。」

吳氏傻眼了，瞪大眼睛，難以置信地看著戚氏。

「他們說是當家主母指使的？」

戚氏點頭。

「是啊，雖然自古長幼有序，可是咱們府裡卻是顛倒過來的，當家主母是孔家弟妹，我這還會聽錯嗎？就是她！」

吳氏鬆了一口氣，擦了擦額前的汗珠，說道：「哈哈……就是，咱們府裡的當家主母，可不就是她嘛。」

說完這句，吳氏就在心裡慶幸，外頭的人不知道府裡的事，只以為她是長房，她就一定是當家主母了，誰知道竟陰錯陽差將罪過轉嫁到孔氏身上。

吳氏正竊喜之際，卻聽戚氏又道：「我回來之後就去尋孔家弟妹理論，並沒有告訴她，我抓到了歹人並問出幕後之人，就是想看看她是什麼反應。可是，妳猜孔家弟妹是怎麼說的？」

既然知道對方沒有懷疑她，吳氏整個人也就放鬆了下來。

「怎麼說？」

這回可真是無心插柳柳成蔭了，孔氏大概也沒想到自己會這麼倒楣。過往與孔氏過招，向來只有吳氏俯首稱臣的分，可是這一回，卻是成功陷害了一次孔氏，真是愉快。

「孔家弟妹當然不會承認了，這我早就猜到，可是……我氣的是，她竟然把這一切都推到妳身上。」

吳氏一張臉又僵住了，蹙眉說道：「我？她胡說！我怎麼會……」

吳氏看著戚氏，想從她臉上看出些端倪，一時間竟有些混亂，戚氏這番話到底是說孔氏，還是說她，越發雲裡霧裡，不知道真假虛實了。

戚氏見她生氣，趕忙安撫，說道：「我當然不會相信是弟妹妳啦。我親口審問出來的結果還能有錯？只怪那孔家弟妹實在奸猾，見形跡敗露，就將責任推到吳家弟妹身上，想妳給她揹這個黑鍋，想把我當槍使，讓我與妳決裂爭鬥，她好坐收漁翁之利，如意算盤打得可真好。」

吳氏聽了這番話之後，也是感同身受，連連點頭。

「就是就是！她那個人實在太陰險了。」

「弟妹莫氣，還有呢。」戚氏緩了口氣後，又繼續說道：「孔家弟妹還唆使我將這件事鬧到老太君那裡，說讓我在老太君面前指證妳的惡行，讓老太君下令叫舫弟休了妳；她還說，等妳被休之後，就要扶孫姨娘坐上妳的位置。弟妹啊，我真是替妳心急。妳想想看，若是妳真的被休棄，那璐兒、纖兒、顯哥兒還有剛出生的毓姊兒，他們可就由嫡轉庶，將來可該怎麼辦喲。」

吳氏聽完後，整個人都憤怒起來了，猛地站起，一拍茶桌，怒不可遏道：「這個奸婦！用心之惡毒，簡直欺人太甚了！」

戚氏看著吳氏被怒火沖昏了頭，一隻手捏成拳，指尖都掐進肉裡，知道話已經說完，可以開始收尾了。

「唉，我們大房在府裡原本就無什麼地位，孔家弟妹欺我也就罷了，卻沒承想她欲一手遮天，竟然連妳這個同房嫂子都要打壓陷害，這才氣不過，將這件事告訴妳。妳可千萬別說是我說的，到時候孔家弟妹又來尋我晦氣，我們大房底子薄，可禁不起她折騰啊。」

吳氏竭力控制著怒火，對戚氏說道：「我不會說出去的。我與孔家那女人的爭鬥不是一天、兩天了，她總是嫉妒我比她能生，哼，想除掉我，沒門兒！只不過，有件事我也要提醒妳，如今這件事已經變成我與姓孔的賤人之間的恩怨，妳識相的，就最好別插手，否則，我可是不會對妳講情面的。」

戚氏連連稱是。

「那是自然，我們大房有什麼能力參與呢？我說這麼多，也就是想在弟妹手下圖個安樂日子過罷了，相公不在家，我們母女倆更加不敢瞎攙和什麼，弟妹就請放心吧。」

妳們就是鬥成了烏眼雞，我也是不會攙和的，戚氏在心裡暗想。

吳氏最後哼了一聲，頭也不回地走出大房的院子。

戚氏勾唇一笑，人都說蠢人有一種孤勇，腦子一根筋，只要認定了什麼，就會往一個方向拚命衝，吳氏最在乎的就是她的嫡妻身分和那幾個子女，用這些挑撥是最正確不過了；而她和孔氏之間，原本就因為子嗣的事情搞得不愉快，都憋著氣呢，這下，她正好遞了根引線，就看吳氏能飛得多高，炸得多遠了！

吳氏敢不自量力對她動手，戚氏就敢收拾她，並且借刀殺人，兵不血刃，還無須她親自動手，吳氏就等著一敗塗地吧！而在她背後唆使的孔氏，她也不會讓她好過就是了！

一場沒有硝煙的戰爭，就此揭開了帷幕，國公府的暗潮在戚氏的推動之下，變得洶湧起來了。

二房鬧得不可開交，大房也得以休養生息，吳氏雖是個蠢人，但她卯足了勁兒，又是二房嫂子，她拚了面子、裡子不要，只要能給孔氏添堵的事情，她一件都不會放過。

孔氏既要管理府中事宜，又要騰出手來打壓莫名像發了瘋一樣的吳氏，倒叫大房這裡，過了一個平靜的好年。

正月裡，蔣源派人傳了一封書信回來，戚氏看過之後，不開心了好幾天。原本說好，三個月就回來一趟的蔣源現在正被國公爺派去駐守糧倉，一時半刻回不來。

大房本就沒什麼親戚要走，原本想帶蔣夢瑤回戚家看一看戚昀，可是戚氏連一封信都沒能送進戚家，更別說送到戚昀手中了，眼看著國公府裡迎來送往，二房熱鬧非凡，大房這裡倒是安靜許多。

戚氏也不去爭，就安安靜靜地待在大房，和閨女兩人度過了一個寂寥的新年。

時年三月，蔣舫由蔣修舉薦正式入了宮，做了一個帶刀侍衛。雖然侍衛不過是從六品的小官，但是對蔣家這種高門大戶來說，只要能把子孫弄入宮中，就算是入了朝堂，正式出仕，將來晉升起來總比其他人要快得多。

一時間二房長房的氣焰又壓了次房一頭，吳氏成天在府裡府外顯擺，孔氏只能看著，無可奈何，暗地裡也動了關係，讓她爹想方設法在兵部給蔣昭安排做個小官吏，這才將吳氏的氣焰稍稍壓回去一些。

這樣一來，二房的長房和次房都算是入了朝、做了官，手裡要管的事情多了很多，就越發不將大房放在眼裡，平日裡也不禮讓；幸好戚氏根本不在乎她們是否禮讓自己，最好就是不聞不問，反正她現在也不像從前需要仰仗她們的鼻息才能過活，她自己有田產、有店鋪，自給自足，無須向孔氏伸手要錢度日，所以孔氏也沒法子拿捏她，更別說因為戚氏之前的一番攪和，她和吳氏徹底鬧翻，就更加沒有空來排擠戚氏了。

縱然平時有些小打小鬧，戚氏也能很快反擊回去，孔氏害怕腹背受敵，也知道戚氏是那種人不犯我、我不犯人的性子，因此，就暫時歇了對戚氏的攻擊，專心管理府中事宜和防備吳氏給她添亂。

時間一晃眼就過去了，蔣夢瑤也長到九歲，亭亭玉立，猶如戚氏的翻版模樣，只是眸子裡比戚氏要多了些精神、多了些果決。

蔣源這三、四年中，只回來過四次，每一回都待不到三天又馬不停蹄地趕了回去。倒是沒聽說他在軍裡建功立業，只是經常傳來說，他被老國公安排去做看守馬場、看守糧倉這類無關緊要的小事。

這些消息傳入京裡，旁人用這些話來笑話戚氏，戚氏也不作聲，堅定地認為自家相公做的就是軍國大事，並不會因此消沈，反而將生意越做越火。除了原本的五家荀芳閣，戚氏另外又開設了四家豪華酒樓、六家客棧、十二家布莊和成衣鋪子，雖然沒有人知道她到底有多少資產，但是國公府大房夫人在外從商的消息卻是不脛而走，孔氏和老太君也專門為了此事找過她，戚氏聲稱自己不過是做些小生意，賺點度日的銀錢，若是府裡不許，那每月就該當以二房的相同開支給予大房。這件事也曾在府裡鬧得沸沸揚揚，老太君也是氣得拍桌，說戚氏獅子大開口，大房總共也才幾個人，竟然要求與二房有相同待遇，說什麼也不肯，並且還要戚氏將手裡的生意盡數停下，以保全國公府顏面云云。

戚氏被逼無奈，只好再次告去官府，以家事不和、二房欺人之言上告府尹，因老太君有誥命在身，府尹親自來府裡問訊。按照本朝律法，上在而分房，便不算出府分家，既未分家，那用度自然就是從大府出來，有一房算一房，不管房中人口多少，皆要一碗水端平才是。

這個律法壓下來，老太君也無話可說，讓蔣修想法子給戚氏一個教訓，奈何戚氏狀告之言，句句屬實，每一條都是按照本朝律法說事，蔣修有心從中周旋，卻也敵不過府尹張懷德的公事公辦，所以讓戚氏放掉手中田產商鋪一事只好就此作罷。大家心裡都知道，二房每月的開支，這筆數字比較龐大，若是給大房同樣的待遇，那可就太冤枉了。

最後，老太君和孔氏商議之後，就放話說：「戚氏自甘墮落，淪為商婦，那是她自己的德行偏失，與國公府無關，大府內百般勸諫亦不能叫其悔改，實在是冥頑不靈，就再不管她，連每月二十兩的例銀都不發，叫她大房自生自滅。」

原本戚氏就沒打算要跟府裡有牽扯，更加不在乎那每月二十兩的例銀，所以這個算是她求之不得的結果。只不過這麼一鬧，安京所有的人家都知道蔣家大房被孤立的消息，都在背地裡說戚氏不識抬舉云云，戚氏只當沒聽見，繼續過自己的日子。

但是有些必要的人情往來，她還是必須理會、參與，總之，戚氏就是打著讓你找不到錯處的旗號，行著自己認為可以行的事情。

你們說你們的，我做我的，反正你們別想欺負我，我也不會做出格的事，就是這樣不溫不火地耗著。

轉眼迎來孔家大老爺做六十大壽，因大前年蔣顏正做壽的時候，孔家是集體出動，上門恭賀，這一回輪到孔家大老爺，自然蔣家也要全部出席才對。

老太君讓孔氏通知戚氏，卻不與她說細節問題，戚氏也不詢問，反正不管是送禮還是人情，她總會參照較高規格來送，府裡不跟她商量就算了，到時候若是送的東西檔次不同，可別怪她就是。

蔣夢瑤作為大房的二分之一頂樑柱，自然也要陪戚氏一同前往。

如今，孔喻入宮做皇子伴讀，孔真也訂了親，對象是吏部侍郎家的嫡長子，也一同入宮做了伴讀。

孔真的性格比前幾年要穩重些，舉止也端莊許多，不過對待蔣夢瑤倒還算禮遇，最起碼不會像其他人那樣，對蔣夢瑤這「商婦之女」敬而遠之，各方面的禮數還算周全。

蔣夢瑤見她眉宇間多了憂愁，許是這幾年府裡對她要求的規矩多了，孔真的笑容雖多，話卻少了。

因為在花廳中，大家都是成群結隊，蔣璐瑤、蔣纖瑤甚至連蔣晴瑤和蔣月瑤都有人作伴說話，但蔣夢瑤所到之處卻多是指點，她坐了一會兒就覺得無趣，便出了花廳，她記得出了這院落，在園子的西南角有一處僻靜的池塘，那裡甚少有人出沒，小時候祁王在那裡落過水，孔家都無人知曉，可見那處的確偏遠僻靜。

蔣夢瑤憑著印象很快找到了那處，見池塘邊有一塊突石，今日陽光正好，她若是能坐到突石後頭，既沒有人看見又可以曬太陽，一舉兩得。

蔣夢瑤興奮地提著裙襬，小跑過去，可突石後面早就有人了，她定睛一看，一個俊秀不凡的少年正坐在突石後，看著水面一動不動，臉頰和下巴上似乎掛著淚珠。

這俊美少年，在陽光下不像個人，就像是畫裡的神仙那樣不沾俗世風塵，呃，看著還有點眼熟……

祁王！

這天要下紅雨了是吧？竟然讓她看見近年傳出名聲越發囂張跋扈的祁王躲在突石後面哭泣？

蔣夢瑤心中大叫不妙，祁王卻像是感覺到有人在看他，轉過頭，厲眼就掃了過來。

蔣夢瑤下意識就閉起眼睛，動作僵硬地抬手捂住自己的眼睛，然後故意誇張叫了兩聲，說道：「哎呀！沙子吹進眼睛裡去了，好疼啊。」

這麼說就是為了讓祁王知道，她眼睛裡進沙子了，沒看見他躲在那裡哭。

閉著眼睛，轉過身，蔣夢瑤就想溜走。可沒走兩步，她就覺得自己撞到了東西，從指縫間偷看了兩眼。寶藍色的錦緞鑲著金絲銀線，布料是絕好的料子，做工也是絕佳的做工，能穿這種衣服的人，也應是尊貴不凡。

嘆了口氣，蔣夢瑤繼續捂著眼睛假裝。

「哎呀，哎呀，好疼啊。」

有些不該看的東西，她絕對不能看就是了。她閉著眼睛，兩手往旁邊摸，假裝自己真的是個瞎子。

「裝夠了沒？」

冷酷的聲音響起，蔣夢瑤渾身一僵，還想繼續假裝，瞇著眼睛一看，某人的臉色已經接近冰雕了，再裝就沒意思了。她故意眨巴了兩下眼睛，然後看著面無表情、不苟言笑的祁王。

這小子今年也該十一歲了，比小時候長高了不少，整個人就像是抽長的柳枝般，稚氣俊秀，眉宇間依舊冷得凍人，只不過神情卻多了幾分內斂，不再每時每刻都表露暴躁就是了。

對他討好地笑了笑，蔣夢瑤果斷地雙膝跪地，虔誠跪拜。「參見祁王殿下，民女莽撞，衝撞了殿下，還請殿下恕罪。」

高博看著這個毫不敷衍跪趴在自己腳前的人，不自覺蹙起了眉頭。

「起來。」

蔣夢瑤領命，站起來之後，高博又問：「妳剛才看見什麼了？」

蔣夢瑤抬眼對上了那黑白分明、似乎比湖水還要清澈的瞳眸，認真無比地說道：「看見什麼？民女什麼都沒看見啊。殿下您是知道的，我剛才眼睛裡進沙子了。」

「來人，把這滿嘴謊話的女子拿下！」

你這麼暴躁，你媽知道嗎？

蔣夢瑤當即不顧一切衝過去抱住祁王的胳膊，繼續用真誠的語氣說道：「殿下明鑑，民女先前看見你躲在石頭後面偷偷哭泣！」

「胡說八道！妳哪隻眼睛看見我哭？信不信我把它挖出來？」

祁王變得內斂了……這只是蔣夢瑤的臆想，好吧，他還是原汁原味的暴躁。

「信。所以王爺剛才就是沒哭。那太好了，既然王爺沒哭，那我也什麼都沒看到，王爺若是無事，民女就先告退了。」

再見好走不送，滾蛋吧，您。

祁王依舊攔著她不讓她走，蔣夢瑤呼出一口氣，繼續用好言好語相勸。「王爺，我多時不歸，家母定在找我，見不到我，她會心急的，所以……」

高博一步步逼近，陰沈的表情，沈重的步伐，還有他不斷湧出的……鼻血，所有的一切都讓蔣夢瑤忘記自己接下來要說的話。

高博走到蔣夢瑤身前兩步左右，突然身子一軟，前傾而下。

蔣夢瑤被他撞了個正著，簡直快要被嚇傻了，下意識伸出兩隻手臂去扶他，可是高博像是完全昏死過去，一點生命跡象都沒有。

喂，不是這麼玩的，這要是給人看見了，她的名節事小，殺害王爺的罪名卻不是鬧著玩的。

「喂，喂。」捧住他的臉，不停往他臉上拍巴掌，蔣夢瑤都想哭了，聲音都有些發抖。

心裡十分糾結，她到底要不要喊人呢？喊人的話，說不定這小子還能搶救回來，可萬一搶救不過來，她就成了殺人凶手；若是不喊，她就此逃走，應該沒人知道她曾來過這裡。

蔣夢瑤腦筋轉得飛快，看著高博越流越多的鼻血，她再也不管不顧，扯嗓子喊了起來。

「來人吶，救命啊！來……唔唔唔……」

她不過喊了一聲，就覺得身子被一道陰影罩住，下一刻，蔣夢瑤感覺自己被一股很強大的力量捂著嘴往後拖，幾個穿著侍衛服的人突然從假山後出現。

蔣夢瑤以為看到了救星，可捂著她嘴的人突然說了一句。「他昏倒了，這個女孩怎麼辦？殺了嗎？」

蔣夢瑤拚命搖頭，從喉嚨裡發出嗚咽聲來，她已經看見有一個人從靴子裡拔出了匕首，她就更加奮力掙扎起來，可是身後箝制住她的人太過強大，她掙扎了老半天也沒掙脫開來，只好張大嘴奮力一咬。

身後的人吃痛鬆開手，蔣夢瑤乘機往前面跑去，邊跑邊喊。「救命，來人啊！殺人啦！殺人啦！救命——唔唔——」

她又被抓了回去，這一次那人乾脆用手掐住她的脖子，力氣大得讓她近乎窒息，小徑深處又走出一個帶頭的侍衛，看見現場的情況，就對所有人比了個快走的手勢。

「主子說別在這裡殺人，把人全都帶出去。」

蔣夢瑤身後的殺手問道：「那這個……」

「也帶走，別讓她壞了事。」

脖子上的壓力驟然鬆了，蔣夢瑤連忙不斷喘息，感覺後頸一痛，雖然沒有暈的感覺，她還是很配合地閉起了眼睛。

她被人扛在肩上走沒一會兒，就給拋進一個封閉的地方，她不敢睜眼，感覺像是坐在車上，車子正在移動。

蔣夢瑤試探性地睜開一隻眼，瞇著眼掃了掃四周，只覺得周遭暗得很，根本看不見什麼，又睜開另一隻眼睛，還是什麼都看不見，仍是漆黑一片，只有頂上似乎有些什麼細微的光芒，經過一段時間適應之後，蔣夢瑤終於隱約看清自己現今所在，如果她判斷沒有錯誤的話，這是一個大木桶！

身下車轂轆還在轉，蔣夢瑤讓自己的身子坐得直一些，一回頭，就對上一張鼻子流血的慘白臉，她嚇了一跳本想往後躲，可是木桶空間有限，於是她大著膽子，伸出一隻手指，探了探高博的鼻息，覺得雖然微弱，可還是有的。

她抽出帕子擦了擦他的鼻血，然後開始拍他的臉，用極其微小的聲音在他耳邊喊道：「喂，喂！醒醒啊，喂！」

蔣夢瑤把高博的臉幾乎都拍腫了，高博還是沒有醒過來，她只好無奈放棄。

車轂轆走了大概有半個時辰，終於停住了。蔣夢瑤立刻閉上眼睛裝暈。只覺得自己被拖了出去，重重拋在地上，不一會兒，耳旁又是一聲重物落地的聲音，看來高博也給扔了下來。

她聽見有人說道：「大哥，就這麼把他們扔在這裡？」

「這是北郊獵場，林子裡多的是猛虎野獸，讓他死在這裡是最好不過了。小孩子貪玩，跑到北郊獵場來，不幸被猛獸咬死，又中了蛇毒……」

耳旁一陣車轂轆和馬蹄離去的聲音，蔣夢瑤只覺得周圍一片空曠的寂靜，除了風聲，再無其他聲音。

蔣夢瑤睜開雙眼，坐起身，揉了揉先前被摔在地上撞到的肩膀，再左右環顧一圈，發現他們正身處一片蒼翠茂密的樹林之中，不知東南西北。

回頭一看，祁王高博仍舊躺在地上，鼻子下殘存的血跡讓他看起來有點可笑，但蔣夢瑤卻是怎麼樣都笑不出來，她拖著有些疼痛的身子，跪爬到高博身邊，把他的頭托起來，開始掐他的人中。

「高博，高博！你醒來啊！再不醒就真的要死啦！」

無論她怎麼掐，高博就是沒有反應，蔣夢瑤想起剛才那幫人臨走前說，中蛇毒什麼的，難道……高博真中毒了？

「水……要喝水……」高博虛弱的聲音自口中傳出。

蔣夢瑤十分吃力地把高博拉了起來，幸好他現在只長個子，還沒開始長肉，她勉強還拖得動他。她把他扶著站起來，讓他一隻手環過自己的肩膀，然後開始艱難的移步。

可是，拖著他走了大概五百多公尺，林子還是看不到頭，蔣夢瑤已經累得滿頭大汗，雙腿一軟，兩個人都倒在地上，她喘了幾口氣之後，就把高博拖到一棵樹下坐好，然後隻身一人往旁邊走去。

高博原本緊閉的雙眼突然睜開，看著蔣夢瑤離去的背影蹙了蹙眉。

過沒一會兒，蔣夢瑤又回來了，她在這西面不遠處找到一條小溪，雖然累得氣喘吁吁，但還是飛奔回來，又使出渾身的力氣把高博給拖到水邊。

蔣夢瑤讓高博仰躺在地，然後自己趴到溪邊喝了一口水卻不嚥下，再來到高博身邊，二話不說，就把他的嘴掰開，嘴對嘴送水，動作迅速，絲毫不拖泥帶水，如此來回七、八次之後，高博終於有了反應——被嗆到了！

「咳……妳到底想幹什麼！」

高博甩開蔣夢瑤拉他往水邊湊的手，站起來就朝林子裡走去。

蔣夢瑤看著他蹦躂起來，還是那個討人厭的傢伙，這才鬆了口氣，並對著他離去的方向比了根中指，又翻了個白眼之後，才與他走往反方向。

高博走了幾步之後發現身後沒有人跟著，回頭一看，哪裡還有蔣夢瑤的身影，不自覺蹙眉四周環顧起來，自言自語地怒道：「這個笨蛋！」

話音剛落，就聽見林子那頭傳來一聲尖銳的驚叫，高博一驚，循著聲音飛奔而去。

就見蔣夢瑤抱著一棵樹一動不動，而她面前半丈外有一頭黑熊看著她發出咆嘯，四周草木為之顫動。

高博想也沒想，就從地上撿起一塊石頭，往那頭黑熊砸去。

黑熊張開獠牙轉往高博的方向，高博拔腿就跑，黑熊也就此追了過去。

蔣夢瑤抱著樹幹對高博大叫。

「你別跑了，熊不吃死的東西，你快躺下，快躺下呀！」高博怎麼可能聽從蔣夢瑤的吩咐躺下來放棄抵抗，而是回頭對蔣夢瑤吼道：「妳還愣著幹什麼？快走啊！這裡是獵場，多的是野獸，不是只有這一頭熊，快跑啊！」

眼看著高博後背，被熊掌拍了一下，高博哪裡撐得住，當即就趴了下來，黑熊一聲獸嘯，震動山林，眼看就要往高博身上撲去，蔣夢瑤大叫著捂住了雙眼，可良久之後，預想中的慘叫沒有傳來，她偷偷從指縫間往外一看，就見那黑熊頭上插著十來支箭，箭箭爆頭！

高博捂著胳膊從地上站起來，四周一些護衛擁了上去，為首那人也是個少年，見到高博就單膝跪下，說道：「王爺，賊人已經全部擒住，按照王爺吩咐，供出了主謀，還等王爺回去發落。」

為首侍衛押著四個人上前，蔣夢瑤也認出那四人，就是剛才在孔家把他們綁來這裡的歹徒。

只見高博手一抬，在四人之間斟酌片刻後，便指定一人，冷冷說道：「留他，其餘的，殺！」

隨著高博一聲令下，三顆人頭應聲而落，血濺當場！

「啊——」蔣夢瑤再次捂住雙眼，嚇得大叫起來，雙腿發軟，靠著樹幹竟站不起來，直往地上癱坐。

高博擦了擦濺到他臉上的血水，看了一眼不遠處的蔣夢瑤，一邊喘息，一邊又指著樹下驚魂不定的她，說道：「把她送回孔家，別驚動任何人。」

蔣夢瑤被兩個侍衛架著來到高博面前，忍不住渾身發抖，竭力不讓自己去看身邊這限制級殘暴的畫面，但鼻尖濃烈的血腥味卻是揮之不去。

高博見她這般，冷酷的聲音威脅說道：「今日之事，妳若敢傳出去一個字，這就是妳的下場！」

蔣夢瑤立刻捂住自己的嘴巴，閉著眼睛連連點頭，高博見她這般便頭也不回地轉身，在眾護衛的簇擁之下離開了。

蔣夢瑤又是一身狼狽地回到孔家，雖然她不是那種聖母白蓮花，會同情差點殺死自己和綁架自己的人，可是那畫面實在太血腥了，親身經歷過後，才能感覺到當時那種被死亡籠罩的氣息有多恐怖。

那些人把她從側門送了進去，熟門熟路地在孔家穿行，果真是沒有驚動任何一個人。

蔣夢瑤深吸一口氣，強迫自己鎮定下來，儘量整理了一番形象，卻還是狼狽不堪。她找到了戚氏，說自己不小心掉進池塘，好不容易爬上來，等衣服乾了才敢出來。

戚氏雖然覺得奇怪，但見女兒臉色慘白，比之上一回還要失魂落魄，二話不說，就和主人家告辭，帶著她坐上了回府的馬車。

車裡，戚氏頗為擔憂地問道：「閨女，這回妳又把誰推河裡去了？」

蔣夢瑤看著自家娘親，無語地笑了。娘，您就不能盼點女兒好嗎？

跟戚氏回去之後，蔣夢瑤也沒敢把之前遇到的驚魂遭遇告訴戚氏，只是一個人回房間，蒙著被子，睡了一覺，然後第二天開始就發了高燒，睡夢中，一直在喊著「別咬我」之類的話。

戚氏心急如焚，找了好幾個大夫來給她診治，餵了一帖又一帖藥，喝得蔣夢瑤舌頭發苦，迷迷糊糊聞見了藥味就想吐。

這麼折騰了三、四天之後，燒是退下去了，可蔣夢瑤就像是去戰場上打了好大一場仗般，四肢、骨架覺得都快散了，成日無精打采。自從出生之後，蔣夢瑤一直是健康寶寶，就算有點著涼，也很快就好了，從沒像這回這般嚴重，戚氏日夜守著她身邊，人也跟著瘦了好大一圈。

蔣夢瑤看著娘親這般，心裡也不好過，一番休養過後，才恢復了過來。又過了大概一個多月，朝廷裡就發生了一件驚天大事——二皇子高清施毒殘害胞弟，欲殺人滅口，證據確鑿，打入天牢，刑部嚴審不怠。

這個消息是蔣修帶回府裡的，因為老太君和府裡的幾位女眷曾經與二皇子的生母趙淑儀有過幾面之緣，蔣修是特地將大家都聚起來，並說明今後要遠離二皇子一系，生怕遭受有心人的牽連。

「二皇子殘害的是哪個胞弟？」

蔣夢瑤聽戚氏說了之後，心中的謎團日漸增生。

戚氏看著女兒，心想閨女從前對這些事情從來都不感興趣，怎麼這回這般奇怪，卻也沒多想，就回道：「就是祁王，曾被妳推下水，還到咱們家來吃過飯的人。眾所周知，這祁王是聖上最寵愛的兒子，二皇子的生母只是個淑儀，這回被祁王抓住了證據，只怕審過之後，也未必見好了。」

蔣夢瑤聽了戚氏的話之後，就失魂落魄地回到了自己的房間。

自從那日回來之後，她就將事情在腦中翻來覆去想了幾遍，得出的結論就是：那天祁王根本沒有中毒，他那日流下的鼻血，從孔家被運到北郊獵場那麼長的一段路，竟然沒有凝結之態，她的手帕一擦也就擦掉了，當時她以為他中毒了，心急如焚，竟把這個最常見的現象忽略掉了。

自他們被丟入獵場之後，又遭黑熊追趕，他的手下如果不是一開始就在後面跟蹤而來，又如何能及時趕到將黑熊射殺？又如何能生擒那四個害人的匪徒呢？

所以思前想後，這就是一個局！

一個誘騙二皇子上鈎的局！

讓二皇子的人以為他真的中毒了，引蛇出洞，抓住了四個人，卻只留下一個活口嚴刑逼供。這其中的事情他如何操作，蔣夢瑤不清楚，只是和大家一樣，聽到這個結果罷了。

也就是說，從祁王假裝自己中毒開始，到被綁架出孔家，再到如今證據確鑿，指證二皇子高清，蔣夢瑤懵懂之間，闖入了祁王設計好的局之中。想起那三顆手起刀落的人頭，她沒死，簡直可以說是萬幸了。

二皇子被貶為庶民，流放西北，永遠不得再入京城一步，這是刑部會審之後的結果，用皇榜張貼出來，又是一個月以後的事情。

雖然這件事所有的證據都指證二皇子高清有錯在先，但朝廷中還是議論紛紛，說聖上對待二皇子太過嚴苛，而最受非議的還是祁王，眾臣皆云他利用聖寵打壓同胞兄弟，一時祁王殘暴不仁、不顧手足云云的話紛紛傳出。

第十七章

時年初夏，熙春園的牡丹開得正豔，一品國夫人廣邀京城各大家夫人、小姐齊聚賞花。

戚氏是蔣國公府大房一脈的嫡妻，而蔣夢瑤則是嫡長女，因此，也在國夫人邀請之列。

蔣夢瑤原不想參加，她認為有那時間，還不如在家裡跟虎妞練摔跤，但戚氏堅持要她去又不說原因，無可奈何之下，蔣夢瑤只好去了。

與往常一樣，蔣夢瑤雖然肩負國公府嫡長孫女的頭銜，可是人人都知道她有一個不長進的爹和一個淪為商婦的娘，因此縱然她的相貌出眾，可也抵不過眾人一味排擠。這也是蔣夢瑤不願意參加這種虛偽到死的聚會之因，大家本來都是你不認識我、我不認識你，幹麼非要用身分來分個三六九等出來，當官的就高人一等，從商的就低人一等嗎？

被孤立排擠，蔣夢瑤也司空見慣了，露個面之後，就習慣性拿本書找地方躲起來，到散席再出現，這回也不例外。

蔣夢瑤來了之後才明白戚氏為何一定要她來參加，原來這賞花大會是有名堂的，雖說是由一品國夫人號召舉辦，但幕後推手卻是國夫人的嫡姊——當今皇后娘娘。

皇后娘娘雖然沒有華貴妃受寵，但她出身高貴，是一國之母，地位自然崇高，而要辦這賞花會也就只有那一個原因：皇長子高謙已經快十五歲，卻還未議妃。

當今皇上眼裡只顧著華貴妃的兒子祁王，對這位皇長子並不怎麼關注，即使如此，皇后總要為自己的兒子多一番打算，於是就有了國夫人號召的賞花會，為的就是讓各家把適齡閨女帶出來遛一遛，給皇后挑選看有沒有中意的人。

戚氏雖然沒有指望女兒能被皇后相中，去做皇長子妃，不過，今日前來，卻也能打聽不少京中消息，將來到蔣夢瑤議親之時，對各家也有個初步瞭解。

蔣夢瑤走到一棵參天老槐下面，覺得這裡比較清涼，周圍又沒什麼人，也算清靜，正要坐下，卻聽見頭頂有人喊了一聲。「喂。」

抬頭一看，就見高謙繼續散發他的暖男風采，咧著一口大白牙對她爽朗笑著。

蔣夢瑤瞇著眼睛看了好久，才看出這個人是誰，正要下跪，卻被坐在樹上的高謙制止，說道：「別跪了，上來。」

「啊？」蔣夢瑤對樹上之人瞪大雙眼。

就見高謙指了指樹幹，又說道：「上來呀，我知道妳會爬。」

好吧，還以為這廝不記得那件事了，蔣夢瑤左看右看，橫豎無人，就把書往腰帶裡一插，撩高了裙襬，踩著樹幹就爬了上去。

高謙往旁邊挪了挪，給蔣夢瑤騰出一塊地方來。蔣夢瑤坐下之後，見高謙正言笑晏晏地看著她，也勉強彎起了唇角，對他回以一笑。

「妳這個女孩真奇怪，明明不想笑，卻偏偏要裝著笑，可裝又裝不像，讓人一看就知道妳是在裝。」

面對高謙的這個評價，蔣夢瑤很無語，左思右想，還是沒啥好反駁的，於是——又扯著嘴角笑了。

高謙被她的表情逗笑，整個樹枝都在晃蕩，蔣夢瑤連忙抱緊樹幹，說道：「殿下，您別笑了，待會兒樹枝斷了，咱倆可就掉下去了。」

「放心吧，掉不下去。」高謙乾脆往後一躺，躺在枝葉上，對蔣夢瑤問道：「妳怎麼又一個人出來了？不和她們一起說說話，聊聊天？」

蔣夢瑤聳了聳肩，沒有說話，高謙也只是問問，這些年他也聽說不少關於蔣家大房的事情，自然也知曉她娘從商的事情。

看著她稚氣美好的側顏，高謙突然對她說了一句。「妳知道嗎？我要成親了。」

蔣夢瑤看了他一眼，點點頭。「我知道，聽說了。」

高謙收回了目光，透過繁密的枝葉，看著樹葉與樹葉間透著光的縫隙失神地說：「我都沒見過她們，不知道她們是什麼脾氣，我卻要一次娶三個這樣的人。」

蔣夢瑤咋舌。「三個？」

高謙悶悶不樂地點頭。「是啊！一個正妃，兩個側妃，沒準兒兩個側妃其中一個，還得從你們蔣家挑。」

蔣夢瑤整個人都傻眼了，半晌才冒出一句。「不會吧，我不想嫁。」

高謙看著她臉上真摯的嫌棄，不滿地噘了噘嘴，故意大幅度坐直了身子，讓蔣夢瑤嚇得又抱緊樹幹，只聽他說道：「妳放心吧！以我對母后的瞭解，不會是妳的。」

高謙的話說得既隱晦又直白，讓蔣夢瑤一下子就聽懂了，放心地呼出一口氣。「哦，那估計就是璐瑤或纖瑤吧。璐瑤與我同歲，纖瑤小一歲，國公府除了我之外，只有她們倆是嫡女，若是要從蔣家挑人，那就是她們了，八九不離十的。」

高謙也似乎比較認同她這個說法。「也許吧。隨便是誰了，反正我都不認識……」

他突然轉頭，用奇異的眼光看著蔣夢瑤，說道：「妳願意嫁給我嗎？妳要是願意，我就跟母妃去提，讓她如果要挑蔣家的女兒，就挑妳，怎麼樣？」

蔣夢瑤看著他繼續傻眼，當即搖頭。「我不要！你還是挑她們吧。」

高謙失望地看著她，也沒過多強求，只說道：「算了，妳不願意就算了，原本我也是想救妳一把，既然妳不領情，那就算了。」

蔣夢瑤失笑。「救我？一入侯門深似海，你讓我跳進你的火坑，還說是救我？」

高謙抬手想給她一記爆栗，蔣夢瑤往後一閃，躲開了，抱著樹幹，又對高謙露出那種故意討好卻又絲毫不真摯的笑容來。

高謙這才嘆了口氣，搖頭說道：「好心沒好報。妳且想想，如果我母后真的訂下你們蔣家的女兒，可妳才是嫡長女，妳若是不出嫁，妳的妹妹們如何出嫁？我母后和妳家長輩為了能讓兩家的親事快點完成，說不定就要把妳這個礙事的嫡長女隨便嫁給街上的張三李四、王二麻子，到時候，妳就是哭著喊著要我娶妳做妾，我都不願意搭理妳了。」

蔣夢瑤無語地看著他，瞇著眼睛整個人都石化了。他說得好有道理，讓她竟無言以對！

高謙看著蔣夢瑤被嚇到的神情，不禁捧腹笑了起來，蔣夢瑤忍不住白了他一眼。

高謙見她生氣，這才又說道：「放心吧。縱然我母后真的選了你們蔣家的誰，她們還那麼小，最多也只是訂親，這兩年是成不了親的。妳趁著這兩年，讓妳的母親，替妳找個合心意的人家嫁了，莫要羨慕王侯將相家的富貴繁盛，人一輩子逍遙自在才是最重要的，找個懂妳、喜歡妳的人，縱然是遠走天涯，亦能相伴一生。」

蔣夢瑤看著高謙這副樣子，心中不覺奇怪，脫口說道：「你怎麼說得好像你很不逍遙自在一樣？你不能出遊，不能找自己喜歡的人嗎？」

高謙落寞一笑。「這離我十分遙遠，我不能出遊，不能挑自己喜歡的人在身邊，不能隨心所欲表達自己真正的想法。」

蔣夢瑤聽了這些話之後，深吸一口氣，對高謙說道：「殿下，有幾句話我能直說嗎？可能會冒犯你。」

高謙笑看著這個丫頭，說道：「知道會冒犯我還說？說吧！我不怪妳就是了。」

蔣夢瑤又繼續亮出招牌笑容，說道：「其實我覺得你可能真的想多了。你看你雖然是皇長子，卻不得帝心，到今天都沒封王，可是你看祁王，不過六、七歲之齡就封了王，聖寵之下，將來這儲君的位置恐怕也是他的，你就做一個閒散王爺，這樣不就要多少逍遙自在就有多少了嗎？」

高謙沒有想到，蔣夢瑤之言真的會這麼肆無忌憚地冒犯他！

不過他發現自己卻不惱怒，一丁點的氣都生不出來，垂眸想了想之後，才抬起瞳眸，正色地對蔣夢瑤說了一句似是而非的話。「我這輩子最對不起的人，就是他了。」

「啊？」

蔣夢瑤不解還想多問，卻見高謙一個縱身就從樹枝上跳下去，抬頭對仍坐在樹枝上的她說道：「妳這番話若是傳到其他人耳中，就不僅僅是冒犯了，下回休要再說。」

說完這句話之後，高謙便對她意味不明地笑了笑，轉頭走入了花園小徑。

蔣夢瑤在樹上看著他離去的身影，為蔣璐瑤和蔣纖瑤嘆了口氣。都說做世家貴女有享不盡的榮華富貴，可是真的要做到這一點，往往要她們付出的代價也很大。

盲婚啞嫁，嫁過去就是人家的人，對妳好是運氣，對妳不好是應當，從小看著蔣家二房的兩位叔叔三妻四妾，納個不停，做他們的女人，真的會幸福嗎？又或者說，他們身邊，真的有全心全意愛他們的女人嗎？

愛情是盲目的，盲目到只要看見對方就覺得滿足，不管身處何地都覺得幸福，那樣幾女共事一夫的事情，她上一世不曾遇過，這一世更不想嘗試，所以，當高謙問她要不要嫁給他的時候，她沒有絲毫猶豫，就一口拒絕了。在旁人看來，這絕對是一個讓她的人生重新翻盤的機會，蔣夢瑤卻不可抑制地感覺到噁心。

正要從樹上爬下去，卻突見一個身影飛快地踩著樹幹向上攀爬，一個閃身就越過她，坐在先前高謙坐的位置，所有動作行雲流水般順暢，蔣夢瑤為之一驚。

定睛一看就更讓她驚訝了。

高博正蹙著眉頭，冷冷看著她，蔣夢瑤下意識就想跑，可是一條腿卻從旁伸出，攔住她爬下樹幹的去路，蔣夢瑤以為他要踢自己，趕緊往後躲去，卻忘記背後根本沒有東西倚靠，整個人失了重心，就要往後倒去。

一隻手臂及時伸手攬住她的肩膀，將她的重心又拉了回來。四目相對，蔣夢瑤只覺得眼前這張臉……近看也挺好看。

高博放開手臂，瞪了她一眼後，蔣夢瑤才主動收回目光，就聽高博開口問道：「妳和他在樹上說了什麼？」

「嗯？」蔣夢瑤訝異這傢伙從什麼時候開始偷看的。「沒說什麼呀。」

「沒說什麼，還說這麼久？」高博一副「妳當我傻子」的神情讓蔣夢瑤也是看醉了。

不想理他，對於這個心機深沈的男人，蔣夢瑤從歷險之後就告誡自己要有多遠離多遠，否則真是連自己怎麼死的都不知道了。

「看在妳那日在水邊救過我的分上，我告誡妳一句話，離高謙遠點，他絕非良人。」

高博的話說得雲淡風輕，卻一字一句敲在蔣夢瑤的耳膜之上，震動非凡。

他還敢提水邊的事？她像個瘋子似地把他從那麼老遠的林子拖到水邊，又不遺餘力地給他灌水，可是他倒好，也太沈得住氣了，就那麼一動不動裝了一路，白白浪費了她的同情心和俠義心，現在回想起來，她還為自己的傻擦把汗呢。

蔣夢瑤當即不顧理智，反唇相稽。「他不是良人，難道你是？在他身邊最起碼沒有生命危險，可是在你身邊就不一定了，什麼時候吃東西被人毒死，睡覺的時候被人割喉了，到了地府，連怎麼死的都說不出來。」

高博沒有說話，而是瞪大那雙黑白分明、好看的眼睛，對蔣夢瑤似笑非笑。

蔣夢瑤這才意識到自己說錯了話，連忙解釋。「我……我不是說我要待在你身邊，而是假設，假設你懂不懂？我是在拿你作對比，對比你又懂不懂？」

沒有正面回答蔣夢瑤的問題，高博像是要她放心般，用比較鄭重的口氣對蔣夢瑤說了一句。「放心吧，這樣的日子，應該很快就能結束了，到時候我帶妳走，好不好？」

高博的那一句「我帶妳走」徹底擊碎蔣夢瑤辯駁的心。

喂，大哥，是不是歪樓了？腦子迴路都不在一個檔位上，還能不能愉快聊天了？他這一句「我帶妳走」到底是什麼意思？

見蔣夢瑤呆坐不動，高博也不催促，就那麼坐在她身旁，靜靜等待她的回覆。

蔣夢瑤第一次覺得挫敗，自己還未宣戰，就已經被對方的一句話秒成了渣渣。你要她怎麼回答？這個從小暴躁囂張的殺人狂魔，一路走來，周遭人給予他全是冷血的評價，可就是這樣一個冷血小王子，突然轉了畫風，就好比你買的是史努比，可店家給你的是灰太狼，這貨物嚴重名不符實，會讓人忍不住刷你負評的！

「妳不說話，我就當妳是同意了。」

不僅是負評，還要加投訴啊，有沒有！

高博見她始終不說話，就兀自甩下了這麼一句，然後又如來時一般，瀟灑如風地翻身下樹，繼續走他的高冷路線。

樹間一陣涼風吹來，吹醒了蔣夢瑤驚愕的失神，不管來不來得及，她匆忙爬下樹，對著高博離去的方向，比著中指叫道：「同意你妹！」

古代的男女對待感情要不要這麼草率，要不要這麼直白？一個、兩個都像是開了掛似的不要臉，說好的矜持呢？說好的封建呢？說好的門當戶對呢？

一天之中，遭遇兩次非典型求婚，蔣夢瑤真是醉到了極點，要知道，她今年才九歲啊，九歲啊！

一段插曲過後，蔣夢瑤再不想待在這個讓她驚嚇了半天的地方，老實回到了前面熱鬧非凡的各家小姐見面會上。

還未走近，就聽見一陣嘈雜聲傳來。

「妳這商婦好不要臉，今日來的全是有頭有臉的世家夫人和小姐，妳是來湊什麼熱鬧？」

「就是，生得一臉狐媚相，盡做些拋頭露面的下作事，妳也好意思出現。」

不堪入耳的謾罵直指戚氏面門，蔣夢瑤擠入人群的時候，就見戚氏從座位上站起來，正要離開，卻被那幾個從未見過的女人攔住去路，拉拉扯扯，竟然動起手來。

蔣夢瑤環顧一圈，發現孔氏和吳氏都在一旁，她們同為蔣家妯娌，卻無一人對戚氏的困境伸出援手；蔣璐瑤雖面露關切，卻是軟弱之輩，從小不曾高聲說過一句話；蔣纖瑤坐在母親吳氏身邊，也是一臉等著看好戲的樣子。

只見孔氏和身旁一名婦人低語幾句之後，那名婦人也加入聲討戚氏的行列，充當著振奮士氣的角色，一直帶領著好幾名婦人將戚氏逼到了桌邊，避無可避。戚氏一口難敵眾口，竟被這潑婦罵街的行徑逼得說不出話來。

蔣夢瑤看著周圍這些對戚氏指指點點的人，怒從心生便衝上去，從背後抓著一個婦人的高聳髮髻，趁她猝不及防之時，一把將她推到地上，然後隨手拿起桌上的一只白玉酒壺，二話不說，在她頭頂三寸上摔了個稀巴爛，發出巨響。

被她推倒在地的女人嚇得抱頭尖叫，蔣夢瑤不再理她，衝入先前包圍住戚氏的圈子，抓起一條板凳，對她們揮舞起來，邊揮邊說：「都給我退後！離我娘遠點！」

待所有人都被她嚇得退後好幾步，蔣夢瑤才將板凳丟在地上，用廳中所有人都能聽得見的聲音說道：「所謂商，就是買賣，有買有賣才叫商。在座各位有誰敢保證自己沒買過東西？既是買過，那便是商婦！既然大家同為商婦，誰又比誰高尚呢？」

「妳妳妳，好妳個不知禮數的臭丫頭，妳是什麼東西，也敢這麼和本夫人說話？還敢動手？」

先前那個被她拉倒在地的女人捧著自己散落的髮髻，對著蔣夢瑤色厲內荏地叫囂道。

蔣夢瑤一腳踢開了擋在面前的凳子，趾高氣揚地來到那夫人面前，儘管個頭不高，氣勢卻不弱，只聽她無所畏懼地說道：「我就動手了，妳想怎樣？我告訴妳，我姓蔣，我叫蔣夢瑤，我爹叫蔣源，我爺爺叫蔣易，我曾祖父叫蔣顏正！我家就住在東門大街，妳有本事就來找我，沒本事就給我夾著尾巴滾回去！」

「妳……妳！」

那夫人髮髻歪了一邊，要伸手指蔣夢瑤，可一伸手，鬆散的髮髻就捧不住了，狼狽不堪。

那夫人的兩個丫鬟衝了進來，其中一人給那夫人帶來披風，另一個丫鬟指著蔣夢瑤怒道：「哪裡來的小潑婦，我家夫人千金貴體，容妳這般無禮？今日若不教訓妳一回，當我們中丞府好欺負嗎？」

她對那名給中丞夫人遞披風的丫鬟使了個眼色，兩人就要上前去抓蔣夢瑤。她們這般放肆也是受人指使、有主人家撐腰的，畢竟她們是中丞府的奴婢，別府欺負她們夫人欺負到頭上來了，若是不加以反擊，那今後便會成為大家的笑柄。

橫豎不過是國公府一個不受寵的孩子，打就打了，只要不鬧出人命來，至多就是送些東西上門安撫罷了，總好過被這臭丫頭壓制的名聲傳出去。

蔣夢瑤見她們想動粗，卻也不怕，可就在那兩個丫鬟要靠近她的那一秒，一個敏捷的身影撲了上去，騎坐在其中一個丫鬟的肩膀上，二話不說，就朝那丫鬟的臉咬了下去。

尖叫聲傳遍了整個花廳，所有人都愣住了，如果說剛才蔣夢瑤的發飆只是暖場，那麼現在這個從外面像野豹子一樣衝進來的小丫頭就是正戲啦。

這些夫人、小姐從未見過這樣凶猛的主僕。主子凶悍，一下子就把人推倒在地，摔酒壺威脅；這丫頭倒好，二話不說，上來就咬，像隻瘋狗似的，騎在那欲對她家小主人行凶的丫鬟身上，嘴裡咬出血也不放開，直把那丫鬟逼得滿場暴走，嗷嗷直叫，導致另一個也慌了神，追在她們毫無章法的腳步後面，想要把那野丫頭給揪下來。

蔣夢瑤也和大家一樣震驚，這虎妞的戰鬥力簡直爆表啊，她在她身上，似乎感受到野獸的氣息。

那個被她咬住的丫鬟一路衝撞，撞翻了不少桌椅，最後撞在一盆巨大盆栽上頭，虎妞才被樹枝刮了下來，只見那丫鬟捂著不住流血的臉頰，嚎啕大哭起來。

另一個婢女想上前去抓虎妞，卻被虎妞滿嘴是血的樣子嚇壞了，遲遲不敢上前，最後還是抵不過這個小瘋子的煞氣，拖著同伴回到中丞夫人身後。

「來人吶！給我把那個臭丫頭抓起來！」

蔣夢瑤和戚氏還未從虎妞的勇猛行為反應過來，忽一聽中丞夫人的話，蔣夢瑤就反射地喊了出來。「誰敢！她是我們國公府的丫鬟，動她就是動國公府！」

這麼一嗓子下去，就是中丞夫人也得掂量掂量，憤憤地往孔氏那邊看了一眼，只見孔氏也是怒不可遏，在這空隙還回了她一個眼神，中丞夫人才咬著銀牙，轉身拂袖離去。

好好的一場賞花會有了這麼一個大插曲，眾人今天的心情可謂是大不相同，有看好戲的，有評頭論足的，還有指指點點暗自笑話的，總之，百人百態。

幸好國夫人在午後就離開了，否則蔣夢瑤這回惹下的亂子可就大得沒法收拾；不過，若是國夫人在，這些跳樑小丑也不敢直接去找戚氏的晦氣就是了。

這下倒好，國夫人走了，原想乘機欺負欺負戚氏的人，卻被兩個小丫頭壞了事，還丟了大大的臉面。

另一廂，高謙和蔣夢瑤分別之後，就去到熙春園的後院廂房之中，主辦這次賞花會的國夫人正坐在一名婦人的下首處，姿態恭謹。

見高謙進去，國夫人對高謙點頭行了禮，為首的那婦人對高謙招了招手，說道：「謙兒快來，我與你姨母選定了幾位佳人，你來看看。」

原來那婦人是當朝皇后袁氏。

高謙過去之後，就見國夫人給他遞來一張寫滿名字的宣紙，紙上用蘭墨圈了幾個名字出來，其中正如他所猜測的那樣，有一個蔣家的女兒，看著紙上蔣璐瑤的名字，高謙的腦中卻想起蔣夢瑤的笑臉，他指著蔣璐瑤的名字對皇后說道：「這個不是蔣家的嫡長孫女吧？自古長幼有序，未免將來遭人詬病，還是挑蔣家的嫡長孫女吧。」

國夫人和皇后對視一眼，由國夫人解釋道：「殿下，雖說這位蔣璐瑤並非蔣家的嫡長孫女，卻勝似嫡長孫女。蔣國公府早年便已分家，嫡長孫女的確出落在大房之中，可是，蔣家大房早已沒落，反而是這二房人丁興旺，蔣國公在邊疆又打了勝仗，過些時日便要回朝了，蔣國公已是加一品，封無可封，只會加爵在子孫身上，蔣修馬上也要提中書令了，蔣璐瑤是二房蔣修的嫡長孫女，比之毫無建樹的大房，不知要好上多少倍。」

高謙卻不以為意，說道：「嫡長孫女就是嫡長孫女，哪裡有什麼二房的嫡長孫女？母后常教導我要守綱常，娶嫡也算是綱常。」

話題上升到教育問題，國夫人不好插嘴，看了看袁氏，只聽袁氏說道：「綱常是要守，但也要知道變通。雖然只是個側室，但也要從蔣家挑最好的那個，大房的嫡長孫女未必出色，更何況還有一個至今無功無祿的爹，絕非良配。」

國夫人這才又補充道：「對，而且還聽說大房的嫡夫人竟然不顧顏面，出外從商，這更是大忌，殿下要三思啊。」

皇后嘆了口氣，慈愛地撫過高謙的頭，說道：「謙兒，你父皇與母后對你寄予厚望，你可千萬要守住身心，莫被外力所擾，要知道，這個天下是有能者的天下，有能者便是要堅守，堅守將一切會讓自己頹敗的外力摒棄在外的心，這樣你才能成為人上之人，與你父皇一樣，站到九霄之上，俯瞰天下。」

高謙深吸一口氣，終於低下頭，又看了一眼蔣璐瑤的名字，幽幽地嘆了一口氣。

國夫人與皇后對視一眼，便定下了三個名字。

太傅嫡長女曹婉清為嫡妃，驃騎大將軍嫡長女趙娥為側妃，國公府二房嫡長女蔣璐瑤為側妃。

國公府後院。

孔氏一拍桌子，對蔣夢瑤和虎妞怒不可遏地喊了一聲。「跪下！」

「來人，上家法！」

不等蔣夢瑤和虎妞跪地，孔氏就又喊了這麼一句，國公府的眾人皆在，卻無一人站出來替蔣夢瑤說話。

蔣夢瑤立於堂下，卻是不跪，蔣璐瑤想上前說一句，卻被蔣纖瑤拉住了袖子，也就作罷。

戚氏在旁冷靜地說道：「上什麼家法？事情因我而起，中丞夫人欺人太甚，口出惡言，阿夢只是保護我不被人欺負了，保住了國公府的顏面，何錯之有？偌大的國公府可有一人上前相幫？到底是骨肉親情，總比一些胳膊肘兒往外撇的小人要強得多，對親人遭難漠視不幫的人沒錯，反而拯救娘親的孝女要受刑罰，這是何道理？」

孔氏從未這般與戚氏正面交鋒，也決心借今日之事好好壓一壓戚氏，冷笑道：「就她還保住國公府的顏面？在眾人面前那般潑辣，這是要斷了國公府其他姊妹的前程嗎？她自己一個作死不算，還要拉整個國公府的名聲墊背，我既執掌當家權，又是她的長輩，自然有對她施以刑罰的權力，嫂子若是還想在這國公府中生活，那就要守國公府的規矩，規矩是天，誰也越不過它去。」

戚氏冷靜自持，不甘示弱。「阿夢壞了哪一條國公府的規矩？國公府的規矩說明不許女兒搭救母親？國公府的規矩是被人欺負到頭上，也要息事寧人，也要受著？妳倒把這條規矩翻出來給我看看，我倒要瞧上一瞧，咱們母女倆壞的到底是國公府的規矩，還是妳孔家的規矩！」

孔氏氣得發抖，手中的藤條都在顫抖，卻是說不出話來，舉起藤條就要抽向蔣夢瑤，中間卻橫插一個戚氏，藤條直指戚氏的臉面，戚氏無所畏懼，就等著孔氏動手。

孔氏縱然再怎麼生氣，也不可能動手，畢竟，她是想教訓不懂事的孩子，縱然被人說出去，最多也擔一個「嚴厲」的名聲，可若是打了戚氏，那就不同了。

戚氏是嫂子，倫理地位高於她，她是當家主母，不是不能動手打她，只是這動手也要有動手的理由，今日是因為她女兒當眾救了她而引起衝突，很明顯，這一點不足以成為她對戚氏動手的理由。

孔氏忍下心中的憤怒，將藤條交給一旁的李嬤嬤，避過了戚氏，指著蔣夢瑤身後的虎妞說道：「好一對慈母孝兒，我打不得，留待老太君定奪，可是這賤婢，今天非死不可！給我打，重重地打，打死在這堂下，我要親眼看著她嚥氣！」

蔣夢瑤又一次見識到孔氏這個女人的惡毒，要上前，卻見孔氏又抬手指著她，惡狠狠地說道：「一個惡奴犯了錯，打死也是活該，旁人若要救她，可休怪我的家法不長眼睛了！」

幾個家丁進來，每人手中都持有一根藤條，一個家丁二話不說就把虎妞踢得趴在地上，藤條一下一下打在虎妞的背上。

蔣夢瑤氣極，雖然虎妞咬緊牙關，始終沒有吭一聲，可是她如何能袖手旁觀，看著虎妞被他們打死呢？

蔣夢瑤一鼓作氣衝進疾如雨下的藤條大陣中，二話不說，抓著虎妞就往外跑去。

孔氏沒料到這丫頭還有這招，當即跺腳怒道：「追！給我追！」

今日若是連個小丫頭都教訓不了，那孔氏今後還有何顏面在這國公府中管理眾人？所以，說什麼也要把那兩個丫頭抓到。

卻說蔣夢瑤拉著虎妞一路往外跑，也並非漫無目的地跑，她記得天策府就在長安街那頭、離城門最近的一條主要街道，當時步將軍為了讓子子孫孫牢記步家堅守防線第一的家訓，特意避開了官員群居地。

蔣夢瑤她們一路狂奔，盡是在一些小巷子裡穿行，蔣家的家丁跟在她們身後東鑽西鑽，追了小半個時辰都沒有追上那兩個小丫頭。

蔣夢瑤知道，若是這一回她和虎妞被抓回去，她頂多被打一頓板子，可是虎妞就慘了，就算不死肯定也是褪一層皮。

眼看前面就是天策府，蔣夢瑤順著石階而上，見天策府大門緊閉，她絕望地狂拍起大門。

「老夫人救命啊！老夫人！」

良久都沒有人應門，蔣夢瑤靠在門扉上直喘氣，蔣家的人也已經追到近前，在石階下虎視眈眈地看著她。

為首那人說道：「大姑娘，您還是把那賤婢交給我們吧，二少夫人要了她的命，回頭定會再給妳買一個回來，為了這麼個東西玩命，不值得。」

蔣夢瑤翻了個白眼，再也跑不動了。她對虎妞偷偷說道：「妳讓我休息一會兒，他們上來的時候，我就纏住他們，妳能跑多遠就跑多遠，先躲起來，等晚上妳去荀芳閣後門，我給妳盤纏，送妳出京。」

虎妞一個勁兒地搖頭，蔣夢瑤扶著門扉站起來，說道：「妳不走就死定了！這不是妳的錯，是那個姓孔的女人想為難我娘，卻找不到藉口，只好拿妳洩憤，是我們拖累了妳。」

虎妞還是搖頭，過來扶住蔣夢瑤的身子。

蔣家的人走上石階，為首那人伸手就要來擒虎妞，蔣夢瑤靠著的那扇門卻突然打開了，讓她往後摔了一大跤。

門後走出一個面容冷凝的老夫人，頭髮花白，每次一出場，周身就有一種國際大片的澎湃氣勢。

蔣夢瑤雖然摔得很痛，但是看見出來的那人還是高興地爬了起來，拉著虎妞躲到寧氏的身後。

寧氏回頭看了看兩個汗流浹背的小姑娘，又看了看門前那幫穿著蔣家衣服的下人手裡拿著棍棒藤條凶神惡煞的樣子，頓時明白了一切。

「天策府門前豈容宵小進入！滾！」

寧氏一聲吼，京城抖三抖！

蔣家眾人被嚇得屁滾尿流，一路丟盔卸甲，恨不能爹娘多生兩條腿地逃走了。

蔣夢瑤從寧氏身後走出，開心地跳了起來。

寧氏見她如此，也不說話，而是默默地前去關門。

蔣夢瑤知道現在不是回蔣家的時機，便跟著寧氏一同進了天策府，寧氏也沒說什麼。

第十八章

天策府占地絕對不比國公府小，可是裡面的蕭條、空曠卻讓蔣夢瑤難以置信，似乎偌大的天策府裡，只有寧氏一個人似的，不禁問道：「呃，老夫人，天策府裡怎麼沒看見其他人啊？」

寧氏走了兩步，也沒有回頭，然後才平靜地回道：「府裡就我一個，不需要人伺候，全都被我打發走了。」

蔣夢瑤咋舌，這老太太也是夠奇怪的了。

寧氏把她們帶到一間堂屋內，屋裡比較昏暗，還算有人氣，想來寧氏平時就是在這間堂屋裡活動較多吧！

屋子裡有些家具上面都覆上紅布，只留幾樣平常用得到的；門前擺放著一張圓桌，離門特別近，也許是為了借點天光，桌上擺著一碗稀粥、一碟醬菜，還有一雙筷子，其他什麼都沒有。

此時正是酉時，如今是初夏，申時過後太陽才會下山，一般人家怎麼也得到酉時三刻後才吃晚飯，可是，現在不過酉時，寧氏這就打算吃晚飯了？

「待會兒天就黑了，早點吃晚飯，早點歇息，省得點燈。」

蔣夢瑤點點頭。

「老夫人您還有多的晚飯嗎？我和虎妞也沒吃呢，看情況今晚我們是回不去了，免不了要在這裡叨擾一晚。」

寧氏意外地看了看蔣夢瑤，又默不作聲地站起來，不一會兒就給她和虎妞另外端了兩碗粥來，並將兩雙筷子分別交到兩人手中，蔣夢瑤也不嫌棄，就那麼呼嚕呼嚕喝了起來，虎妞也跟著吃。

寧氏瞧著這兩個丫頭像是真的餓了，將桌上那盤僅有的醬菜往她們面前推了推。蔣夢瑤對她笑了笑，算是道謝，就繼續吃了起來，心裡卻對這位老太太充滿了敬佩和同情。

天策府的事情，她從前聽蔣源說了個大概，看如今的光景，步擎元在家的時候，寧氏肯定沒將現實情況告訴步擎元，一個人硬撐著天策府的門面。如今步擎元不在家，她一個人就沒那麼多講究，辭退了奴僕，一人清苦度日，卻從未對朝廷說過什麼、抱怨過什麼，也未曾在外面聽見她有任何訴苦的言論。

這樣一個耐得住寂寞、守得住承諾的人，這個世上委實不多了。

吃過了晚飯，寧氏將她們安排在她臥房外的一張軟榻上，由於兩人都是孩子，軟榻很大，因此睡得並不擁擠。

蔣夢瑤惦念戚氏，卻也知道，戚氏在國公府裡暫時不會有事，而追趕她們的奴才回去之後，定會說她在天策府，戚氏也會放心。

一夜過後，蔣夢瑤睡了好久才起床。醒來一看，虎妞早就已經起來，睡在裡間的寧氏，她的床上也是一片整潔。

蔣夢瑤自己下了床，梳了頭，走出房門，見虎妞正在院子裡劈柴，就走過去。

寧氏端了早飯過來，對她們說道：「來吃早飯。」

虎妞放下斧頭和柴，將手在身上擦了擦，兩人就一同進去了。

剛吃了一口，寧氏就問：「今天回去嗎？不回去的話，我去買些菜回來。」

蔣夢瑤看著她，愣了半天，才嚥下嘴裡的粥，說道：「老夫人，我回去沒關係，可是虎妞現在回去，就是死路一條，您忍心看著她死嗎？」

寧氏昨晚已經聽蔣夢瑤將前因後果說了一遍，也知道虎妞為什麼會被追打的原因，此時聽蔣夢瑤這麼說，也沒了聲音，過了好一會兒後，才說道：「那我去買菜，妳們多住些時日。」

蔣夢瑤眼珠一轉，突然放下筷子，站起來，在寧氏身後跪了下來，虎妞見她如此，也跟著跪下。

「老夫人，如今能救虎妞的只有您一人了，您大發善心救救她吧。」

寧氏回頭看著兩個跪地的小丫頭，眉頭皺起，依舊不苟言笑地道：「起來，妳們愛住多久便住多久。」

「可是，我們總是躲在您這裡也不是辦法啊。」

蔣夢瑤心裡已經有了主意，見寧氏不解，於是打鐵趁熱地說道：「要不，您收下虎妞吧，做徒弟還是做乾孫女，您說了算。虎妞很聽話，您讓她幹什麼，她就一定會幹什麼，絕對不會和您作對；她不會說話，不會跟您吵鬧，您收下她，就是救了她一命，我與她情同姊妹，您救了她，就等於救了我，我也會感激您一輩子的。」

原來這丫頭在這兒等著她呢。

寧氏的目光往虎妞的身上看了幾眼，只覺得這丫頭骨骼清奇，的確是個練武的好材料，蔣夢瑤瞧見寧氏對虎妞的審視目光，心道有戲，於是便放下心來，靜待寧氏做出決定。

寧氏也是直率人，想了想之後，就據實相告。「我早年叛離了師門，今生今世都不能收徒弟了。」

蔣夢瑤先是一愣，然後心中一喜說道：「不收徒弟就不收徒弟，哪怕把她留下來給您劈柴、燒燒火也是她的造化。虎妞，快來拜見老夫人，給老夫人磕三個響頭。」

虎妞自然明白蔣夢瑤此舉是為了她好，沒有猶豫，就對著寧氏磕了三個響頭。其實做寧氏的徒弟還是孫女，蔣夢瑤可不在乎，她只在乎寧氏能收了虎妞，讓虎妞有個蔣家不敢惹的靠山，這就夠了，至於稱呼，反正虎妞也不會叫人，做什麼又有什麼關係呢？

寧氏看著一臉得逞的蔣夢瑤，突然有一種錯覺，情不自禁對蔣夢瑤說了一句。

「妳這丫頭……還真有點妳曾祖父年輕時的模樣。」

寧氏和蔣顏正年歲差不多，都是一個時代的人，所以她對蔣顏正年輕時有所瞭解也是正常不過的事了。

蔣夢瑤一聽寧氏對自己有這麼高的評價，頓時喜笑顏開，正要道謝，卻聽寧氏又加了一句。

「臉皮一樣厚。」

將虎妞安頓好之後，蔣夢瑤無事一身輕地回到蔣國公府。

門房看見她回來，就立刻撒開了腿往裡跑去，蔣夢瑤既不逃避也不閃躲，自己直接走去了戒律堂，跪在蔣家的列祖列宗前面。

孔氏聞訊趕來，不等她開口，蔣夢瑤就說道：「嬸嬸在上，姪女身為蔣家長孫女，不知禮儀，不能給幼妹、幼弟做表率，壞了府裡的規矩，冒犯了嬸嬸，該打該罰，還請嬸嬸無須顧念私情，懲罰姪女，以儆效尤。」

孔氏看著這個乖乖跪在地上認錯的小丫頭，只覺得她認錯認得太爽快，與她這潑皮性格嚴重不符，必定有詐！

孔氏疑惑地盯著她看了一會兒後，才開口問道：「那賤婢呢？我告訴妳，縱然妳把她藏起來，但只要我蔣家想找，就沒有找不到的；找到了，一樣是個死！」

蔣夢瑤天真無邪地對孔氏笑道：「姪女不敢隱瞞嬸嬸，虎妞已經被我趕出了國公府，現在被天策府步老夫人收去，入了天策府的門。步老夫人說，若是嬸嬸還想拿人，就讓咱們府裡的老太君親自帶人去拿。」

孔氏蹙眉叫道：「妳說什麼？這怎麼可能？」

不說寧氏那古怪性格，縱然是刀架在她脖子上，她也不可能被人逼迫著做什麼事，就憑蔣源和步家的關係，那老太婆也不至於替蔣夢瑤撐腰，為她擔責任啊，百思不得其解。

可是蔣夢瑤說得言之鑿鑿，又不像是說謊，一時間就連孔氏都不知道該怎麼處理這件事了。

左思右想好一會兒之後，孔氏才象徵性地打了蔣夢瑤十個手心，將她放回大房戚氏身邊去了。

至於那個賤婢，還是等哪天老太君心情好的時候，她再去提一提、問一問，畢竟寧氏是老太君都怕的女人，她真犯不著為了一個該死的賤婢去冒險。

這件雞飛狗跳的事情，因為有寧氏的插手，所以蔣家這邊只能不了了之，畢竟只是一個孩子惹出來的事情，若是鬧得太大，反而不好收場。

夏天過後，蔣顏正就傳回家書，說是兩個月後回來。

自從接到家書的那一刻起，蔣家就開始準備各種迎接事宜。

回想上一次蔣顏正回府後做的一系列整頓，孔氏已經按照那種規模提早一步進行調查處理，尤其對府裡各處的帳目明細一一核對，生怕再出現上回被牽扯出來的那些貪腐問題，整日忙得是不可開交，再也沒有餘力去管大房如何。

十月金秋時節，蔣顏正依舊輕車簡從，帶著三百精衛就奔了回來。

戚氏和蔣夢瑤站在最後面，蔣夢瑤聽見馬蹄聲的時候，就將頭探出去，希望自家老爹第一個看見的就是她。

蔣顏正的馬隊在國公府門前停歇，照例蔣顏正一下馬就要找吃的，有了上一回的猝不及防，這一回在老太君和孔氏事先準備之下，沒有讓蔣顏正等得發飆，直接把他帶去宴席。

戚氏在人群中，終於看見一個偉岸的身影自馬背上翻下。蔣源一身勁裝，原來白皙的皮膚也被大漠黃沙掩藏，變得黝黑不少，容貌卻依舊俊秀，目光清明得厲害，整個人就像是一柄出鞘的劍，煞氣凌人。

戚氏激動得說不出話來，兩行清淚已經流下，人卻矜持地站在原地，就那麼眼巴巴地看著這個她朝思暮想好多年的男人。

蔣夢瑤可沒她矜持，等蔣源下馬站穩之後，就像隻小燕子般飛撲進蔣源的懷抱，摟住自家老爹的脖子。

她被蔣源抱著轉圈，雖然她即將十歲了，蔣源卻依舊把她當成三、四歲的小娃兒，讓她坐在自己的臂彎中，抱著就不放下了。

蔣源抱著女兒走到戚氏身旁，對她伸出另一隻手。戚氏伸手交握，一家三口落在眾人最後，一同走入了大門。

戚氏給蔣源在大房的小廚房裡單獨做了一桌菜餚，母女倆就那麼坐在蔣源對面，看著他狼吞虎嚥掃下大半桌的食物。

戚氏在旁給他倒茶潤喉，狀似無意地問出一個她最在意的問題。「這回，準備待幾天啊？」

蔣源喝了口茶，用他已經有些老繭的手掌握住戚氏的手，輕柔地捏了捏，說道：「邊關若無緊要戰事，暫時就留在京裡了。」

戚氏眼中閃過驚喜。

「真的？」

蔣源又拿了一個饅頭，點點頭。

「真的。國公爺說，在京裡時讓我先入軍器監，瞭解一下運作，將來有機會再提少府。」

對於蔣源的話，戚氏先是愣了好一會兒，呆呆看著他，直到蔣夢瑤問道：「爹，你這是要當官了嗎？」

對於女兒興奮的詢問，蔣源也不吝告知，在她的小臉蛋上掐了一記，說道：「當官有什麼稀奇的，妳爹將來是要當將軍、當元帥的。」

蔣夢瑤對自家老爹的自大很是無語，就連戚氏也失笑出來。

「你呀，就這一張嘴厲害。我也不乞求你做將軍、做元帥，只要國公爺願意帶著你，哪怕就是做個小官，也挺好的。」

蔣源嘿嘿一笑，說道：「唉，妳們也太不相信我了。這幾年我在邊關不是白混的，只不過有些功勞現在沒有報上來。國公爺說，先壓個幾年再報，畢竟我在京裡沒什麼根基，貿然領了大功，反而走不長遠。」

戚氏聽了稱奇。

「國公爺真是這般說的？不論真假，國公爺肯愛惜你，我就高興。」

蔣夢瑤也跟著點頭。

「是啊，我也不在乎自己是九品芝麻官的女兒，還是一品上將軍的女兒，我只想做爹爹的女兒。」

對於妻女的無條件支持，蔣源覺得舒心極了，吃飽飯後又靠在太師椅上喝茶，蔣夢瑤坐在一旁給他體貼地搧風，雖然已是深秋，但中午的時候，多少還是有些悶熱。

戚氏早就打來熱水，把蔣源的官靴脫了，讓他把腳泡在水中，親自給他擦洗。

蔣源看著離別多時的妻女，心中莫名生出一股愧疚來，摸著蔣夢瑤的頭說道：「這些年，苦了妳們母女倆。」

蔣夢瑤和戚氏對視一眼，蔣夢瑤立刻賣乖道：「不不不，我可不苦，苦的是我娘，她經常夜裡一個人躲在被子裡哭。爹，你回來可要好好安慰她呀。」

戚氏沒好氣地呵斥了蔣夢瑤一番。

「胡說什麼？我才沒哭呢！」

蔣夢瑤又和蔣源對視一眼，父女倆不約而同做出聳肩的動作，氣得戚氏直跺腳，指著蔣夢瑤說道：「妳這丫頭，真是越來越沒規矩了。平日裡盡欺負我就算了，現在妳爹回來了，看他怎麼收拾妳！」

蔣夢瑤不置可否地吐吐舌，蔣源也像是要響應妻子的號召，佯作正經地點頭說道：「是啊，這次我回來，是該好好替這丫頭找個能收得住她這無法無天脾性的婆家了。」

喂，歪樓了啊！

戚氏一聽這話，眼前一亮，蔣源則看著她姣好的面容傻笑。

蔣夢瑤大大嘆了口氣，搖搖頭，作為一個體貼的女兒，最緊要的一條就是：誓死不當電燈泡。

她略顯誇張的一拍腦門兒，說道：「哎呀，我忘了步老夫人讓我送些書冊去的事了，你們慢慢聊啊。」

蔣源和戚氏對女兒的行為表示不解，看著蔣夢瑤飛也似地跑出去，蔣源無奈地笑了，女兒還是那個女兒，依舊是古怪的。

戚氏見他發笑，卻是橫了他一眼，說道：「這孩子越來越離經叛道，也不知像誰，你回來了可得好好管管她，我是管不住了，也該給她找個婆家了；璐瑤已經被指給大皇子做側妃了，咱們閨女我也不求高嫁，只希望找個能容忍她的就好。」

蔣源現在看見她就忍不住想傻笑，當然是娘子說什麼，他就說好了。

「是，都聽娘子的。咱們不求嫁高門大戶，只求對咱閨女好的，讓她能夠繼續這樣自由自在的才是最好。」

久別夫妻，四目相對，一時間天雷勾動地火。

蔣顏正回朝之後，首先向聖上彙報了邊關諸事，並與內閣商議了下一步的邊關部署，然後，就是向朝中舉薦了六個在戰事中有突出表現的將士入朝，其中蔣源和步擎元都被分在軍器監，蔣源做監司，步擎元做監理，其餘眾人皆分在兵部諸所。

軍器監丞是左相的小舅子，平日裡對下很是嚴苛，對於被強行分配而來的蔣源和步擎元，雖對他們的背景頗為無奈，卻也未必給他們好臉色。畢竟整個安京無人不知、無人不曉，蔣家大房的蔣源是個不折不扣的廢柴，而步擎元雖是天策府步家的獨苗，可生來就是個病秧子，僥倖活了這麼多年，還給他活著回來，奇蹟是奇蹟，卻未必讓人敬佩。畢竟憑這兩人的身分，跟在國公爺後面混了好幾年，一朝歸來，竟然只是被打發到這六品的軍器監來混日子，可見在外面混得有多差，國公爺對他們又有多敷衍，如何叫人尊重得起來？

新人進來都是從擦拭庫中兵器這條路開始，蔣源和步擎元也不例外，被安排到兵器庫中擦洗歷來兵器。

這日，祁王高博突然來到軍器監，說是先前佩帶的寶劍丟失，想再挑一柄隨身寶劍。

祁王殿下駕臨，差點閃瞎軍器監丞的眼，親自點頭哈腰跟隨伺候，正巧就看見坐在一旁擦拭兵器的蔣源和步擎元。

高博原本一隻腳已跨入門檻，可突然又停了下來，轉身看了看蔣源。

軍器監丞正要上前驅趕這兩個沒有眼色見識的蠢貨，卻見祁王收回了腳，來到蔣源身前，深深一揖，說道：「不知蔣賢郎在此，小王失禮了。」

蔣源和步擎元對視一眼，軍器監丞瞪大了雙眼，所有人都屏住了呼吸，看著祁王殿下。

蔣源也是愣在當場，還是步擎元推了他一把才反應過來，趕忙站起身來回禮。

高博卻似乎打算一根神經傷到底般，立時過去扶住彎腰的蔣源。

「蔣賢郎免禮。」

蔣源擦了擦額前的冷汗，看了看軍器監丞好奇的眼神，無奈地笑了起來，對高博說道：「王爺不必多禮，該是我給您請安才是，王爺有禮，請受下官……」

高博卻怎樣都不肯受禮，扶著蔣源的雙臂，倔強地直呼。「蔣賢郎無須多禮，快快請起。」

好不容易把總是想要下跪的蔣源安撫住，只聽高博對一旁的軍器監丞說道：「蔣賢郎是本王少時導師，軍器監難道沒有其他可以讓他做的事嗎？」

軍器監丞素來聽過、見過的祁王，全都是以暴虐的姿態行事的，可今日這個祁王……禮賢下士，要不要到這種地步啊？當即點頭如搗蒜。

「有有有，不知蔣監司竟與王爺有此奇緣，下官有眼無珠，怠慢了蔣監司。」

蔣源頓時有如丈二金剛摸不著頭腦。

高博接著軍器監丞後面的話，卻更加讓人找不著北了。

「是有眼不識泰山。」

好吧，王爺您說什麼就是什麼了，誰讓您是王爺，您任性，好吧！他一個六品小官還能說什麼，平白踢了個鐵板，真是倒了八輩子血楣了！

蔣源回家之後，把今天的奇遇告訴了妻女，蔣夢瑤第一時間就喝水嗆到了，戚氏一邊給她順氣，一邊埋怨她冒失。

蔣夢瑤只有在心裡對那個莫名其妙的小子豎起了中指。臥槽，你要不要這麼高調？

不過，蔣源就是長了十個腦袋也不會往那麼複雜的方面去想，只會以為祁王今兒心情好。

對於自家老爹的誤解，蔣夢瑤自然不會趕著去跟他解釋，光是高高在上、帝國最受寵的皇子想娶她這個廢柴與商婦之女？呵呵呵，也就想想了。

「不受寵」的大皇子想要納她做妾都沒有成功，何況是這個「受寵」的？所以，對於祁王那不合時宜的態度，蔣夢瑤並沒有放在心上，蔣源和戚氏就更加不會往那方面去想，他們倆的打算，是想找一個不那麼富貴卻對自家閨女好的人家做親家，很明顯，祁王根本不在考慮之列。

卻說蔣國公回府之後，想廣邀親朋辦一次宴席，府裡商議之後，反正國公爺的壽辰也快到了，乾脆就藉著壽辰再大辦一次好了。

十一月初旬，各家接到國公府信使的邀約，有些比較親近和重要的賓客，都是蔣源、蔣舫和蔣昭親自去邀，十二月時，大家又一次齊聚國公府。

上一回蔣國公做壽之時，蔣夢瑤與蔣晴瑤一同被分派招呼一些旁支家的小姐，但是這一回蔣晴瑤已經被分去蔣纖瑤身邊招呼京城的貴女們了，看著像是高升了好多級。

上次壽宴之時，蔣夢瑤與孔真和青雀公主走得頗近，只是這一回，孔真已經嫁給吏部侍郎家的嫡長子，只是剛嫁過去沒幾天，吏部侍郎就去世了，孔真一入門就要守三年的孝期，三年之內，不能參加任何喜慶宴會，不見外客。

而青雀公主也忙於正月裡的和親事宜，今日沒有前來。南疆王半年前遞來和書，承諾年年進貢，永世不犯，卻要以一女換一女，將他膝下最受寵的公主嫁來我朝，再娶一位我朝公主回南疆做王妃，永結秦晉之好。

與南疆的戰爭持續了近十年都沒有完全解決，如今他們主動求和，並承諾進貢，而以一女換一女這也很合情理，朝廷便允了，青雀就是被選中的和親公主。

雖然她曾擬婚安國公府嫡長孫，可是兩人尚未成親，安國公府嫡長孫就不幸亡故，青雀公主身為帝女，自然不會有人說她是望門寡，可是不吉利也是真的，縱然不去和親，在安京也無人再敢主動迎娶，聖上正在為這事頭疼，南疆王就遞了求和書與求婚書來，青雀算是趕上了。

想起青雀曾經對愛情美好的憧憬嚮往，蔣夢瑤就覺得很悲傷，身為女子不能自己掌握命運也就算了，如今別說是期待愛情，就是這背井離鄉、安身異地之苦，就夠青雀受的，更別說她所嫁的南疆王，還是一個比她父王年歲都高的中年人。

壽宴當日，蔣夢瑤凌晨就起床了，跟著府內眾人一起在門外等客人。她所接待的那些旁支小姐們，因為路程較遠，所以來得都比較晚一些，等她好不容易把人領入府，她們卻還對她這個接待的人心存不滿，寒暄了幾句，就走了。

此時蔣夢瑤的肚子已經很餓，桌上有兩盤糕點，才剛吃了一塊，連水都沒來得及喝，就被一個小丫鬟喊了過去。

「大姑娘，國公爺讓您去內間，府裡的姑娘、公子都在內間呢。」

這小丫鬟是蔣璐瑤身邊的人，蔣璐瑤算是這個府裡對她最好的小輩了。

蔣夢瑤喝了口茶，問道：「去內間幹麼？」

因為蔣璐瑤已經被定為大皇子高謙的側妃，所以她是在內間招呼皇家的貴客，卻不知喊她進去幹什麼。

「奴婢不知，只是國公爺讓人把府裡的姑娘、公子全都叫過去。大姑娘快去吧，別耽擱了。」

這老頭葫蘆裡賣的什麼藥？

跟著丫鬟去了內間，發現果真如她所言，蔣家的大大小小、男男女女都在，按照輩分在蔣顏正身邊排開。

另外還有四個皇家的子弟坐成了一排：以高謙為首，接著就是三皇子高遠，然後是一臉戾氣的祁王，最後坐的是六皇子高銘。

戚氏對蔣夢瑤招招手，蔣夢瑤就去到她身邊，坐下之後對戚氏問道：「娘，這是要開會嗎？」

戚氏白了她一眼，將食指抵在唇邊，叫她噤聲。

蔣夢瑤吐了吐舌，看見桌上放著些蘆柑，就伸手拿了兩個，剝著吃了起來，反正戚氏和她向來坐在最後面，前面那麼多人，根本沒有人注意她，所以就吃得肆無忌憚。

蔣顏正話說得好好的，一家老小也聽得好好的，可是他突然話鋒一轉，指著戚氏的方向說道：「夢丫頭，妳從進來就吃到現在，有完沒完？」

蔣夢瑤突然被點名，嚇得一下子站了起來，看見周圍蔣家人都一副「恨不得不認識她」的嫌棄樣，而皇子團那裡也是淺笑、明笑、偷笑一大堆，只有高博看著她不苟言笑。

見蔣顏正還在看她，蔣夢瑤委屈地對他說了一句實話。「國公爺，我肚子餓。」

這可是一句大實話，可是聽在蔣家人的耳中就不是那麼回事了，除了蔣源和蔣顏正，其他人全都是「這丫頭太不識大體」的表情。老太君對孔氏使了個眼色，孔氏正要上前去斥責蔣夢瑤一番。

可是，蔣顏正又說道：「餓？妳沒吃早飯啊？」

這番日常的問題，若是在路上碰見說說也就罷了，現在卻是蔣家開大會的時候，小的沒規矩也就算了，您這個老的怎麼也跟著起鬨了？

關鍵是那個小的被點名了、被大家笑了還沒自覺，竟然一本正經地點頭說道：「沒吃！寅時就給拉起來了。」

眾人心想：吃吃吃，一頓不吃會怎樣？真是個上不了檯面的！

蔣顏正卻一拍桌子，怒目而視，就在眾人以為他要發飆對付這個沒規矩、不知輕重的小丫頭時，卻聽他又大跌眼鏡地說道：「寅時起來也不能不吃飯啊！」

現場一片冷場。

大家都忘記了，這位爺爺是吃貨裡的祖宗，行軍打仗時，哪怕就是吃樹皮，他也要吃到飽的那種類型，蔣夢瑤這回算是迎上了他的愛好，一眾無語。

還是蔣源心疼閨女，從自己身邊端了兩盤點心，然後坐到戚氏她們身旁，沒好氣地瞪了閨女一眼，佯裝要去給這吃貨閨女一記爆栗，卻也只是做做樣子，終究沒捨得下手，還主動替她拿了一塊點心放手裡。

戚氏卻在暗地裡掐閨女的大腿一下，蔣夢瑤吃痛，卻被蔣源眼明手快地捂住了嘴，原本還想繼續吃點心的她，在看見戚氏又張開兩根鐵鉗般的手指時，便迅速地放下，端正坐好。

這夫妻倆簡直就是男女雙打冠軍，女的掐人，男的捂嘴，配合得天衣無縫，只可憐她夾在中間，成了受氣包。

蔣顏正把大家召集起來也沒什麼大事，就是因為蔣璐瑤被指為大皇子的側妃，今後蔣家跟皇家也算是結了親，大家聚在一起認識一下罷了，別到時候私下遇見了，還不認識彼此。說了一會兒話之後，蔣顏正就讓家裡人給皇子們行過禮，然後只留下子孫，其餘人則被打發出去。

戚氏原本想乘機教育一番女兒，可是出了門之後，就被倉庫房的人喊走了，蔣夢瑤逃過一劫，一轉身，就看見蔣璐瑤向她走來，規規矩矩地要跟她行禮，卻被蔣夢瑤拉住了。她雖然還未正式嫁給高謙，可是她的位分已經定了，這個家裡現在除了國公爺，已經沒有人能有資格受她的禮了。

「姊妹們要去東邊的觀魚亭看魚，姊姊一起去吧，大家熱鬧熱鬧。」說完這些，蔣璐瑤湊過來對蔣夢瑤又輕聲說道：「我讓人準備了好多點心，姊姊妳沒吃早飯，一起去吧。」

蔣夢瑤雖然心裡還是有些排斥和那些名為姊妹、實際上卻無甚感情的姑娘們一起去玩，但蔣璐瑤都這麼說了，她要再不去，就顯得她太不合群了。更何況，整個家裡的小輩中，也就蔣璐瑤會把她看作是親人，她出言邀約，總不能駁了她的顏面，於是點點頭，被歡快的蔣璐瑤拉著一起去了。

國公府的觀魚亭可以說是安京奇景之一，只有在府裡辦事之時，才供賓客進入遊玩。

蔣夢瑤雖然住在國公府裡，總共也只來過兩、三回，蔣璐瑤和蔣纖瑤她們反而每個月都會進來，她們從六歲那年就已經開始交際，經常會邀請一些同級別的官家千金來府小聚。這種各府千金交際的習慣本來就是大家默認的，雖然邀請人只是五、六歲的孩子，但是收到邀請的人家也還是會讓自家孩子盛裝出席。

當然，像蔣夢瑤這樣頂著國公府嫡長孫女的頭銜，卻從未舉辦過這種聚會的女孩兒也是少數啦！一來戚氏是不願意讓蔣夢瑤過早接觸這些虛偽的事情，二來縱然戚氏給蔣夢瑤張羅了，真正會來赴宴的人也是極少數。畢竟蔣家大房的名聲在外，有人縱然想要相交，也大都持觀望態度，就像是一支潛力股，被人觀望久了沒有動靜，也會讓大部分人失望。

蔣夢瑤坐在蔣璐瑤身邊，蔣纖瑤她們則圍在水邊給亭下錦鯉餵食，除了蔣家的幾名姑娘之外，還有幾位受邀而來的官家小姐，一個個全都端莊守禮、笑不露齒，相較於大剌剌坐在桌子前吃喝的蔣夢瑤，總有那麼些雲泥之別。

也是因為有蔣夢瑤在，蔣纖瑤她們都不怎麼願意靠近桌子，一邊餵魚，一邊對蔣夢瑤的方向說著什麼，然後幾個姑娘說著說著就笑了。

蔣璐瑤看著這四周美景，突然嘆了口氣。

「唉，再過幾年之後，像這樣姊妹齊聚一堂的機會，怕是少之又少了。」

蔣夢瑤看著蔣璐瑤的樣子，惆悵是寫在臉上，又聽她說道：「從前的生活多開心啊，姊妹們聚在一起說話聊天，縱然有些口角磨擦，可總是一家人。將來妳們都不知落到哪裡去，我也要守著那個從未去過的地方一輩子。」

此刻的蔣夢瑤內心可以說是震撼的，她從來沒有想過這個年紀只有九歲、土生土長的古代女孩，會有這般超脫年齡的感慨。

與她相比，自己活得簡直可以用亂七八糟來形容，想著若不是投生在那樣的爹娘身邊，她的日子怕也不會這般自由自在，可能也是早早就被訂了人家，等年齡到了，就送到人家家裡去，伺候素未謀面的相公和公婆一生一世。

吞下嘴裡的糕點，蔣夢瑤對蔣璐瑤安慰道：「天下無不散之筵席。每個人生來命運不同，生活也不會相同。妳……」

蔣夢瑤抿唇想了想之後，才對蔣璐瑤彎唇笑道：「大皇子看著脾氣挺好，想必對妳應該也會很好的。」

蔣璐瑤聽了蔣夢瑤的話，落寞地笑了笑。

「好又如何？不過是看在國公府的顏面罷了，他又不會真的喜歡我。」

蔣夢瑤沒有想到，有朝一日自己會被一個九歲姑娘說得無言以對，也沒想到她會對自己的命運瞭解得這般透澈。

蔣纖瑤從旁聽見蔣璐瑤的話，也走過來，對蔣璐瑤說道：「姊，妳真沒用，既然被大皇子選中了，那就好好的努力，擠掉另外兩個，讓大皇子只寵妳一個，不就好了。」

蔣夢瑤驚訝地看著蔣纖瑤。

妳姊姊還沒過門，竟然就已經開始鼓動她幹掉正房和另外一個側房，扶正上位了。妳才八歲，情商要不要這麼高啊？

見亭子邊上的姑娘們也陸續過來，蔣夢瑤就自動拿了兩塊糕點，把座位讓給她們，自己則坐到一旁的亭子欄杆上去了。

就聽見蔣月瑤也跟著說道：「妳看大皇子對咱們國公爺的態度，多謙恭，將來只要咱們國公爺再多打兩回勝仗，說不定璐瑤姊姊就真的可以做上正妃啦。」

蔣夢瑤坐在一旁聽著這些姑娘說話，頓時有種八〇後趕不上九〇後的惆悵感，又聽蔣纖瑤話鋒一轉。

「不過，再怎麼爭，姊姊妳最多能爭個王妃吧，再高怕是爭不到了。」

張家千金年紀頗大，大概十二、三歲的樣子，對蔣纖瑤問道：「喲，纖瑤妹妹這話說的，璐瑤妹妹做的可是大皇子的側妃，怎麼在妳口中似乎還有什麼比這更大的志向不成？」

蔣纖瑤與這些人也是熟識，得意一笑地說：「我當然有大志向了。大皇子縱然是大皇子，卻沒有祁王受寵，將來能登頂的必然還是祁王殿下，若是要我選，我一定選祁王不選大皇子，更別說，祁王生得也比大皇子要好看些嘛。」

姑娘們說的閨房話，立刻就引起眾姑娘的調笑，有的說蔣纖瑤不矜持，可是，人人卻對蔣纖瑤說的話表示贊同，在她們眼中有兩條就是鐵一般的事實——祁王受寵，祁王好看。

蔣璐瑤的風采一下子都被蔣纖瑤這個小丫頭給奪去了，她卻也不在意，拿起茶杯兀自安靜地喝茶。

觀魚亭外，一個宮廷侍衛般的人走了進來，手裡端著一只精巧的托盤，托盤上擺放著兩盤點心、兩盤柑橘，眾姑娘們停止了調笑，皆好奇地看著那突兀走入的侍衛。

只見那侍衛來到蔣夢瑤身前，將手裡的托盤遞到她面前，說道：「大姑娘有禮，大姑娘今日辛苦，還未用過早膳，殿下特命送來，請大姑娘收下。」

亭中一陣寂靜，蔣夢瑤也愣住了，蹙眉不解。「殿下？」

心中隱隱升起不好的預感，會送東西給她吃的殿下除了祁王那貨……

「是大皇子殿下。」

就在蔣夢瑤做了一番強烈的心理搏鬥，忽略石桌旁一堆姑娘們質疑的目光，正準備接受這難以接受的事情時，從水廊那方又走來一名侍衛，無巧不成書，手裡也拿著一只托盤，托盤上也放著兩盤糕點、兩盤瓜果。

只見那侍衛也來到蔣夢瑤的面前，對她說道：「大姑娘有禮，這是祁王殿下派屬下送來的糕點，請大姑娘快來吃些，屬下好回去覆命。」

蔣夢瑤在兩個托盤之間回轉目光，兩個侍衛也相互看了一眼，全都等著蔣夢瑤伸手去接，她僵在當場，不知道該怎麼辦，就在這時，又跑來一個府裡下人柳子，手裡拿著托盤，來到她跟前就說：「大姑娘，這是大少奶奶讓小的送來的，叫您快吃點，今兒午飯早不了。」

蔣夢瑤如獲大赦，接過柳子手裡的托盤，然後對兩個侍衛說道：「回去謝謝你們家殿下，就說我吃過了。啊，上回他們拜託我爹的事，我會抽空跟我爹說的，讓他們放心就好。」

兩個侍衛丈二金剛摸不著頭腦，你看我，我看你，只好原封不動端著盤子回去了。

蔣夢瑤捧著柳子遞來的盤子，在眾多姑娘驚訝好奇的目光中勉強笑了笑。

蔣纖瑤最直接，替大家問出納悶的心聲。「大皇子和祁王殿下能有什麼事拜託她爹，犯得著這麼殷勤嗎？」

眾姑娘面面相覷，一時間竟然都像是霜打的茄子，大大降低說話的興趣。

蔣夢瑤也受不住壓力，咬了一口酥餅之後，自動自發端著盤子和蔣璐瑤告辭，就離開了觀魚亭，回到自家大房裡去了。

唉，這該死的溫柔，一個、兩個都是想要害死她呀！

第十九章

晚上，蔣源回到家裡，戚氏正在督促蔣夢瑤寫字，蔣夢瑤也很無語，看見自家老爹，簡直就像是看到了救星，她放下筆，立即撲入老爹的懷抱，控訴戚氏的惡行。

「爹，大半夜的看都看不見，娘非要我寫字，這不存心折騰人嘛。」

戚氏沒好氣地指了指旁邊的蠟燭，說道：「這麼多蠟燭，妳還看不見，明兒讓劉大夫來替妳扎兩針，看看是不是生了眼疾。成天讓妳瘋玩兒，沒點女孩兒家的樣子，妳說妳今天在花廳裡說的都是什麼呀？還有沒有點規矩了？」

戚氏還在氣她早上在國公爺面前瞎說話的事情，畢竟那樣的場合是很正經的，偏偏卻混入她這麼個不正經的人，戚氏有心回來好好收拾她，可是在看見她那張漂亮可愛的小臉蛋時，又下不了手，只有用這丫頭最討厭的事情來懲罰她。

沒錯，蔣夢瑤平生最討厭的就是練字！

蔣源將蔣夢瑤從懷裡推開，倒是沒有像往常那樣接過妻子的話頭，教育一番女兒，反而對她問道：「大皇子和祁王殿下是怎麼回事？」

蔣夢瑤眉心一突，該來的還是來了。她眼珠一動，聳聳肩。「我怎麼知道，他們是怎麼回事。爹你知道嗎？」

蔣源無語地看著自家閨女，他在問她話，她倒好，反問回來了。

「我哪知道。反正人家總不會是看上妳了，皇家的人做事總有他們的理由，大皇子生來謙和，許是在花廳中見國公爺對妳頗為和善，這才想藉此機會表現一番；祁王殿下的話……我暫時猜不到他想幹麼，難不成是我在邊疆的那些功勞被他知道了，所以，他料定我是個寶，藉此機會，來向我押寶來了？」蔣源一邊摸著下巴，一邊猜測著。

蔣夢瑤勉強一笑，點頭說道：「是啊，是啊，他們一定都是想巴結你，一定是看出了國公爺對爹與眾不同。」

戚氏對這件傳遍府裡的事情也有耳聞，聽了蔣源的分析之後，也跟著點頭。

「想來也只有這個理由了。唉，初聽之時，我還以為咱家的閨女桃花運到了呢，想著若真是被皇子們看中了，那好歹要練就一手漂亮的字吧，都說字如其人，別到時候人看著不錯，可字卻像狗爬，可就平白叫人瞧不起了。現在不是最好了，省得閨女痛苦，我也煩心。」

喂，這位夫人，妳的腦洞開得是不是也太大了些？人家才送妳女兒一盤糕點，妳就已經做好替人家調教新媳婦的準備了，敢情這一晚上把她押在這裡寫字，就是因為這個原因？她冤枉不冤枉呀！

壽宴過後，送糕點風波除了一開始引人猜測之外，當事人並沒有再爆出其他花絮，漸漸地大家也就淡忘了，只當是兩個皇子想對國公爺表達一下善意，又恰巧都想到同一個點上去。

誤會，一切都是誤會！

而身處這誤會中心的蔣夢瑤倒還算平靜，每天除了被戚氏押著練半個時辰的字之外，其餘時間她都泡在天策府裡，跟虎妞一同接受寧氏的訓練。

虎妞力氣大、骨架大，適合學暴力點的功夫，蔣夢瑤相對纖瘦，所以也就學些輕身的功夫，以後跑起路來，總能比旁人快一些。

為了讓戚氏放心，蔣夢瑤特意求寧氏修書一封向戚氏說明情況，戚氏這才允許她日日在天策府中泡著。

三年的時間，能讓一個小姑娘長成大姑娘，能讓戚氏再生出一個兒子來，能讓蔣源從軍器監的監司做到了少府監丞。

也就是轉眼的工夫，蔣夢瑤十二歲了，出落得娉婷秀雅、落落大方，容貌已屬一等一的拔尖，府裡府外也有好些人注意到她這不俗的相貌，就連老太君也說過，蔣家這一輩裡，蔣夢瑤的容貌算是頂好的。

不過，正如老太君從前說過的一句話，像她們這種世家女，單單只是長得好是沒有任何用處的，門當戶對的人家不會因為妳長得好，就平白把嫡妻的位置空出來給妳，大家嫡妻的位置都很忙的，憑的是實力上崗，妳這從裡到外，要涵養沒涵養，要品德沒品德，要聰慧沒聰慧，要背景沒背景，這樣的實力如何讓人刮目相看呢？

所以說，蔣夢瑤長得漂亮並不能帶動她的桃花，相反的，人家更願意要一個長相普通，卻出身名門、知書達禮、有美好背景和前程的姑娘，這樣有能耐、不漂亮的嫡妻放在家裡也相對安全些。

戚氏從一年前就開始給蔣夢瑤物色人家，挑的是心肝脾肺俱傷，也沒能給自家閨女挑出個合眼緣的人家來。

跟蔣源商量這些事，蔣源卻是不急，戚氏就更急了。

「若是再不訂下來，待明年大皇子來迎親，咱們阿夢就只能湊合著嫁了。」

蔣源卻不以為意，說道：「閨女不想嫁，誰也逼不了她。大皇子迎親來迎便是，總不能為了他迎親，咱們閨女就隨便找一戶人家嫁了。」

戚氏對蔣源的這個回答很是無語，也很無奈。她嘆了口氣，便轉頭對蔣夢瑤說：「上回我倒是聽孔夫人向我提起過，孔家嫡孫至今還未婚配，妳小時候與孔家姊弟不是玩得很好嗎，若是他家……」

蔣夢瑤聽了母親的異想天開，決定潑她一盆冷水。

「娘，妳說孔喻啊？那個書呆子至今未婚配是因為孔夫人眼高於頂，妳覺得她會想要我這樣的兒媳嗎？更別說還有一個咱們府裡的嬸娘，她也不會願意我嫁到她娘家去的。」

戚氏被堵得啞口無言，不過想想女兒說的也都在道理上，孔家嫡孫之所以至今未婚，主要是因為孔夫人。

「妳說的對是對，但是妳別忘了，孔家就因為孔夫人挑剔，都退了好幾門親了，如今這安京還有誰家敢和他家訂親？」

蔣夢瑤嘆了口氣。

「娘，他家都退了那麼多回親，咱還上趕著往前湊，不是犯賤嗎？真讓那孔夫人覺得我也是嫁不掉的了。」

戚氏也不想女兒受委屈，卻也想不到辦法。

從前說是想找一戶通情達理的人家，可是這樣的人家哪裡有得找，蔣家大房的名聲在外，雖然他們的日子是一天比一天好，錢財也是與日俱增，可是，終究還是擔著「商婦」的名聲。出身好一點的人家，嫌棄她家銅臭，出身次一點的人家，嫌棄她家不清白，這反倒是豬八戒照鏡子，裡外不是人了。

記得兩年前，她曾看中蔣源手下的一名少年，蔣源也覺得還不錯，可以考慮，可就是跟人家提了一下，第二天那人就再也沒出現，連仕途都肯放棄，就是不肯娶她女兒，那個時候，戚氏才開始意識到事情的嚴重性。

往後找的好幾戶人家都是這樣，只要跟人家一提娶親的事，第二天那戶人家就會徹底從安京消失，讓她找不到人；如此三番五次之後，也把戚氏的傲氣給磨得差不多了，心想著，不管好壞，女兒總要嫁人的，她也就不挑了，只要有個人站出來娶她閨女。

「不管怎麼樣，明日妳隨我去一趟孔府，我與孔夫人明天約好去看首飾。」戚氏不管不顧，對女兒這般下令道。

蔣夢瑤崩潰。「啊？還要親自送上門去給人家挑啊？」

戚氏一個指鉗過來，掐得蔣夢瑤直討饒。「哎喲、哎喲，去，去，一定去！好疼啊，娘。」

得到女兒的承諾，戚氏這才放手，沒好氣地白了她一眼。「明天給我打扮得莊重些，最好別開口，孔夫人問妳什麼，妳只管對她笑，全都由我來替妳回答，聽到沒有！」

蔣夢瑤欲哭無淚地看著自家娘親，揉著自己被掐得有些疼的胳膊，心裡在咆哮：不讓她說話，讓她扮清純、扮莊重……娘啊，妳這是在騙婚，騙婚懂不懂？

孔夫人要真信了妳，把她給娶進門做孔喻那個書呆子的媳婦，那將來後悔起來，可不知要如何收場哦！

更何況，她才十二歲啊，她娘就急著把她嫁出去，然後嫁出去就得生娃，想起從前新聞裡那些「初中生早戀嚐禁果」、「十四歲單親媽媽」之類的報導，和她這一比，那些嚐禁果、早戀什麼的都可以算是小菜一碟了，蔣夢瑤真的是連笑的力氣都沒有了。

唉，造孽！

第二天一早，戚氏果然一早就帶著大陣仗來到蔣夢瑤的房間，不由分說，掀了被子，就把蔣夢瑤給拉起來，完全不給被告人任何申訴和上訴的機會，用強硬的手段，把蔣夢瑤給押到梳妝檯前，一番雷厲風行的指揮之後，蔣夢瑤終於梳好了一個單螺髻，以粉色絲帶纏繞，配上一根通透無瑕的白玉簪，而後再施以薄粉胭脂，淡妝淡雅，如花如蘭。

蔣夢瑤本就生得漂亮，這樣一打扮之後，就更加耀眼了，正如戚氏所言，她要是不說話，的確是娉婷毓秀、風神秀雅，從畫裡走出來的美人胚子。

戚氏滿意地看著鏡子裡自己親手雕琢出來的藝術品，又給無力抵抗的蔣夢瑤穿上一襲粉嫩得幾乎要冒泡的粉色重疊紗裙，裡裡外外包裹了十幾層紗，蔣夢瑤連吐槽的想法都沒有了。

就這樣被戚氏帶著坐上荀芳閣的商務馬車，一路往孔家趕去。

自戚氏從商的事情不脛而走之後，她也不藏著掖著了，過了一段時間，大家都知道戚氏做生意並且賺大錢的事了，雖然從心底裡對她的墮落嗤之以鼻，但是誰都不可否認，戚氏真的是做生意的能手，將荀芳閣開得滿大街都是，幾乎壟斷了城內城外夫人、小姐們的裝飾行頭。荀芳閣出品的首飾都被打上特有的商標，姑娘們都以擁有一、兩件荀芳閣的珠寶首飾而感到虛榮。這就是品牌的魅力，傳播的人多了，想擁有的人也就多了。

戚氏自然不會說，在荀芳閣設計出品的珠寶首飾烙上商標也是自家閨女想出來的主意。起先她是持懷疑態度，但是做到後來卻發現這真的是一項隱形收益，不僅能讓大家記住荀芳閣的名字，又能更方便傳播出去。

好比這孔家夫人，雖然也和其他人一樣瞧不起戚氏，但是對她經營的荀芳閣卻也有著某種程度的崇拜和稀奇，這不，她約了戚氏帶上荀芳閣的本季新品，前來兵部尚書府就地推銷起來。

她的本意是讓戚氏來推銷珠寶首飾，卻沒想到戚氏存了一分推銷自家閨女的心。

孔夫人一見被打扮成小仙女模樣的蔣夢瑤，心裡就有了數，心中雖然鄙夷，面上卻不動聲色，也不提這事，蔣夢瑤請安也表現得淡淡的，連戚氏故意往這個話題上帶，孔夫人都裝作沒聽到，只跟戚氏聊這珠寶首飾的話題。

蔣夢瑤在心中暗自嘆了口氣，人家這是擺在臉上的嫌棄啊！

他們不要我，我還看不上你家那個一棍子打不出個悶屁的書呆子呢！

戚氏和孔夫人在一旁聊首飾，蔣夢瑤百無聊賴，就拿起桌上的點心吃了起來，就算孔夫人看了她一眼，戚氏瞪了她一眼，蔣夢瑤都裝作沒看到，端著點心和茶杯乾脆轉過身，兀自吃了起來。

戚氏對嫌棄意思更甚的孔夫人尷尬地笑了笑，正要為女兒辯解幾句，卻聽門房跑過來傳話。

「夫人，相國夫人來了，正在門外下轎呢。」

孔夫人一聽，趕忙站了起來，對門房揮手道：「快請，開中門。」

又是一項差別待遇，相國夫人來了，她孔家就開中門迎接，她和她娘剛才可是從西側門走入呢，太勢利了。

不過，想雖這麼想，但蔣夢瑤也有自知之明，來的畢竟是相國夫人，這種一品夫人大多都是身懷誥命，在後院女眷中，走到哪裡都是要給七分面，而她和她娘什麼都不是，也不怪人家不尊重了。

相國夫人嚴氏是一個四十多歲的女人，年紀雖然不大，卻比七十歲高齡的丞相足足小了三十歲，因甚是會打扮，使她看起來風韻猶存，就是臉上的粉多了些，胭脂重了些，其他倒是還好。

「聽說荀芳閣的掌櫃親自來了孔府，我也想訂製幾套頭面，就不請自來，孔家妹妹可別怪我唐突才是。」嚴氏笑靨如花，對孔夫人說道。

孔夫人側立一旁，一張臉簡直要笑出一朵花兒來，殷勤地給嚴氏端茶倒水，做足了小妹姿態；而戚氏從剛才就自動退到邊上，聽聞嚴氏提及自己之後，才在原地跪了下來，恭敬地行了一個命婦禮。

嚴氏要看她今日帶來的新款首飾，戚氏正要解說，嚴氏又提出自己近來染了風寒，不易吹風，要孔夫人找一處舒適的花廳，入廳詳談。

孔夫人自然不敢怠慢，將嚴氏和戚氏帶去孔家西苑中一處水榭花園，花園中有一處捲簾客廳，周圍皆是奇珍異草，芳香撲鼻，且盡是簾子環繞，隱密性也很好。

嚴氏讓身邊的人在外面等著，就和孔夫人、戚氏和一個提著首飾箱的丫鬟進入廳裡。

戚氏臨走前叫蔣夢瑤坐在外頭的椅子等她，蔣夢瑤無奈應聲，看著自家娘親隨那兩位夫人走了進去。

蔣夢瑤正蹲在地上看一株開得極其絢爛的花，突然一個身影走了過來。她回頭一看，就見一名容貌傾城、妝容淡雅的婦人走了進來，趕忙站起來和她行了個禮，又回到先前戚氏指定的座位上端端正正地坐下。

對待不認識的人，她還是不介意裝一裝淑女的。

那婦人坐到蔣夢瑤旁邊的座位上，立刻就有婢女遞茶上前，另一個婢女手中則捧著類似香爐的東西，站在一側。

喝了一口茶後，婦人突然對蔣夢瑤問道：「請問妳是蔣家的哪位姑娘啊？」

蔣夢瑤瞪著眼睛指了指自己，見那婦人的確是在跟自己說話，於是就嘿嘿一笑，說道：「大姑娘蔣夢瑤。」

一般人聽見她的名號就會自動退散了，畢竟蔣家大房的廢柴名聲也算傳遍朝野了。

「哦。」那婦人點頭，然後一本正經地說道：「妳就是那個一無是處的蔣家大房與一個商婦生下來的孩子？」

面對這種近乎赤裸的剖析，蔣夢瑤只想發飆了，長得傾國傾城有什麼用，狗眼看人低的人才是最沒有修養的。

只見那婦人抿唇一笑，雖然媚態橫生，卻讓人看了就把持不住想罵她，因為她又開口說道：「嗯，看妳的反應，應該是了。」

蔣夢瑤深吸一口氣，對那婦人保持微笑。「夫人，我與妳無冤無仇，妳說我怎樣都可以，但是請妳不要說我爹娘的不是。」

那婦人沒想到這姑娘會突然反駁，有些訝異，然後才又笑瞇了眼睛，說道：「怎麼，妳爹娘不好，還不讓人說了？」

蔣夢瑤從座位上站了起來，走到那婦人正面，無所畏懼地正色說：「夫人言之差矣。我爹娘在我看來，那是極好的。我娘從商，靠的是白手起家，沒有給任何人添麻煩，反而因為她的辛勤，讓子女、家人的生活過得更好，這樣一個不給任何人添麻煩，反而對這個世上有貢獻的女人，哪裡不好？」

那婦人也不生氣，眉宇間透著一股新鮮，竟然與蔣夢瑤辯論起來。

「女子當做深閨婦，不見世人不面君，但聽妳那般說來，倒也有幾分道理，那這麼說，就是妳爹做得不好了，因為他的無能，才致使妻子在外拋頭露面，那妳爹一定是個沒有才幹的男人。」

「夫人說我爹沒有才幹，那我倒要請教夫人，何為才幹？經天緯地之才，奇謀善略之功，這世間又有幾人能夠企及？大丈夫立身天地，憑的不是那些虛無縹緲、說都說不清的『才幹』兩字，而是要憑自身的堅毅撐起一方，於上位、下位安泰隨和之感，以德服人；於家園給妻女安康順和之境，美滿和睦，能夠做到這一點的男人，縱然沒有經天緯地之才，亦能說是頂天立地的漢子。真漢子一怒可馳騁沙場，平定天下，卸甲歸來亦可侍弄田地，采菊東籬，這些品德，又豈是夫人口中的一句『才幹』所能概括的？」

輕柔的鼓掌聲傳開，只見那與蔣夢瑤爭辯的婦人眉眼如畫，露出一臉的讚賞，說道：「好利的一張嘴，好透澈的一番見解，我服了！今後再不說妳爹娘是無用之輩了。他們很好，只有真正正直的父母，才會教出妳這種擁有正直品德的孩子。」

婦人起身，來到蔣夢瑤面前兩步遠，對她招了招手，蔣夢瑤不解地走過去，就見那婦人從自己的手腕取下一對拇指粗細的白玉鐲子，用隨身絲帕包好，塞入蔣夢瑤手中。

「夫人，妳這是幹什麼？說兩句話而已，我不要妳的東西。」說著，蔣夢瑤就要把鐲子還給這婦人，卻被婦人阻攔。

婦人握住她的手，說道：「好孩子，收下吧。妳今日不收，將來也許會後悔呢。」

蔣夢瑤看著這位面容漂亮、行徑卻十分古怪的婦人，堅持搖頭。「無功不受祿，我又不認識妳，怎麼能收妳這麼貴重的東西呢？」

婦人一笑，豔麗無雙，卻也透著淒絕。「這是我們第一次說話，只怕也會是最後一次了，妳收下，戴不戴隨妳，這只是我對妳的一點心意。妳且記住，今後不管身處何種惡劣環境之中，妳都要永遠保持這一顆正直的心，人只有正直，才能活得問心無愧，才能給自己和身邊的人帶來快樂。」說完這話之後，婦人又在蔣夢瑤的臉頰上摸了摸。

花廳的門再次打開，相國夫人率先走出，來到那婦人身旁，雖未行禮，卻是恭謹有度；

而隨後出來的孔夫人在看見那婦人之後，竟也露出了驚慌，被相國夫人的兩名丫鬟扶著才不至於跪地不起。

婦人對戚氏點了點頭，這才轉身，由兩名丫鬟隨行離去。待她離去之後，相國夫人也恭謹地隨行而去。

蔣夢瑤低頭看了看手裡的鐲子，又看向孔夫人一副需要做人工呼吸的模樣，心裡對那美貌婦人的身分就更加驚疑了。

坐上回府的馬車，戚氏看見蔣夢瑤手裡拿著的一對手鐲，問道：「這是什麼，哪來的？」

蔣夢瑤把鐲子遞給戚氏，指了指馬車外，說道：「就是剛才那個女人給的，她說我要是不收下，以後一定會後悔。」

戚氏接過來看了看，她做珠寶生意多年，對這些東西絕不會看走眼，這玉是上好的和闐美玉，以這種白玉最為罕見，大多後天養潤而成，價值自不必說，溫潤膩滑，入手涼，轉瞬溫。

戚氏將鐲子湊近了看，只見在內壁之上寫著一個「華」字。「華……」

戚氏將那字唸了出來，蔣夢瑤也湊過去看，果真這對鐲子的內壁都用金漆寫著一個「華」字。

「娘，妳知道那個女人是誰嗎？」

蔣夢瑤說出自己先前就近看見相國夫人對那名婦人的恭敬，戚氏亦表示驚奇，因為她站在孔夫人身後，所以並不能看見相國夫人是什麼表情，此時聽蔣夢瑤一說，就更加覺得奇怪了。

戚氏想了又想後，回道：「不知道。如果真如妳所言，相國夫人都對她敬畏有加的話，那勢必是個有來頭的人物，只不知她為何要送妳手鐲。不過，她既然送了妳，也算是一樁奇緣，妳且好生收著。」

蔣夢瑤點點頭，小心翼翼地用帕子包好鐲子，再放入貼身荷包之中妥善收藏，心中卻在暗自念叨著那個「華」字。

一個驚人的想法竄到她的腦海之中。高博的母親，不就是——華貴妃？那個女人難道是……蔣夢瑤猜到這個可能的時候，嚇出一身冷汗。可是，如果不是她的話，這件事情可就透著懸疑了，畢竟她並不覺得自己真的有什麼奇特魅力，能夠讓一個素昧平生的人一出手就送她這麼名貴的東西。

可如果真是華貴妃，她又為什麼要這麼做呢？

母女倆各懷心思回到家中，卻發現這個時候應該在少府監的蔣源竟然在家裡。

看見戚氏母女倆後，蔣源就迎上來說道：「我是回來拿佩刀和軍服的，六皇子遇刺，宮中各府戒備，估計這幾天都要值勤，不能回來了。」

「六皇子遇刺？」蔣夢瑤驚訝地問。

她剛才一聽說「六皇子遇刺」這幾個字時，腦中突然冒出一張冷冰冰的臉來。上回陷害二皇子的事情不過才過兩年多，難道這回六皇子遇刺，也是他的作為？

對於女兒的失態，蔣源並沒有感到太奇怪，點頭說道：「是啊。聽說六皇子此次遇刺，多有蹊蹺，聖上正在嚴查此事，所以戒備森嚴，各府都須十二個時辰輪流值勤。」

蔣夢瑤心上沒由來一陣緊張，感覺背後又是一層冷汗。由於戚氏正在給蔣源整理衣服，叮囑事情，並未發覺女兒短暫的不對勁。

「那你自己當心些，不值勤的時候，務必多休息，別老傻乎乎地往前衝，知道嗎？」戚氏對蔣源叮囑道。

蔣源連連點頭，然後就往少府監趕去。

蔣夢瑤也推說自己累了，就揣著心思回到了自己的房間。

自從虎妞三年前被送去天策府之後，她身邊就一直沒有重新安排丫鬟。蔣夢瑤在房間裡來回踱步之後，還是覺得在房間裡待不住，換了一身乾淨俐落的衣服，讓院子裡的婢子去戚氏那裡回報一聲，自己就從國公府旁門出去，直奔天策府。

當她來到天策府就看到步擎元也是匆匆忙忙從府裡出去，翻身上馬，往少府監的方向奔去。

蔣夢瑤直接去寧氏的院子，寧氏正在教虎妞功夫，基本上這兩個人都屬於武癡的類型，只要一閒下來，兩個人鐵定就是在院子裡教功夫、學功夫。

見蔣夢瑤過來，寧氏就對她招了招手，說：「去，妳也提兩桶水去那邊站著，妳這丫頭悟性是有了，可就是自作聰明，總不肯勤學苦練，要不然妳的功夫何至於會不如虎妞？」

蔣夢瑤對虎妞做了個鬼臉。虎妞正一隻手頂著巨石，一隻腳金雞獨立，看見蔣夢瑤做鬼臉，身子竟然絲毫不歪斜，功夫算是練到家了。

蔣夢瑤走到水桶旁邊卻不提，而是蹲下來玩起了水，若有所思地對寧氏說道：「師奶，剛才步叔叔回來幹麼呀？」

寧氏見她有心事的樣子，也不催促她練功，而是有問必答地說：「聽說六皇子遇刺了，各府戒備。」

蔣夢瑤點點頭，臉上又露出那種欲言又止的神情來，這樣的蔣夢瑤，寧氏還是第一次見，每回見這丫頭都是嘻嘻哈哈、沒心沒肺的，今日卻是不同。

寧氏將她叫到一邊問道：「妳有什麼想說的，直說好了，別憋著，我能給妳辦的不會推辭，不能辦的妳也別再空想了。」

對於寧氏直白的言詞，蔣夢瑤也決定不隱瞞了，深吸一口氣後，獅子大開口。「師奶，您能神不知鬼不覺地進皇宮嗎？」

這丫頭真是沒救了，一天到晚腦子裡到底在想些什麼東西？

「能。」寧氏回答得也很乾脆。「但是不會帶妳進去。」

果然薑還是老的辣，寧氏也是直來直往的類型，看穿蔣夢瑤接下來想說的話之後，乾脆一口回絕了。

蔣夢瑤幽幽嘆了口氣，說道：「好吧。不帶，就不帶吧。我回去了。」

說完之後，就一副無精打采的模樣，往門口走去，寧氏看著她這樣，倒像是真的有什麼急事非要入宮般，她對這個丫頭，從一開始的不排斥到如今的真心喜歡，真心把她當成自己的孫女一般疼愛著，看慣了她嬉笑的快樂臉孔，卻是再不想看她臉上露出任何憂愁。

寧氏鬼使神差地喊了一句。「妳回來！」

第二十章

夜深人靜的時候，皇宮裡依舊是燈火通明，只是所有地方都靜得可怕，樹影浮動間似乎隱藏著呼之欲出的凶獸。

蔣夢瑤緊緊抱住寧氏的腰，與她一同踩在琉璃瓦上，往內宮飛躍而去。

蔣夢瑤所有的功夫裡，也就只有輕功能夠稍微上得了檯面，因此寧氏帶著她奔走，倒也不是特別吃力，只需稍稍提攜一番氣力也就行了。

御花園裡走來幾隊巡邏的侍衛，寧氏將蔣夢瑤身子壓低，緊貼著琉璃瓦的樑上，蔣夢瑤屏住呼吸，等下面的侍衛隊遠行之後，才稍稍探出腦袋。

寧氏將她帶到一處宮殿上方，指著下面說道：「這裡就是祁王的宮殿，他雖封王，卻沒有在外開府，許是因為年紀還小，還住在宮裡。」

蔣夢瑤探頭看了看，寧氏見她如此，十分不解。

「丫頭，妳老實跟我說，妳為什麼非要在這個時候來見他？」

蔣夢瑤垂眸想了想後，抬頭對寧氏反問道：「那師奶，您為什麼老愛撿別人不要的東西回家？破櫃子、破床、破……」

寧氏臉色一黑，右眉一挑，說道：「……下去吧。」

蔣夢瑤滿意地點點頭，像是在說寧氏孺子可教。本來嘛，人活在世，誰都有些不想讓人家知道的隱私。妳要問清楚，那我當然也要把妳問清楚了，到時候兩相揭露，全都不堪，兩敗俱傷，何必呢？

「自己小心點，被人抓住了，我可不會救妳的。」

寧氏雖然嘴裡這麼說，目光卻已經開始為蔣夢瑤搜尋四周的危險了。

蔣夢瑤點頭。

「我就下去看看，看不到他的話，我立刻就上來。我的功夫雖然比不過虎妞，但是躲一躲人還是可以的，放心吧。」

蔣夢瑤跳進宮殿，腳步輕得就像隻貓一樣。

偌大的院子裡竟然一個伺候的宮女都沒有，寧氏說高博就住在最東首的主殿之中，殿外也是空無一人，蔣夢瑤走過去，輕輕推開門走了進去，突然頭頂和腳下全都鈴聲大作，嚇了她一跳。

只見從殿內房樑上，從天而降十幾個穿著黑色勁裝的蒙面人，每人手中都持一把劍，劍鋒直指她的咽喉。

嚥了下口水，雖然這些打扮得像是阿拉伯婦女一般的人很可笑，但他們手裡的劍卻不是開玩笑的。

高博不愧是高博，原以為他的宮殿夜不閉戶，連守衛都撤掉，足以證明他心中無鬼，可誰知，他的鬼都藏在別人看不見的地方。

高博穿著一身中衣自殿內走出，身旁各有兩名舉著燭火的黑衣侍衛，他這殿裡臥虎藏龍，已經有兩、三年沒有人敢來闖空門，設置的機關也久未響動，沒想到今晚倒是被觸動了。

在看見舉手投降、被十幾柄劍逼得靠在門扉上無奈的蔣夢瑤時，高博的腦子幾乎有那麼一會兒是不能運轉的，他蹙緊的眉頭簡直可以夾死一隻蒼蠅，話鋒冷得凍人。「誰帶妳進來的？」

遣退了侍衛，高博把蔣夢瑤帶到內殿，蔣夢瑤一邊走一邊好奇地驚嘆著。

高博已經恢復冷靜，走到一處燭檯前親自打響火摺子點亮了幾盞燈。殿中的光線一下子明亮許多，蔣夢瑤這才看向高博嘿嘿一笑。

將火摺子放在一邊，高博雙手抱胸、好整以暇地看著她，冷道：「說吧，誰帶妳進來的？」

蔣夢瑤不正面回答他的問題，而是故作鄉巴佬的樣子，指著他宮裡的擺設問東問西。「以前一直聽人家說宮裡怎麼漂亮，我都不信，哇，你看看、你看看，這些東西要是再過幾百年、幾千年，不知道要賣多少錢呀！」

高博對她翻了個白眼，就近找了張椅子坐下來，說道：「幹麼要幾百、幾千年以後，這些東西，現在就價值連城了。」

蔣夢瑤誇張地吸氣。

「那幾百年、幾千年以後，豈不是價值連國？」

高博不想與她繼續探討這種白癡問題，兀自倒了一杯茶。

蔣夢瑤走過去，以為他會遞給她喝，沒想到他端起來直接往自己嘴邊送去，她憤憤收回準備去接的手，往高博旁邊的椅子上一坐，伸手拿茶壺，準備自己動手。

誰料高博卻說：「用這個杯子喝吧。」

蔣夢瑤嫌棄道：「你好意思嗎？把自己喝過的杯子給人家喝。」

高博看著她，又把舉起的杯子放下來，面無表情地說：「我喝過的杯子，沒毒，其他的，不敢保證。」

蔣夢瑤見他不像是說笑，看著茶托上剩餘的金漆杯子，還是沒敢拿自己的生命開玩笑，殘念地收回了手。

高博將自己的杯子倒好了茶，放到蔣夢瑤面前，問道：「說吧，妳找我幹麼？」

他可不會真的以為這丫頭是來皇宮一夜遊的，還不偏不倚遊到了他的宮殿。

蔣夢瑤埋頭，從自己貼身荷包裡取出那一對鐲子，遞給高博。

高博不解地看了看，然後拿起其中一只，對蔣夢瑤揚了揚眉，問道：「這怎麼在妳那兒？」

蔣夢瑤見他這表情，就知道自己猜測得沒錯，再次確定道：「你認識這東西？」

「認識。」高博很淡定。「我母妃的，可怎麼會在妳那裡？」

蔣夢瑤嘆了口氣，說道：「我也想知道，這東西怎麼會在我那裡，你娘好端端地把這對鐲子送給我幹麼呢？」

「她送給妳？」高博又低頭看了看手裡的鐲子，確定無誤後，才又問道：「妳什麼時候見過她？」

蔣夢瑤深吸一口氣，將白天遇到的事情一五一十告訴高博。

高博聽後，只是點點頭，淡定自若地說道：「哦，那既然是她給妳的，妳就收。」

蔣夢瑤義正詞嚴地說：「無功不受祿，也不知道你娘想幹麼，我怎麼能收呢？」

高博也不甘示弱。「我也不知道她想幹麼，既然是她送給妳的，那妳去問她啊，送來給我又是什麼意思？」

蔣夢瑤看著高博語塞。喂，你好端端的生什麼氣呀！

她將東西又拿了回來，說道：「你母妃住在哪裡呀？」

「在離我這兒三里開外的淑華殿。」

高博毫不吝嗇地指明方向，卻讓蔣夢瑤咋舌。

「三里？你怎麼跟你娘住那麼遠啊？」

高博對於蔣夢瑤的十萬個為什麼，也表現出超乎常人的耐心，說道：「除了皇后的孩子，其他妃嬪所生之子都不會養在妃嬪身邊的，所以說，除了大皇子高謙，我們其他人都是在遠離親母的承嗣殿長大的，每年也只有逢宮中大宴，才有機會得見，一年不過三、四回。」

「三、四回？」蔣夢瑤吃驚地重複高博的話，惹得高博冷笑，不禁又問：「可是你這麼受寵，難道也不能去看你母妃嗎？」

高博沈默了好一會兒後，才回道：「規矩就是規矩，與受寵不受寵沒有任何關係。」

蔣夢瑤看著他的樣子，不禁又嘆了口氣。「唉，人都羨慕天家富貴，你這麼一說，倒真是沒什麼好羨慕的了。」

身為皇子，原本就不可能像普通孩子一般得到父愛，如今就連母愛都不能得到，這樣骨肉分離，雖不及生離死別，但整日都在這思念親情的日子裡度過，又有幾分快樂呢？

「我今日聽我爹說，六皇子遇刺了。這事兒……跟你有關嗎？」

蔣夢瑤問出這個問題之後，連自己都吃了一驚，因為茲事體大，想來高博也不會告訴她實話才是。

「有啊，就是我派人幹的。」

「……」

大哥，這麼坦白，讓她很為難的。

蔣夢瑤盯著他看了一會兒，像是想確認他是不是在開玩笑，可是高博一本正經，不像是在和她開玩笑的樣子，她心中便有些急躁，脫口說道：「六皇子才多大，十歲吧？他那麼小，你怎麼能派人刺殺他呢？」

高博與她對視，眼中盡是疏離，目光不偏不倚，一字一句地說道：「他小？妳知道我第一次被人下毒是幾歲嗎？」

蔣夢瑤愣住了，沒想到高博會突然拋出這個問題。

「一歲還不到的時候，就有乳母親自吃毒，用帶著毒的奶水餵我！若不是我娘發現及時，毒素甚微，我早在一歲的時候就已經死了。我與那乳母又有什麼仇怨，她卻願意損自身來害我，我們這個世界就是這樣的，你不害我，我害你，我不害你，他害你，永遠都害不完的。」

蔣夢瑤爭辯說：「可是，這也不能成為你心安理得害他的理由啊。」

高博深吸一口氣，像是耐著性子在跟蔣夢瑤說話。「我若不害他，自有旁人害他，我害他，只是讓他受傷，可是旁人害他，卻是會要了他的命！妳沒身在其中，又怎知我是害他，還是救他呢？」

「你！」蔣夢瑤今天總算是遇到一個能言善辯的對手了，只覺得這個人真是三觀不正得厲害，小時候只覺得他暴躁、有心計，可是長大之後，卻越來越輕賤人命，罔顧手足。

「你怎麼能顛倒黑白、是非不分呢？算了，我不跟你說了，你的事情，我才懶得管。」

蔣夢瑤嘆了口氣，往殿外走去，高博也不留她，而是將她送出殿外，然後盯著她，直到殿門關起。

寧氏等了半天，終於瞧見她出來了，似乎帶著怒容，她來不及問她怎麼回事，就一個飛身躍下了屋脊，抓著蔣夢瑤的胳膊，說道：「快走，那邊巡邏的又來了。」

蔣夢瑤這才轉頭又看了一眼已然緊閉的殿門，跟著寧氏又飛上屋脊，隱身而去。

高博站在門後，看著她們離去，這才回到殿中，看著她先前坐過的位置，嘴角勾起一抹溫暖的笑。

這小丫頭似乎是有點開竅了。

回到床鋪上，高博左右翻了幾回身，還是睡不著，從藏在床頭的暗格之中取出一個小匣子，打開之後，將匣子裡一頂金光閃閃、鑲寶石花冠取了出來，這才躺下。

高博將花冠舉得高高的，看了一會兒後，將之捧在心上，深深呼出一口氣，帶著那丫頭的倩影記憶，沈沈睡了過去。

蔣夢瑤跟寧氏去了一趟皇宮，這麼晚，蔣家自然是回不去了，還好寧氏早就讓虎妞去向戚氏遞了消息，說蔣夢瑤今晚睡在天策府。

蔣夢瑤回到她在天策府的房間，虎妞從床上坐起，自動地往裡床讓了讓，把自己捂熱的位置騰出來給蔣夢瑤睡。

蔣夢瑤躺下之後，還是睡不著，虎妞也不會安慰她，就一直睜著眼睛陪她。

兩人大眼瞪小眼，瞪了大半夜，才雙雙睡去。

第二天一早，蔣夢瑤無精打采地回到蔣家。

戚氏和兒子小圓球正在吃早飯，看見她回來，戚氏放下正在添早飯的飯勺，走過去將她上下看了看，沒覺得哪裡不對，才拉著她一起去吃早飯。

戚氏給蔣夢瑤盛了一碗粥，正要喝，就見蔣源從院外急匆匆地回來了，她又迎上去。「相公，不是說要值勤好多天嗎？怎麼今日就回來了？」

蔣源把身上的軟甲除下，對戚氏說道：「哦，六皇子遇刺一事已經查明了，宮裡撤了守衛，我就回來了。」

蔣夢瑤把粥碗放下，對蔣源問道：「爹，已經查明了嗎？幕後是誰指使的？」

蔣源拿了一個饅頭，隨口答道：「查明了，是另一個皇子派人下的手，此時聖上正在審問，大概不用多久就能昭告出來吧。」

蔣夢瑤緊張地站了起來，急躁地問道：「另一個皇子？怎麼查到是另一個皇子做的？有證據嗎？有證人嗎？」

這個高博，她就說別搞這些花花腸子，現在好了，不過一個晚上，就給人肉搜索出來了，這回真是連怎麼死的都不知道了吧。

蔣夢瑤的行為不僅讓蔣源感到奇怪，就連戚氏也跟著不解。「阿夢，妳怎麼了？」

蔣夢瑤失魂落魄地坐了下來，搖搖頭，不再說話，因為她知道這件事情，並不是她說什麼就有轉圜的餘地，便心中暗想：如果高博也和二皇子一般被判流放的話，她能為他做什麼呢？

「唉，三皇子這回算是徹底栽了！這也是報應，妳說，他好端端的，派人刺殺自己的弟弟幹什麼呀！縱然他們的母妃近來不睦，可也不用做得這麼絕，斷了自己的退路，真是不理智啊。」

「……啊？」蔣夢瑤又發出一聲不合時宜的驚疑助詞。「爹，這幕後凶手是……三皇子啊？」

高博是五皇子，那就是說，不是他？

蔣源咬了兩口饅頭，點點頭。

「是啊，不然妳以為是誰？三皇子的母族近來與六皇子的母族有所爭執，想來這三皇子也是想孤注一擲，只是手段不大高明就是了，這麼快就被人發現了。」

蔣夢瑤又埋頭喝粥了，心裡對高博的佩服又更上一層樓了。

本來以為他只是對弟弟心狠手辣，沒想到卻還是低估他了，他這是想一箭雙雕，借刀殺人啊！替三皇子默哀。

原本以為高博只是想刺殺一下六皇子，沒想到他竟然還有後招，硬是把三皇子給拉下了水，呃，不對，是把三皇子拉下來墊背，他倒拍拍屁股，啥事都沒有地瀟灑走一回了。

跟他以身做餌搞掉二皇子那回的情況不一樣，這回技術升級，讓自己完全置身事外，藏身幕後，把六皇子推出去，栽贓三皇子，兵不血刃就成功一箭雙雕。

過了大概半個多月後，皇榜又一次張貼出來，據刑部調查之後，證據確鑿，將三皇子定了罪，聖上親自下旨用刑，說其行跡惡劣，杖責五十大板，並禍及母妃，打入冷宮，三皇子幽禁極樂宮。

短短兩、三年的時間，除去年幼早夭的四皇子，當朝的五個皇子就折了兩個，自有暗潮湧動，將一切矛頭都指向祁王高博，所有人都在說，估計下一個就該輪到皇長子高謙。二皇子和三皇子的事情，雖然表面上證據確鑿，文武百官卻也不是傻瓜，皇子的罪縱然滔天，亦只有皇上一人能夠定奪，若是皇上有相救之心，二皇子、三皇子又何苦落得如今的下場呢？而聖上這麼做的原因，也是顯而易見的，必定是為了他最疼愛的祁王殿下剷除後患，因為聖上自知祁王並不是嫡子嫡孫，縱然偏愛，強行將帝位傳於他，將來也必有衛道之士站出來說他長幼不分、嫡庶不明，到時候祁王殿下名不正、言不順，根基不穩，如何平定天下呢？

聖上的苦心，群臣都看在眼中，雖然心中都為兩位皇子感到不平，但畢竟那都是天家自己的事情，旁人管不了，也反駁不了，只是暗地裡都已經心如明鏡，將來的儲君會是哪一位。

祁王當是儲君的不二人選，這個猜測讓所有人都覺得不安，因為以祁王一貫的暴虐作風，預示著他將來必定不會是一個仁愛臣民的皇帝，說不定，登基之日，便是他們這群老臣更替之時，一時竟也人心惶惶起來。

聖上依舊不表明真實態度，既不冊封祁王為儲君，又不加掩飾地偏袒，使眾人置身雲端，不明所以；但是反對祁王、聲討祁王的聲音，也越來越烈了。

蔣夢瑤從那日自宮裡回來之後，總是病懨懨的，只有蔣源回來講外頭的事時，她才勉強打起精神來聽一聽。

這日，她正躺在搖椅上曬太陽，戚氏就走進院子裡來，臉色並不大好，對蔣夢瑤說：

「去換身衣服，老太君召妳過去。」

蔣夢瑤蹙眉不解。「啊？老太君叫我？叫我幹啥？」

戚氏沒有說話，只是催促蔣夢瑤去換衣服。蔣夢瑤見自家娘親臉色不對，也不敢多問，換上得體的衣服之後，就跟著戚氏去老太君的院子裡。

一去之後，蔣夢瑤嚇了一跳，發現老太君院子裡熱鬧得很，孔氏、吳氏，外帶幾房侍妾竟然全都在這裡，另外還有幾名衣著普通的婦人坐在客座席上，她們的共同點就是，身後都各自站著一個或兩個十幾歲的男孩。

男女七歲不同席，照理說，若是有男孩在場，除非宴客等特殊情況，其他時候，女孩應該避讓才是。

蔣夢瑤看了一眼戚氏，只見她的臉色自進來之後，就更加不好了。

腦筋一轉，蔣夢瑤暗忖：不好，老太君這是想趕鴨子上架，不顧臉面與規矩，想讓她從這些人裡挑一個嫁了吧。

老太君難得對蔣夢瑤有個笑臉，把她喊到身邊，故作慈愛地拉過她的手，在手上拍了兩下後，說道：「女大不中留，留來留去留成仇。前兒我就跟妳娘說過，趁著好年華，盡快物色一戶好人家，可妳娘總想把妳多留些時日在身邊，怎麼勸都不聽。她糊塗，老太婆不能跟著糊塗，若真是耽誤了妳，將來妳可是要怨我的。」

蔣夢瑤還沒開口，就見老太君對一旁恭謹伺候的孔氏招了招手，說：「老二家的，妳去將他們介紹認識一番，明年年初，璐丫頭就該與大皇子完婚了，夢丫頭也該找個人家，這些都是清白人家，再好不過了。」

孔氏領命之後，便牽著蔣夢瑤到客座席那邊，開始介紹起來。

「這位是城東李員外家的公子，家財萬貫；這位雖家境一般，但此子有才，小小年紀就考了童生，將來前途無量；這位……」

孔氏接下來的話，蔣夢瑤沒仔細聽，她倒不是嫌棄人家怎麼樣，而是對老太君和孔氏她們的做法很不滿，這就是擺在檯面上說她蔣夢瑤配不上高門大戶，竟然連普通人家都會遵守的禮儀都不顧，男女同席相看了起來！這是最粗俗不過的事，若真是有心，何妨將他們一個一個約出來，分開見面也行，這般集體聚會，叫人感受到操辦之人的敷衍與不尊重。

直到孔氏說完，蔣夢瑤的臉上都帶著笑容，她也不知自己從什麼時候養成這個習慣，遇到事情總不願對外暴露自己真正的情感，喜歡以笑來應對一切事。

「都介紹完了，阿夢可有中意的？」

孔氏這說法，讓人產生一種她是老鴇，蔣夢瑤是等待接客的姑娘一般，平白讓一旁的戚氏恨得咬牙，正要發飆，卻見蔣夢瑤先聲奪人，一片赤誠地說道：「嬸嬸，您真是說笑了，就我身上這情況，哪裡還能挑人家，自然是問人家要不要我了。唉，想我國公府門庭，在安京那也是數一數二的，姊妹們嫁的嫁、訂親的訂親，那最次的也是二品之家，我身為嫡長孫女，若不是因為身上這祖傳惡疾，又如何要勞老太君和嬸嬸這般操心？」

蔣夢瑤這番話說得情真意切，在平靜的客廳中一石激起千層浪，客座上的人全都面面相覷，驚疑地討論起來。

孔氏眉頭蹙得像是要夾死一隻蒼蠅般，拉著蔣夢瑤到一旁，低聲呵斥道：「妳胡說什麼？誰有祖傳惡疾？」

蔣夢瑤目光看著孔氏，突然驚訝地大叫一聲，說道：「嬸嬸妳說什麼？咱們家的人都有那頑疾在身？哎呀呀，這可怎麼了得喲。」

孔氏大驚恐嚇道：「瘋丫頭，妳再胡說八道，看我不撕爛妳的嘴。」

見孔氏突然發怒，客座上的人全都站了起來，孔氏伸手要去抓蔣夢瑤，可是她的手還沒碰到蔣夢瑤，就見蔣夢瑤的身子往後一撞，撞到坐在客座最上首的李夫人身上，像是硬生生被孔氏出手推開一般，蔣夢瑤抓住李夫人，就像抓住救命稻草般，不斷對著人家的臉肆無忌憚地咳嗽起來，噴得李夫人一臉的口水，嚇得她坐在那裡一動都不敢動。

「咳咳咳……嬸嬸息怒，阿夢知道錯了！妳和老太君千叮嚀、萬囑咐，讓我不要在客人面前透露真相，好歹騙一個回來成親，阿夢知道錯了，咳咳咳！」

咳得差不多了，蔣夢瑤扶著李夫人站了起來，然後擦了擦嘴角，對李夫人福下身去，嬌羞問道：「這位夫人，請問您家願意娶我嗎？我雖身染惡疾，還會傳染，但是我會做飯、會女工，還會寫字唸書，哦，我算帳也還行，您家娶了我，決計不會吃虧就是了。我一定會好好伺候相公，孝敬公婆，只盼我這病能晚發作幾年，咳咳咳……」

李夫人已經被嚇得魂不附體，連最基本的禮儀都沒有維持，拉著自家兒子，一邊擦臉就一邊飛也似地跑出客廳。

蔣夢瑤看著他們倉皇離去的身影，又走向下一個人，只見那人也是驚恐起身，對老太君鞠躬三次，轉身就跑，其餘眾人更是不敢多留，轉眼就溜得乾淨。

只留下廳內同樣震驚的戚氏和已經被氣得鼻孔冒煙的老太君和孔氏，就連剛開始還在笑的吳氏也不高興了。畢竟蔣夢瑤胡鬧是她的事，可是她不該把火燒到她的孩子身上去，什麼叫祖傳頑疾？那豈不是說，府裡其他人都有嗎？府裡就數她的孩子最多，豈容蔣夢瑤這般誹謗？

老太君被氣得要丫鬟替她順氣。孔氏揚起手就想打蔣夢瑤，卻被蔣夢瑤率先閃開，孔氏一巴掌打在椅背上，痛得眼淚都流出來了。

「臭丫頭，妳簡直太無法無天了！哎喲，我的手。」

蔣夢瑤跑到廳前，對孔氏嘿嘿一笑，說道：「嬸嬸，這就是妳給我找的人家呀。唉，下回還是別找這些大戶了，您直接找那些什麼殺豬的回來吧，說不定他們不嫌棄我，以後每年您還能免費吃到豬肉呢！我還有事要出去，我的婚事就交給嬸嬸去辦了，務必要讓我在今年嫁出去，要不然明年璐瑤妹妹可該如何出嫁呀！」

孔氏被她氣得跌坐在太師椅上喘氣，老太君舉著柺杖站起來，指著飛快跑出去的蔣夢瑤罵了起來。「畜生！孽障！」

戚氏觀完全程，在蔣夢瑤離去的前一刻，自己也告退了。

這些人竟然想用這種方法把她的寶貝女兒嫁出去，委實可惡至極，還想要她怎樣的好臉？她也下定決心，若是下回再有此事，就算要她再告官一回，也絕不容她們這般欺辱她的阿夢了。

蔣夢瑤離開國公府後，就來到了天策府。

步擎元去年娶入門的媳婦張氏正挺著個肚子坐在那裡，寧氏看見她的肚子就開心，連帶給孫媳婦倒茶這種事情也做得甘之如飴，得心應手。

張氏看見蔣夢瑤來，就主動騰出旁邊的位子讓她過來坐。對張氏而言，蔣夢瑤可以說是她的媒人，若不是蔣夢瑤這個聰明的小丫頭從中周旋用計，她可能到今天還在家中苦候郎君前來提親呢。

與張氏說了一會兒話，張氏覺得肚子有些不舒服，就說想回房休息片刻，寧氏把她妥貼地送回房之後，再出來，就看見蔣夢瑤悶悶不樂地靠在石桌旁，虎妞則坐在一旁陪她。

寧氏讓虎妞去練功，自己和蔣夢瑤坐在一起，問道：「妳那晚進宮找祁王，不會就是為了六皇子的事吧？現在也是為了祁王的事不高興？」

蔣夢瑤回頭看了一眼寧氏，幽幽嘆了口氣，說道：「唉，不是。」

於是就把剛才在家中發生的烏龍相親告訴寧氏，寧氏聽後也頗為氣憤。「從前我就覺得蔣家那個老太君腦子有問題，沒有半點主見不說，人還特別昏庸，分不清事情好壞，顧不了大局，不懂時事政治，鄉野村婦一個！沒想到她老了，竟然是一點都沒變，真是由著奸人瞎擺弄，唉，蠹蟲是也。」

蔣夢瑤見寧氏替她罵了老太君，心裡舒服了些，用手撐著腦袋，趴在桌面上，對寧氏問道：「師奶，您從前就認識老太君吧，那我爺爺和奶奶，您認識嗎？」

寧氏想了想，點頭道：「認識啊。妳爺爺叫蔣易，是蔣顏正的大兒子嘛。我見過，可比那個什麼小兒子蔣修要厚道多了，只可惜天縱英才，死得早了。」

難得有聽到前事的機會，蔣夢瑤不禁坐直身體，又問：「他是怎麼死的？府裡都說他是病死的，可是我看老太君從來都不提起他，提起了也不開心，他是不是老太君親生的呀？」

寧氏在蔣夢瑤頭頂彈了一記，說道：「胡說什麼呀！不是親生的，那蔣顏正不成綠殼烏龜了嗎？」

雖然嘴裡這麼說，但是寧氏的嘴角卻不由自主勾起一抹笑來，顯然正在腦補著蔣顏正變成綠殼烏龜的模樣。

「是親生的，只不過親生的孩子也分親疏，蔣易更像蔣顏正，正直剛毅，心懷家國社稷，和秦氏還有那個小兒子完全不同，他們更趨向於想要安逸富足的生活，一家人存了兩家心，又如何能夠親近得起來呢？」

「那您知道他們當年為什麼要分家嗎？分家又不分府，這叫哪門子的分家呀！」

這個問題困擾了蔣夢瑤好多年，今日寧氏提起此事，她也正好藉此將壞心情岔開，於是就往深裡去問。因為從出生開始，她就一直在納悶，一直懷疑自己的爺爺蔣易不是老太君親生的兒子，可是，這個想法剛被寧氏給否定了，那她就更加不明白，同樣是親生的兒子，為什麼老太君就特別偏袒二房呢？

「當年的事，也說不清。原本秦氏是隨軍的，兩個兒子也帶在身邊，可是在一次戰役之後，她和蔣易、蔣修就從戰場被送了回來，說是要給國公府的兩個兒子娶妻生子才從邊關回來的，可是他們回來之後，秦氏對兩個兒子的親疏就表現出來了。我在天策府都經常能聽見她苛待蔣易的事情，還經常在外人面前貶低他，蔣易也不作聲，一味忍讓，娶妻生子後，據說夫妻和順，誰知道沒過幾年妳奶奶就重病死了，蔣易也心灰意冷，才小半年，就跟著去了，這才留下了妳爹。」

蔣夢瑤聽得雲裡霧裡，還是沒有弄懂老太君為什麼不喜歡大房。

寧氏見她苦惱，不禁又說道：「不管怎麼說，我是不喜歡秦氏的，要不是看在蔣顏正的面子上，我早十年前就一掌拍死她了，哪輪得到她今天來欺負妳！」

對於一個揚言要拍死自己祖奶奶的人，蔣夢瑤心情也是頗為複雜。

「哎呀，怎麼說到那麼久遠的事情上去了，我還在問妳和祁王到底是怎麼回事呢。」

寧氏發覺自己歪樓之後，又主動撥亂反正，蔣夢瑤現在聽她提起祁王，也沒有一開始那麼反抗，繼續趴下腦袋，對寧氏問道：「師奶，您覺得祁王這個人怎麼樣？」

寧氏挑眉。「我怎麼知道，我又沒見過他。不過外面那些不好的評價，我倒也是經常能聽見。」

蔣夢瑤眨巴兩下眼睛，嘆了口氣，說道：「那些評價有真有假，他那個人談不上壞吧，也許是身處的環境比較惡劣，才讓他好像對誰都很抗拒，也挺可憐的。」

寧氏仔細看著蔣夢瑤的表情變化，聽她說完這些之後，也沈吟片刻，一針見血地問道：「他喜歡妳？」

蔣夢瑤想了想。「不確定。」

「那妳喜歡他？」寧氏再接再厲地問。

蔣夢瑤又想了想。「……呃，不討厭吧，談不上喜歡！」

寧氏重重呼出一口氣，對蔣夢瑤語重心長地說：「本來這種事情，我不該插嘴的，但是，我還是想提醒妳一下，他是個皇子，還是個最受寵的皇子，先不說他肩上的責任有多重大，縱然他很喜歡妳，但是妳能保證，他願意為了妳放棄某些對他來說很重要的東西嗎？皇家的媳婦不好當，祁王的母親如今貴為華貴妃，可是旁人卻不知道她為了走到這一步，付出多少艱辛與血淚，這些現實妳現在可能還不懂，但是妳不懂不代表沒有，等到妳陷進去了才看清現實，那個時候已經晚了，再也不能改變什麼，到時候，妳又將如何面對呢？」

寧氏的話讓蔣夢瑤陷入了沈思。這個歷經世事的老太太永遠都是這麼犀利，比她這個當事人看得還要長遠。

對於高博，蔣夢瑤真的不能算得上是喜歡，只能說，高博是特別的，他跟她從前見到的那些男孩不一樣，他的思想很成熟，心計也很深沈，手段狠辣。她自己也不是做事拖泥帶水的人，只要給她逮著機會，她對待敵人也是那種不死不休的態度，因為她知道「斬草不除根，春風吹又生」的道理。

而高博幾乎是每天都在惡劣的環境中驗證這個道理，所以在那樣環境中長大的孩子，她不能期望，他還能像小天使那般純潔。

他是毒，是食人花，用芳香迷惑的味道，吸引著蚊蟲走向滅亡，絢爛的火光點亮黑夜，卻也成為飛蛾撲火的殿堂。

他是帝君最寵愛的孩子，而她不過是人人唾棄的商婦之女，看老太君和孔氏今天給她找來相親的人選，就知道她蔣夢瑤在外人眼中是個什麼樣的貨色。

「唉，世間本無事，庸人自擾之。師奶您真厲害，幾句話就讓我想通了。」

蔣夢瑤大大舒了一口氣，寧氏正想問她想通了什麼，就見劉叔和虎妞跑了進來，來到兩人面前。劉叔對蔣夢瑤說：「大姑娘，國公府出大事了，望您速歸！」

「……出大事？」蔣夢瑤不解地複述這幾個字，腳下卻還是不緊不慢。

寧氏怕她耽擱了，就讓劉叔親自趕著馬車，將蔣夢瑤送了回去。

第二十一章

馬車在國公府外停住，下了車後，蔣夢瑤和劉叔都被眼前的景象給驚呆了。

只見國公府外堆滿了掛著紅綢的檀木箱子，數了數大概有一百多抬，列陣般擺在國公府門前，而蔣源正站在府外的石階之下，與一人對峙。

這個人，不是旁人，正是先前她和寧氏討論的對象——祁王高博。

他一人一馬站在最前方，而紅綢箱子後頭站了十幾排的騎兵，個個精神，氣勢磅礡。

「王爺，您不是在……開玩笑吧？」蔣源發現自己的唇角，正不受控制地發抖。

高博微笑以對。「沒有開玩笑，本王是認真的。」

蔣源聽見高博說出「認真的」三個字之後，整個人都沒法再認真起來。他舔著唇，失笑道：「不是，您這……」

一向精於辯駁的蔣源對上高博，也是油然生出一種秀才遇到兵、有理說不清的惆悵來。哪有人什麼前兆都沒有，貿然就抬著禮上門，說要娶他家姑娘的呀！

蔣夢瑤從車上下來，穿過幾乎把高博圍繞起來的紅綢箱子，來到他身邊，壓低了聲音問了一句。「喂，你搞什麼啊？」

高博看著她走過來，站在自己身邊，盯著她看了一會兒後，才正色說道：「快事發了，我怕今後再沒有機會公然上門求婚，就先來求一下。」

蔣夢瑤對他嘴裡說的「求一下」很是感冒，關注的重點卻在其他事上，她蹙眉表示不解。「什麼事發？」

高博沒有再回答，而是收回目光，繼續看著蔣源，謙恭有禮地作揖說：「令嬡瓊姿花貌，秀麗端莊，如琬無瑕，本王一見傾心，相思日深，思之如狂，夜不能寐，今特來求之，望賢郎成全。」

蔣家父女全都用一副看神仙的眼神看著高博，不約而同地在心裡想：這小子吃錯藥了吧？

蔣夢瑤長得漂亮是漂亮，說她是瓊姿花貌也就算了，可秀麗端莊和如琬無瑕又是什麼意思？相思日深，思之如狂，這就更加談不上了，在蔣源的印象中，這閨女和祁王近來見面，也就上回壽宴她說肚子餓的那回，就憑這一面之緣，祁王就看出他閨女秀外慧中、有內涵？別鬧！

此時，府內的老太君聽門房回報，登時從椅子上站了起來。「什麼？祁王來下聘？」

門房也不大明白，疑惑地點頭說道：「呃，一百多抬紅綢箱子，看著就像是下聘的。大公子正好從外頭回來，已經在外面應對了，小的就趕緊進來給老太君道喜了。」

門房這個喜道的就真是喜了。

老太君已經高興得連話都不索利了。「好、好，不管是不是下聘，祁王登門就是喜事。

去，去把老大家的、老二家的都叫來，還有那幾房侍妾，讓她們趕緊把姑娘全都帶出來，不管祁王看中了誰，對咱們府來說，都是大喜事！快去，快去。」

老太君心中大喜，以為在蔣璐瑤之後，府裡又有哪個姑娘被祁王看中了；祁王不同於大皇子，這可是聖上眼裡的寶貝，將來儲君的不二人選啊！他要是看中府裡的姑娘，哪怕是帶回去做側妃，將來也是夠了。

院裡的丫鬟紛紛往各院跑去，不一會兒的工夫，後院那幾個女人帶著匆忙裝扮好的閨女來到老太君院裡。

吳氏的女兒最多，所以尤其興奮，上前來就問老太君說：「老太君，是祁王來提親了嗎？祁王可不比其他皇子，這、這要嫁的，必須是嫡出吧。」

老太君還未回答，一旁的孫姨娘就說道：「嫡出不嫡出的，也得看祁王看上了誰！」

孫姨娘也有個女兒，與蔣纖瑤一般大小，按理說也到了談婚論嫁的年紀，現在她正和蔣纖瑤站在一起，兩人似乎都感覺到這是一次命運的轉變，暗自都較著勁兒。

蔣晴瑤想的是那日與祁王在廳中相見，自己表現落落大方，應該是留下好印象的；蔣纖瑤想的是府裡算來算去，能夠配得上祁王殿下的女孩，大概只有她一個，縱然府裡還有其他小姐，但嫁給祁王的人，最起碼得是嫡出吧，她的嫡出長姊已經許配給大皇子，而嫡出的妹妹此時不過六、七歲，還未可婚配，就這一點來看，府裡根本沒人越得過她，不自覺又得意了幾分。

次房的幾個姨娘之間也是暗潮湧動，不甘落於人後，推著自家閨女上前。

在這一片夾雜著激動、興奮、期盼的心情中，國公府的婦人們跟著老太君去到國公府門前，就看見蔣源父女和祁王。

老太君生怕他怠慢了貴客，心中不快，不過看祁王周圍擺放的金漆檀木箱子，上頭的紅綢紮得分明，這陣仗不是下聘求婚，又是什麼呢？

老太君不動聲色地帶著府裡女眷們行禮，等祁王揮手叫她們起來之後，她才上前說：「王爺登門如何在外站著，源兒也太不懂規矩了些，還不請王爺入內高坐？」

蔣源為難地看了一眼老太君，卻是不動。老太君對這個孫子是失望透頂的，暗自橫了他一眼，這才親自上前相迎。

隨著高博被老太君和一幫女眷們簇擁著入門，蔣源和蔣夢瑤反而被大家擠到了最後，看著祁王帶來的那些紅綢箱子也跟著被魚貫抬入國公府，蔣源和蔣夢瑤兩相對望，全都一副「怎麼辦」、「你問我怎麼辦，我哪知道怎麼辦」的神情。

老太君想把祁王帶去主院，可高博卻指著左邊說道：「國公府本王來過多回，卻是從未去過蔣賢郎的院落，今日便去那裡吧。」

「啊？」老太君一愣，然後才反應過來。

蔣源從後面趕上來，對高博說道：「殿下，下官的院落委實樸鄙，不堪待客，還請殿下……」

不等蔣源說完，高博便回道：「蔣賢郎過謙了，就去你那兒！」

完全不用蔣源帶領，高博就逕自往左邊的花徑走去，一大幫人你看我、我看你，孔氏已經看出了苗頭，吳氏和幾個姨娘也是對看了兩眼，眾人都在心中生出了疑慮。

祁王是來下聘的，怎麼下著下著，就跑到大房去了？

眾人不禁回頭看了一眼打扮得像個男孩子、悶悶不樂地跟在大隊人馬後面的蔣夢瑤，全都有志一同地搖頭：不會的，不會的，祁王口味不會那麼重的。

蔣家大姑娘的壞名聲可不是傳了一天、兩天了，再看她自己本身也是那副吊兒郎當的樣子，半點大家閨秀的自覺都沒有，祁王殿下能看得上她？

帶著不敢置信，眾人只好隨同往大房走去，誰也不願放棄這個看熱鬧的機會。

大房此刻靜悄悄的，本來也沒幾個伺候的人，戚氏此時也在鋪子裡。

蔣源將高博請入主屋大堂之內，請他上座，高博卻要求與蔣源同坐。

蔣源硬著頭皮坐了下來，老太君也跟著入座後，看他們就更加不對勁了，便試探問道：「王爺今日前來，不知是為了……」

高博看了她一眼，又掃過下面站著的一幫女眷，目光最終落到站在最後的蔣夢瑤身上，見她臉上全是無奈，不禁勾唇笑了，就對老太君說道：「先前已對蔣賢郎說過，本王一見傾心貴府夢瑤姑娘，想聘其為嫡妻，攜子之手，白首不離。」

蔣夢瑤乾脆用手掌捂住臉，她幾乎看到一片寂靜的堂內有烏鴉飛過，外加無數個刪節號，所有人頭上都壓著密密麻麻的黑線。

老太君的臉上有些掛不住，顫抖著唇角說道：「王爺，說……說誰？」

「蔣夢瑤，蔣大姑娘。」

「夢丫頭！」老太君再也忍不住，從座位上站了起來，以示自己被這個消息震撼的程度。

蔣源適時站出來說：「王爺三思啊，兒女大事，可不是三言兩語就能說分明的，此事還得要皇上和貴妃娘娘下旨才行吧。」

蔣源的意思也很明確，就是：你做這些事，你爹娘知道嗎？知道嗎？知道嗎！

只見高博一笑，溫和地對蔣源說道：「蔣賢郎放心，母妃早已見過大姑娘，並許下贄見禮，此事，她自是同意了。」

蔣源覺得莫名其妙。「贄見禮？貴妃娘娘？」

高博點頭。「是啊。大姑娘，那件事妳沒有告訴蔣賢郎嗎？」

蔣夢瑤被推上了風尖浪口，對高博暗自凝眉，正在這時，戚氏從外面回來了，一回來就看見大房院裡坐滿了人不說，還滿院子都是紅綢箱子，心中就知不妙。

一進門，就見大家的目光都放在蔣夢瑤身上，蔣夢瑤對她一陣苦笑。

老太君也算是經過風浪的人，對蔣夢瑤說道：「夢丫頭啊，妳且說說，妳是何時見過貴妃娘娘，還得了貴妃娘娘贄見禮？」

怪不得這丫頭如今膽子越來越大，原來早就暗自與祁王殿下勾搭上了，才在府中有恃無恐，還大大撒潑，將那些找來與她相親的人全都趕了出去，原以為這丫頭是在作死，如今看來是因為找到靠山了。

戚氏的腦筋動得飛快，祁王帶著類似聘禮的東西上門，並且是入了大房的門，這是什麼意思，眾所周知了。

進來之前，她隱約也聽見什麼貴妃娘娘的贄見禮，腦中靈光一閃，似乎就只有那一對用金漆寫著「華」字的手鐲了。那個給阿夢手鐲的女人，應該就是祁王的母妃，華貴妃了。

看了一眼相公遞來的詢問眼神，戚氏站了出來，對高博說道：「王爺的好意，我等心領，只不過兒女大事，還得要慎重方可，您貿然上門，讓我們措手不及，亦來不及準備，畢竟是關乎你們一生的大事，可否容我們考慮一番，三日之後，再給您答覆，可以嗎？」

高博看著戚氏，斂眸想了想，自言自語地說了一句。「三日啊，不知還能不能等到三日後。」最後嘆了口氣，對戚氏說道：「好吧，那三日之後，本王再來。請賢夫人放心，本王對令嬡確屬真心，絕不摻雜任何不好的心思，望賢夫人能夠成全，三日之後……」

高博說到這裡卻沒有再說下去，他走到門邊，待侍衛迎上，這才回身，對蔣源夫婦說道：「賢郎夫婦留步，這些禮物就暫且擱在此處，待你們考慮周全，本王再來領教。」

說完這句話之後，高博就在眾侍衛的簇擁之下，離開了國公府。

高博離開之後，蔣源和戚氏都被老太君喊去主院問話，家裡的女眷們也全都在妳看我、我看妳之下散場了。

蔣纖瑤經過蔣夢瑤身邊的時候，還故意撞了她一下，語氣不乏憤怒。「哼，看著是個老實的，卻在背地裡做不老實的事情。」

蔣璐瑤拉住還想再出言不遜的蔣纖瑤說：「妹妹，別這麼說姊姊，這是好事啊。」

蔣纖瑤本來就對蔣璐瑤很不待見，自從蔣璐瑤被選為大皇子的側妃之後，她就有些這種情緒，只不過，她一直想著大皇子不受寵，她要嫁就要嫁受寵的那個，一心想著等下一回國公爺打勝仗，她就讓爹娘去跟國公爺說這件事；可是，誰知道這幾年邊關太平，沒有戰事，還沒等得及她開口，祁王竟然看上那個她從小到大最不喜歡的姊姊。

蔣纖瑤一時情緒爆發。「妳走開！這下妳也別得意了，妳不過是個不受寵皇子的側妃，人家現在是王妃了，妳呢？妳的大皇子卻連一個王都沒有封，將來妳就等著給這位王妃磕頭下跪吧！」

蔣璐瑤軟弱慣了，被親妹這麼一說，也沒什麼脾氣，但一味的忍讓卻更加助長蔣纖瑤的氣焰，竟然伸手推了她一把，讓蔣璐瑤撞在門扉上。

「妳們一個一個都阻我前路，都不想看見我好是不是？我要妳們記住今天給我的恥辱，我早晚有一天會向妳們討回來！」說完這句話，蔣纖瑤瞪了一眼面色不善的蔣夢瑤後，奪門而出，又推開了好幾個擋在門邊看熱鬧的姑娘。

蔣月瑤看著蔣纖瑤離去的背影，察言觀色地來到蔣夢瑤身邊，說道：「夢姊姊別生氣，纖瑤姊姊從小就是那囂張脾氣，眼裡就數她自己最好，容不下其他人比她強，真是討厭，妳可別跟她一般見識，氣著自己可不行啊。」

蔣夢瑤看了一眼這個趕著拍馬屁的小姑娘，指了指門外，說道：「妳們娘都回去了，還不回？」

若是其他會做人的小姐，看見從前不睦的姊妹過來服軟問好，怎麼樣也不會打人家臉，這樣妳假我假一回，不就可以消除前怨，重新來過嗎？可是，蔣夢瑤沒有，她打從心裡不願意跟這樣的牆頭草交流，反正她們對她也沒有真心，就沒給她們好臉色，直接下了逐客令。

蔣月瑤的臉色僵了僵，然後暗自白了她一眼，和幾個庶女挽著手出門去了，幾個人湊在一起，臉色不屑。

蔣夢瑤沒心思去管她們，看了一眼蔣璐瑤，只見蔣璐瑤也對她回嘆了口氣，說：「我也回去了，姊姊是福壽齊全之人，咱們今後既是姊妹，又是妯娌，也挺好的。」

蔣夢瑤看了看她，終是壓下心裡的話沒和她說，蔣璐瑤就回去了。

不速之客全都走了之後，蔣夢瑤來到廊下，坐在石階上，看著滿院的紅綢箱子，只覺得有一股氣憋在胸口，倒不是說她有多排斥高博，只是覺得他在做這件事之前沒有和她商量一下，就這樣貿然上門，倉促得讓人措手不及，很狼狽的感覺。

也許他從一開始就有這個打算，而事實上他在兩、三年前也確實向她提起過，但她只當他是開玩笑，沒有放在心上，可誰知道他不僅把那個承諾放在心上，還不經商量地做了。

還有他臨走時的表情，讓蔣夢瑤很是不安，他說的事發，到底是什麼意思？難道是因為什麼事情要發生了，讓他不得不在這麼短的時間內，就倉促上門提親？可又該是什麼事呢？

想到這裡，蔣夢瑤終於找到自己氣悶的原因，不是討厭高博，而是氣他什麼事情都不和她說，讓她很被動地接受他做的一切，也許他覺得事情都該由男人擔起，可是蔣夢瑤卻不是那種什麼都不願意承擔的人，相反的，只要他誠心跟自己商量，她也願意為自己喜歡的人，出最大的力、做最大的犧牲。

他不問不說，就是對她的不信任，這種不信任的感覺，才是困擾蔣夢瑤，讓她不痛快的根本原因。

想到這裡，蔣夢瑤的心裡似乎有一種難以言喻的感覺正在以不正常的速度向上飆升，強烈地衝擊著她的心神。

她對高博到底是什麼感覺？現在她這樣焦躁，僅是因為他沒有和她商量過嗎？她到底在氣什麼，又為什麼要生氣呢？

照道理說，高博要娶她，她最該要問的不是為什麼要娶嗎？可是她內心似乎知道高博要娶她的原因，高博對她有情，那麼她呢？她對高博是不是也有感情？

想起前兩天的患得患失，蔣夢瑤終於確定了自己的心意。她想，她是喜歡高博的。

蔣源和戚氏從主院回來，蔣源看著滿院的聘禮也是愁容滿面，戚氏倒還好些，她對蔣夢瑤招手，讓她把華貴妃給的那對鐲子拿給蔣源看看。

蔣源接過之後，也看到了鐲子內壁寫的「華」字，嘆了口氣，說道：「唉，有錢莫怪賊惦記，誰讓咱姑娘這麼好呢。」

對於還有心情開玩笑的蔣源，戚氏是氣惱地在他肩上敲了一記，說：「現在到底怎麼辦？三日之後，咱們是答應還是不答應？」

這個問題一下子讓蔣源閉嘴了，夫妻倆有志一同地看向當事人蔣夢瑤。

蔣夢瑤一驚。「別看我，我不知道！」

戚氏深吸一口氣，說道：「人家要娶的是妳，妳不知道，誰知道？」

蔣夢瑤不說話，戚氏又繼續說道：「我看祁王也挺好的，又很誠心，要不就答應了吧。將來的事情，將來再說吧。」

「答應什麼呀！他根本就不尊重我，他和他那個娘，這兩人就是把我當一件貨物，兩人都看中了，今日就想來付錢提貨了。」蔣夢瑤立刻反駁，說出了心聲。

對女兒這一番言論，蔣源和戚氏哭笑不得，哪有人自比貨物的！

蔣源輕咳了一聲，說道：「那個……那咱就不嫁！不尊重我女兒的人，怎麼能嫁呢？」

蔣夢瑤又抬眼瞪了他一眼，卻沒有說話。

戚氏在一旁看了看蔣夢瑤的樣子，七竅就全部打通，對蔣源說道：「我看，還是嫁吧。你沒聽閨女只是說人家不尊重她，又沒說討厭他，一定不嫁。不說不嫁，那就是要嫁了！」

蔣源聽了妻子的分析，也是恍然大悟，夫妻倆各自遞去一抹十分默契的飛眼，讓蔣夢瑤無語到了極點，大大嘆了口氣，心煩意亂地回自己房間去了。

看著女兒離去的背影，蔣源臉上的笑容漸漸收斂了，戚氏見狀，問道：「相公，你怎麼了？」

蔣源嘆了嘆氣，說：「唉，原本是想將她嫁入尋常人家，能夠自由自在、快快樂樂過一輩子，沒想到卻是等來這個結果。祁王的品行，我看不差，只是身分擺在那裡，咱們閨女縱然嫁過去，將來也勢必會受委屈。一想到自己捧在手心裡寵大的姑娘，要拱手送人，並且今後她就是受了委屈，我也幫不了她，我就覺得自己好沒用、好心疼。」

戚氏哪裡會不明白相公此時的心情呢？如果要她選的話，她也願意選一戶普通些的人家，縱然粗茶淡飯一生，也好過在皇權傾軋之下悲傷而活；可是，正如蔣源所言，在祁王這件事上，他們能夠插手的地方實在太少了。

別說是婚後的事情了，就連在提親這事上面，儘管他們提出三日的期限，可是誰都知道，三日之後，他們只能做那個選擇。

蔣夢瑤在房間裡想了好久，覺得心裡那口氣憋得慌，就到園子裡去散心，可是遇見的人每一個都上來跟她道喜，從前瞧不起她的人也趕著和她套近乎，不過小半日，府裡上上下下就都知道祁王親自來向她提親這件事了。

蔣夢瑤沒把悶氣發洩出去，心裡卻是越來越煩了，乾脆從側門出府，又去了天策府，拉著寧氏一番懇求。

當天晚上，等入夜寂靜之後，寧氏又一次帶著她闖禁宮去了。

蔣夢瑤如同上回，輕巧地落在高博的宮殿院落裡，推門而入，殿內鈴鐺聲四處響起，她以為等待她的還是上一回十幾把劍鋒直指她咽喉的場景，可是她閉著眼睛等了半天，卻什麼也沒等到。

空蕩蕩、黑沈沈的宮殿裡，竟然一個人都沒有！

高博的宮殿，從來都沒有宮女、太監伺候的，他曾經說過，早在好幾年前，他就撤掉宮裡所有人，因為他信不過，只有在他回來之後，那些如影隨形的影衛才會在。

蔣夢瑤藉著月光走入內殿，在太師椅上坐了一會兒，打算等高博回來，可是寂靜的陌生環境，讓她不禁覺得有些害怕，發現床鋪那兒的月光比較亮一些，就走了過去，踩上腳踏，坐在他的床沿上。

她好奇地左看右看，心裡想著待會兒高博回來看見她坐在他的床沿上，該是什麼好笑表情呢？

只要想起他被嚇到的表情，蔣夢瑤整個人往後一躺，就枕在他的枕頭上偷笑起來，一回頭，就看見高博的枕邊放著一只精巧的小匣子。

蔣夢瑤將匣子拿起來看了看，只覺得入手沈重，還透著暗香，自言自語猜測道：「不會是沉香木吧，那可值錢了。」

在好奇心驅使之下，她將盒子打開來，裡面的東西讓蔣夢瑤愣了又愣，月光下，一頂五彩寶石的金花冠是那樣眼熟，這個……這個不是她與他第一次見面時弄丟的那個花冠嗎？怎麼會在他這裡？

蔣夢瑤拿著那個花冠，從戌時等到亥時，高博還是沒回來，她擔心寧氏等急了，只好離開，拿著她的金花冠回到了天策府。

洗漱完了之後，蔣夢瑤才躺到床上把手裡的花冠遞給虎妞看，虎妞也認識這個，當初戚氏給她戴上的時候，虎妞也在場。

一番比手畫腳之後，蔣夢瑤才對虎妞說道：「我原以為是丟了，沒想到卻是被他撿去，這都多少年了，他竟然還留著，妳知道他把這東西放在哪裡嗎？」

見虎妞搖頭，蔣夢瑤甜蜜一笑，說道：「放在枕邊。這小子暗戀了我這麼多年，要不是我今晚去找他，被我發現了這個，我到現在都不知道呢。」

虎妞將花冠還給蔣夢瑤，對蔣夢瑤比了個「他很喜歡妳」的手勢，蔣夢瑤也不扭捏格格笑了出來。

「等他明日回來，發現東西不見了，一定會以為他宮裡遭賊了，就是要嚇嚇他，看他以後還敢不敢自作主張。」

蔣夢瑤的少女心已經完全被高博暗戀她的事實誘發出來，現在正是一發不可收拾的時候。

虎妞見她高興，自己也高興，兩個姑娘躲在被窩裡，蔣夢瑤給虎妞講了好多有關她和高博的事情，一夜都處在興奮之中，怎麼都睡不著。

第二天，她沒回國公府，因為知道國公府今天肯定還是沈浸在那突如其來的驚訝之中，大房的院子外面肯定多了很多不明人士往裡頭觀望，想看看一百多抬的聘禮到底是什麼樣的排場。

這些事情，蔣夢瑤都不在乎，她現在只想見一見高博，讓他把這件事給完全說清楚才行。

寧氏依舊讓人去給蔣源和戚氏遞了信，讓他們放心。

入夜之後，蔣夢瑤又纏著寧氏入宮，寧氏覺得自己前世一定欠這個小祖宗，要不然怎麼會被她剋得死死的呢？只要她聲音一軟，嘟著嘴看她，就忍不住去幫她，不管她的要求有多麼荒誕。

要知道，她每次在下面待一個時辰，她就得在屋頂上待一個時辰，又不能把她丟下，自己回來，嘆了一聲「造孽」之後，寧氏依舊無奈地把這個麻煩的丫頭給帶走了。

蔣夢瑤熟門熟路地闖入殿中，可是，殿裡依舊沒人。

她納悶極了，面對著這個空無一人的宮殿，心中莫名生出一種不好的預感來，到底是她來的時間不對，還是高博有其他原因，連著兩夜沒有回來呢？

又是從戌時等到了亥時，蔣夢瑤本來還想再等一等，可是，屋頂上的寧氏卻給她傳來兩聲飛石的訊號，提醒她回去。蔣夢瑤這才從殿裡走出，臨走前，她在殿裡的門縫中間夾了一張很小的紙屑，只要有人開門，那紙屑就會掉落在地上，做好這些之後，才飛身上屋頂，隨寧氏回去。

又是一天的漫長等候，蔣夢瑤再次光臨高博的宮殿，依舊是空無一人，她夾在門縫中間的小紙屑依舊還在，這個情景也說明了，高博並沒有回到這座宮殿來。

蔣夢瑤依舊等了一個時辰，不見他回來，便也回去了。

回到天策府的她，已經沒有前兩天的興奮，取而代之的是沈重的擔憂。

與高博約好的三日之期已經到了，蔣源一大早就派人把蔣夢瑤從天策府接了回去。

蔣夢瑤被戚氏推進房間，打扮了好長時間，換了身漂亮的衣裙。她看著鏡子裡美得出塵的臉蛋，覺得心頭越來越沈重，壓得她根本沒有心情欣賞自己被戚氏打扮得多漂亮。

戚氏卻在一旁看著她，抿唇笑道：「這兩夜都激動得沒睡好吧？瞧妳這臉色，胭脂都快蓋不住了。不過啊，娘親這兩夜也沒有睡著，不知道為什麼，總覺得心情很複雜，心肝寶貝的閨女養到這麼大，就要許給人家了，這種心情就好像是……好像是……」

戚氏一時詞窮，蔣夢瑤見她這般，好心提醒她道：「就好像辛辛苦苦種出來的菜，被一頭不知道從哪裡來的野豬蹭掉的心情？」

戚氏氣結，在這個沒規矩的閨女頭上輕輕戳了一下，原本她是想用力戳幾下的，可是一想到閨女就要是別人家的人，手勁還是忍不住放輕了很多，只碰了一下，就轉了手勢，撫了撫她的臉頰，說道：「阿夢啊，妳可千萬不要怪爹娘無用，我們已經盡我們所能，給妳最好的生活了。祁王品行不壞，只是名聲不大好，但是我和妳爹都不介意這些所謂的虛名，只要他能給妳幸福，只要妳跟著他開心快樂，縱然他是個乞丐，身無分文，爹娘也是願意將妳交托給他的。只不過，這個世上有很多事情並不是我們所想的那般簡單，他今後也許會有身不由己的地方，那個時候也請妳多多包涵他，多多支持他，夫妻相處，求的就是和睦信任，心齊了，你們才能越過越好，越走越近，知道嗎？」

蔣夢瑤看著戚氏。「娘，我還沒出嫁呢，妳現在跟我說這些會不會太早啊？」

戚氏白了她一眼。「早？我還覺得太晚了呢。從小到大，妳向來都是自由自在慣了，原本我和妳爹就沒想過將妳高嫁，只想找個能容忍妳自由散漫脾氣的人家就夠了，可是，誰知道事情會這樣發展呢？早知道祁王能看得上妳，自小我們就對妳多管束一些，也好過將來去了王府，被人強行糾正好。」

正說著話，蔣源也走了進來，說道：「算算時辰，差不多了，別聊了，快出來等吧。」

蔣夢瑤走出房間，去到主廳一看。怪哉，這一大家子怎麼也來了呢？這回可不只是女眷，連蔣修和蔣舫都出現了，一大家子圍在一起嚴陣以待，就是一個個臉色都不大好就是了。

誰也不會想到，最終飛得最高的竟然是這個從小不被重視、甚至是被大家所厭棄的姑娘，雖然經過打扮後的蔣夢瑤，漂亮得讓每個人都眼睛一亮，可是，跟她打過交道的人都知道，她那潑皮無賴般的性子，平日裡遇見都得敬而遠之，可這回……

所有人都在心裡咆哮：祁王殿下這是瞎了眼，還是天生重口味啊？

一大幫的人，從辰時等到巳時，又從巳時等到了午時，門房傳話的人依舊沒有前來通報。

老太君已經派貼身丫鬟錦翠去前頭張望好幾回了，每回都是搖著頭進來。

膳房來到大房詢問傳飯否，老太君做主，把飯菜全都端到大房來，大家將就吃一些，然後繼續等。

蔣夢瑤站在門前，心裡的不安越來越深，直覺告訴她，今日高博遲到或者爽約，一定都跟他三天沒有回宮殿脫不了關係，想到他是不是出事了，蔣夢瑤就覺得心裡慌得厲害。

戚氏給她端來飯碗，她也不想吃，就那麼用期盼的眼神盯著大房院落的入口處，從來沒有一刻像現在一樣，期盼那裡走進人來。

吃過了飯，蔣家人又一起等了兩個時辰，眼看夕陽西下，祁王終究是沒有再來。

蔣夢瑤失魂落魄地站在門邊，腦中一片空白，眼前雖然看見大家在她面前說話，神情有譏笑、有諷刺、有惺惺作態，有冷笑得意，她的耳中卻絲毫聽不見般，耳鳴蓋過了眾人的聲音。

雙腿一軟，她就再也支撐不住，眼前一黑，暈了過去。

高博，你為什麼沒有來？你到底……怎麼了？

三日之約從原來的令人豔羨，變成如今的大笑話。

祁王從那日離開之後，就再也沒有出現過。

大家都在嘲笑大房竹籃打水一場空，還說祁王這是突然想通了，用沈默在反悔自己的決定，一時間，又把蔣夢瑤這個前兩日才被他們捧上天的幸運女神給貶得一文不值。更有甚者，還敢指著她的鼻子說是癩蛤蟆想吃天鵝肉，想嫁人想瘋了。

這些顛倒黑白的話，蔣夢瑤根本不想理會，也不會將之放在心上。她心裡感覺很不好，直覺高博出事了。

每天不是在門口待著，就是跑到皇榜張貼的地方，她希望看見高博的消息，卻不願看見不好的消息。日日都在煎熬中度過，然後，每天夜裡依舊會去宮中，等待那個從未回來過的人。

第二十二章

就這樣過了大半個月，終於，宮裡傳出了消息。

祁王高博任性妄為，囂張跋扈，暴虐成性，屢屢頂撞聖顏，大臣們紛紛替他羅列罪狀，洋洋灑灑三十多條，全都是說他恃寵而驕、目中無人、打壓臣子的事情。

而像這種程度的參告，從前不是沒有過，很多大臣都不是第一次參祁王高博了，只是沒有一次像這次被聖上受理，並且將罪行整理成文，當朝宣讀。

種種罪狀之下，五皇子高博被褫奪祁王封號，關押天牢，受鞭刑五十，貶去關外，永世不得入關，著十日內離開安京。

蔣夢瑤在等了這麼多天以後，聽見高博被褫奪祁王封號、貶去關外的消息時，緊繃的神經終於鬆了下來。

他這麼多天不出現，定然是有什麼事發生了，而她每天都在無盡的擔憂中度過，生怕有一天醒來，就聽見祁王被拖出午門斬首的消息。

如今只是鞭刑加褫奪封號，再貶去關外而已，總還有條命在，這就是好的。

但這個消息卻是讓整個安京都為之震驚，更勝於前兩回的二皇子、三皇子事件，因為誰都知道，高博是那個被聖上寵了十多年的寶貝，是那個聖上寄予厚望、讓人一度猜疑要被立為太子的祁王殿下呀！這前後的反差才是讓人大跌眼鏡，掀起軒然大波的源頭。

有些人說聖上終於忍受不了祁王的囂張跋扈，也有人說祁王多行不義必自斃，這世間多的是踩低捧高之輩，祁王的衰落正好就滿足小人們的狹隘心思，一時間談論紛紛。

蔣源和戚氏在聽到這個消息之後，就提早將大房的院門關上，謝絕一切訪客，生怕女兒再受到刺激，可是，蔣夢瑤卻一反前幾日病懨懨的狀態，突然變得生龍活虎起來。

早晨一起床，蔣夢瑤拿了顆饅頭就出門去，還跟蔣源夫婦說明，自己是去天策府，晚上估計也會住在那裡。

寧氏對蔣夢瑤的好，蔣源夫婦是看在眼裡的，想著出了事，女兒總歸要有個安撫情緒的地方，很顯然，國公府並不是那塊淨地；自從關門之後，他們有時還能在院子裡聽到外面經過的人所說的嘲笑之言，無非就是大房這回栽得徹底，原以為傍上個金龜婿，沒想到一夕之間，金龜婿倒臺，當真是背到了極點。

蔣夢瑤去了天策府之後，就一直黏在寧氏身邊，也不說話，就那麼靜靜跟著她。寧氏去廚房給張氏煮餐飯，她也跟著；寧氏去後院餵雞，她還跟著；寧氏在院子裡督促虎妞練功，她繼續跟著，終於在寧氏要去茅房的時候，她受不了了，猛地回身瞪著蔣夢瑤。

「丫頭，妳再這樣，我可打妳了啊！」

蔣夢瑤嘿嘿一笑。

「師奶，您這打人好沒道理，我又沒幹麼，就跟著您，看看有沒有什麼要幫忙的，您怎麼就要打我呀。」

寧氏覺得蔣夢瑤的表現有點奇怪，在聽到祁王消息之後，她不僅臉色沒有先前蒼白了，人也變得精神了些，於是伸手在她額頭摸了摸，沒覺得有哪裡不對勁，說：「妳沒事吧？是不是擔心傻了？他只是貶去關外，還沒死呢。」

蔣夢瑤一本正經地點頭。

「我知道他沒死，他現在肯定還關在刑部大牢，要受五十鞭呢。」

寧氏狐疑地看著她。

「所以呢？這跟妳一天到晚跟著我有什麼關係嗎？」

蔣夢瑤一下子撲入寧氏懷裡，隱忍多時的淚珠終於撲簌簌落下，說道：「師奶，您帶我去刑部大牢吧，我就想看看他，看看他有沒有事，跟他說幾句話，師奶……」

寧氏把她推開。

「妳叫師爺也沒用，刑部大牢那是什麼地方，我能帶妳進宮，那是因為宮裡大，到處可以藏身，可是刑部大牢呢？也就那麼多牢房，哪一間不是有守衛看著？」

蔣夢瑤看著寧氏，也沒有強求，只是嘆了口氣，說道：「那好吧，我自己再去想想辦法。」

寧氏叫住她。

「妳能想什麼辦法？」

蔣夢瑤頭也不回地說：「我去宮門前跪著，求見華貴妃。」

「胡鬧！妳以什麼身分去求見？縱然給妳見著，妳又能改變什麼呢？祁王遭難了，華貴妃定然也不會很好，如今正逢多事，妳又去湊什麼熱鬧？當真是不管妳爹娘的死活了嗎？」

寧氏從未像這一刻對蔣夢瑤如此嚴厲地說話。

蔣夢瑤看著寧氏，也像是受到驚嚇的樣子，垂眸嘆了口氣，對寧氏點點頭。

「師奶教訓的是，我的確不該在這個時候去添亂。行了，您也別擔心，我不去跪宮門了，我回家去等消息。」

寧氏上前撫了撫蔣夢瑤的臉頰，說道：「乖孩子，這一劫原是他該受的，想來他自己也早有覺悟，要不然絕不會做出親自去妳府上下聘的唐突事來；既然他早就覺悟，必定也早有準備，在皇家傾軋那種環境中存活過來的人，遠比妳想像中要堅強，妳無須太過替他擔心才是。」

蔣夢瑤聽了寧氏的這番話，感觸良多。

「是，他比我想像中要堅強得多。我知道了師奶，我先回去了。」

蔣夢瑤走後，寧氏看著她的背影出神了好長時間，站在院裡久久未動。

就這樣平靜地過了兩天之後，蔣夢瑤在院子裡看書，寧氏卻突然出現在她院子裡，不由分說，抓著蔣夢瑤就飛身而去，趙嬷嬷和小圓球在下面叫她，卻是怎麼樣也看不到人影了。

寧氏帶著蔣夢瑤一路躍進，在太陽下山之前把她帶到皇城最北面的城牆外，躲入草叢之中。

蔣夢瑤這才有機會對寧氏問話。

「師奶，咱們去哪裡呀？」

寧氏看了她一眼，無奈地說道：「妳不是要見高博嗎？我在刑部大牢盯了整整兩天，知道他們換班的次序，一日換兩回，子時交換，每次交換守衛之時，牢房裡只會剩幾個人看守，咱們就趁那個時候進去，妳見了他，說幾句話就走，應當不礙事。」

蔣夢瑤對這個老太太已經不知道說什麼感激的話好了，只覺得想哭。

寧氏見狀，替她抹了抹淚，說道：「別哭了，待會兒進去還得哭，省著點眼淚。」

蔣夢瑤破涕為笑，說道：「我只要見到他，才不會哭。」

寧氏呼出一口氣，說道：「他今天白天已經被行刑了，現在正是血肉模糊的時候，別說得輕巧，到時候嚎啕大哭，我可不會下去救妳啊。」

聽說高博已經被行刑，蔣夢瑤的心堵得慌，擔憂地問道：「他，還好嗎？」

寧氏沒有搖頭，也沒有點頭，而是直接說：「不知道，五十鞭，一下都沒吭，像是早就做好準備、認命的樣子，現在還在刑架上，要綁一個晚上，若是我估算得沒錯，至多後天，他應該就會被送出來了。」

子時的梆子敲響，寧氏按著蔣夢瑤的腦袋縮進了草叢，等到城牆上的守衛盡數退下之後，寧氏當機立斷，把蔣夢瑤帶著飛身上了城牆，按照她這兩天觀察出來的路線，一路穿行，避開所有守衛，把蔣夢瑤帶入一間主刑室，四、五個獄卒正坐在一起吃飯，舉起杯子卻像是突然被人按下了暫停鍵般，一動不動了。

寧氏出手如電，將五個獄卒盡數點穴，蔣夢瑤走進去，目光就沒有從刑架上那個不知是睡去還是昏死過去的人身上離開。

「一刻鐘，最多一刻鐘就要出來，知道嗎？」

寧氏說完這話，就站到外側去守著了。

蔣夢瑤走到雙手被綁在刑架上的高博面前，沒敢出聲，而是用手在他鼻端探了探鼻息，雖然微弱，卻還是有的。

高博似乎也感覺到什麼，微微睜開了虛弱的雙眼，眼神空洞地盯著蔣夢瑤看了好一會兒，然後才反應過來，往她身後看了看，見那些獄卒都被人點了穴，舉著杯子一動不動。

「天策府的步老夫人帶我來的。你感覺怎麼樣？」

蔣夢瑤見他不解，率先解釋道。她從袖中抽出乾淨的帕子，就要給他擦臉上的血漬。

高博卻往後一躲，冷靜地說道：「別擦，明天有刑部的人來驗傷。」

蔣夢瑤收回手，深嘆一口氣，卻是不想哭，她不想這個時候哭了讓高博煩惱擔憂。

高博見她比之先前要消瘦不少，愧疚地說：「原本我以為能撐過三日的，可沒想到，從國公府回去之後，我就被帶去刑部，審訊之後，就是定罪，沒機會去妳府上說一聲，真是抱歉。」

蔣夢瑤白了他一眼，說道：「抱歉什麼呀！你自己都這樣了，還想著去報信，你幹麼不早跟我說這些事，你其實早就知道自己有一天會是這般下場吧？」

高博淡然一笑，說道：「再過兩個月，大皇子就要成親了，成親那日，便是他封儲君之時，我這個擋箭牌就沒有存在的必要了。」

蔣夢瑤冷笑。

「哼，皇上真是打的一手好牌。利用你替大皇子剷除所有障礙，現在狡兔死、走狗烹，我真是弄不明白，你也是他的兒子，為什麼他要這麼殘忍地對待你？」

高博的表現比她平靜多了，看著她為自己抱不平的樣子，勉強扯出一抹笑來。

「那是因為，高謙從一出生就注定他是下一任儲君，只是樹大招風，前面勢必要有人替他擋去一切陷害，才可以讓他平安無事地撐到冊封之日，撐到他羽翼豐滿，旁人無法撼動之時。」

所以說，高博就是那種明知自己會死，還拚命替別人作死，最後真的害死自己的典型了。

「只要你替他承受了一切，人們就自然而然會把厭惡的情緒加諸在你身上，有了你做對比，高謙封了儲君，大家也會欣然接受，更何況，其他的障礙也已經被清除得乾乾淨淨了。皇上假借你之手，將二皇子流放，將三皇子幽禁，如今你也要被貶去關外，真是好計謀，為了他的愛子，罔顧其他人的性命。」

高博自嘲一笑。

「怪只怪我們生在皇家，而且運氣不好，生做庶子。我今日的結果，並不怪他們，因為這個結果正是我所期盼的，多少個午夜夢迴，我都期盼著這一天早日到來，因為這樣，我就可以光明正大卸去肩頭的枷鎖，遠離這個是非之地了。」

見蔣夢瑤盯著自己，依舊美得叫他心動，高博嘴角微動，說道：「妳呢？要跟我一起去關外嗎？不是我說，京城的生活圈子並不適合妳，妳留在這裡也適應不了的。」

「奇怪了，你怎麼知道我留在京城會適應不了呢？」蔣夢瑤對高博反問道。

高博見她這般，也不生氣，斂眸想了想，正要說話，卻聽蔣夢瑤又道：「我要跟你去邊關可不是因為我適應不了京城，而是因為我願意跟你去，別說的好像你對我是救贖，是把我救出火坑的恩人一樣。」

高博看著一臉認真的蔣夢瑤，突然笑了，牽動嘴角的傷又是一陣痛。

蔣夢瑤想替他看看傷口，可是又怕明日刑部的人來驗傷會看出什麼端倪來，硬是忍住衝動，繼續對他說：「既然你已經把聘禮送到我家門口，那我就勉強同意跟你一起好了。不過我醜話說在前頭，你可別指望我像其他女人一樣對你百依百順，三從四德什麼的我可不會，這樣你還要我嗎？」

高博深深呼出一口氣，說：「要。妳若是像其他女人一樣沒有自己的想法，那我對妳才不感興趣呢。妳最好不要聽我的話，最好什麼都跟我對著幹，那我才開心呢。」

「……這不有病嗎？」

哪有男人會希望女人不聽話，並且什麼都跟他對著幹？高博也算是千古奇葩了，不知是不是真心話。

高博對蔣夢瑤罵自己的話並不反感，而是耐心地解釋說：「妳不聽我的話，說明妳有主見，妳跟我對著幹，說明妳行動自由，我願意讓妳自由自在，不願束縛妳。」

蔣夢瑤覺得自己聽到了這個世上最動人的情話，一段好的感情，的確不應該是相互束縛，而是應該相互支持著翱翔。

「我爹娘那裡倒還好，反正他們一直在京裡，可是你母妃那裡該怎麼辦呢？她也一起去關外嗎？」

提起他的母親，高博的神色有些黯然，說道：「她不去，我之前問過她，她不願意離開皇宮，離開我的父皇。」

蔣夢瑤不解。

「可是你父皇會不會因為你的事情而疏離她？若真是那樣，還留在這裡徒增傷悲做什麼呢？」

「她在宮裡待了一輩子，滿心滿眼全是我的父皇，就算做他手裡的一顆棋子，也甘之如飴。我之所以會成為高謙的擋箭牌，跟我的母妃也有很大的關係，因為她自己本身就是皇后的擋箭牌，後宮傾軋不亞於戰場廝殺，她耗盡心力，就是為了讓我父皇多看她幾眼，為了能夠多在他身邊待一段時間，現在皇后和高謙都已經坐穩地位，再也無人能夠撼動，我們可以功成身退了，但她卻還是不願離開。」

蔣夢瑤可以想見，華貴妃對皇上絕對是真愛，若不是真愛，又有幾個女人會為了心愛男人的心愛女人一路披荊斬棘，用血肉之軀替他們築起一座高聳的圍牆，阻擋一切來自外界的攻擊？

雖然敬佩，蔣夢瑤卻覺得華貴妃很可悲，因為她愛錯了人，害了自己，也害了自己的兒子，這麼多年，華貴妃有多痛苦，高博就有多痛苦，他們母子倆性質相同，一樣的可憐，一樣的可悲。

「那她會是什麼結果？」蔣夢瑤對高博問道。

只見高博嘆了口氣，無奈地說：「最多就是冷宮吧。二皇兄和三皇兄的母妃都是進了冷宮，我想她也不會例外。」

見蔣夢瑤憂傷地看著自己，高博勉強一笑，說道：「妳先回去吧。待明日刑部的人來驗過傷，後天我就能出去了，出去之後，我會去妳家向妳爹娘說明情況，並徵求他們同意之後，再帶妳一起走，父皇只給我十天的時間，可能會很倉促，但我會盡力而為。」

蔣夢瑤點點頭，寧氏從外面進來，對高博頷首見禮後，便對蔣夢瑤說：「快走吧，他們換班交接差不多要好了。」

「好。」蔣夢瑤應了聲後，轉身對高博說道：「不管怎麼樣，我都跟你一起去關外。」

高博點點頭。

「我一定會帶妳走。現在快出去吧，多謝老夫人出手相助。」

寧氏將高博上下打量一圈後，微微嘆了口氣，說道：「殿下言重了。我們這便走了，您自己多加小心。」

說完這話之後，寧氏和蔣夢瑤便如來時那般毫無聲息地消失在牢房，幾個被按了暫停鍵的獄卒突然開機，全都愣了一下，回頭看了看依舊「昏死」在刑架上的高博，碰杯的碰杯，說話的說話，全都以為自己只是恍神片刻，絲毫沒有發現異樣。

第二天一早，蔣夢瑤就回到蔣家，向蔣源和戚氏說明自己和高博的事情，並且明確表示，自己願意隨高博一起遠走關外。

蔣源還好，戚氏卻有些無法接受。

「阿夢，妳知道隨他一同遠走關外是什麼意思嗎?祁王是戴罪之身離京，聖上言明今生不得再入關一步，妳隨他出去，若是無名無分，那自是不行，若是有名有分，那就要與他一同遵守這道聖旨，也就是說，妳隨他出去了，今後就再也回不來，再也見不到爹娘了。」

戚氏的話讓蔣夢瑤有些為難，蔣源大大嘆了口氣，說道：「閨女，且不說關外路途遙遠，妳今後能不能回來，縱然妳不能回來，爹娘也有手有腳，可以去看妳。爹只問妳，妳認定他了嗎？」

「我認定他！我願意跟他在一起，哪怕粗茶淡飯也是幸福的。」

聞言，戚氏忍不住坐在一旁落淚，蔣源安慰道：「其實，跟祁王一同去關外也沒什麼，妳若是想閨女，我便帶妳去看她，不過是多走幾天路程，距離遠些罷了，只要咱們有心，又不是見不到了。更何況，京城裡多的是規矩，縱然咱們有心護著女兒不為規矩所擾，可是咱們找了這麼多年，也沒找到一戶能夠真心接納女兒的不是嗎？妳呀，也別太糾結，孩子大了，有自己的想法是好事，她自小聰慧，懂的事情也多，咱們不該懷疑她的決定，該支持才對。」

戚氏還是止不住地哭泣，蔣夢瑤在一旁看得心疼，說道：「娘，阿夢向您保證，一定不會讓自己受委屈的，高博的脾氣也不是外界所傳的那樣暴虐不堪，他有擔當、有度量、有思想，他在這種時候都不忘帶我一起走，那就說明這個男人可靠、有責任心。他覺得自己能給我好的生活，他才會這麼自信地讓我跟他一起走，這樣的男人，我覺得我今生再也不可能遇到了。」

蔣夢瑤的話讓戚氏轉過身子，淚眼婆娑的樣子淒美決然。

蔣夢瑤跪著上前走了兩步，摸著戚氏的臉頰，說道：「娘，您別哭了，再哭就不美了。」

戚氏破涕為笑，卻也是苦笑，點了點蔣夢瑤的額頭，說道：「妳這丫頭，從小就這麼倔，想做的事情，十頭牛都拉不回來，我也不勸了，橫豎這都是妳自己挑的路，將來苦與甜，妳都得自己受著，記著妳說的話，可千萬莫要讓人欺負了，知道嗎？」

聽見戚氏鬆了口，蔣夢瑤連連點頭，見著娘親泛紅的鼻頭，她心裡也不好受，對自己這個決定卻是真心不後悔。

高博對她的情意，那是藏在心裡的，就好像他把一切替人做嫁衣的苦全都藏在心裡一般，他不是個善於表達的人，可是，從他落難前仍不忘來家裡下聘，將她好多年前遺失的花冠偷藏至今日，這分感情對蔣夢瑤而言，是珍貴無比。

她真的不願放棄一個真心對待自己這麼多年的男人，儘管她這個年紀在前世還只是一個什麼都不懂的小女孩，可是在這一世、在這個世界裡，十二歲已經是需要自己獨當一面的年紀了。

她相信，自己一定不會後悔！

說服了蔣源和戚氏之後，蔣夢瑤就去了天策府和寧氏告別。

寧氏也是真的捨不得這個貼心又懂事的小丫頭，可是，她對高博的情意這些日子也是看在眼裡，她不忍拆散這對可憐的孩子，只對蔣夢瑤吩咐。

「你們此去邊關，路途險惡，讓虎妞陪妳一起去，這丫頭昨晚已經找過我，向我辭行，也是個知恩圖報的丫頭，她念妳從人販手中解救她，待她情同姊妹，說今生今世都只會認妳做主。她骨骼清奇，本就是練功的材料，再加上她自身勤懇，功力比妳自是高出太多了，有她隨妳一同去，我也能放心一些。」

寧氏說完之後，蔣夢瑤就看向了一旁對她露出爽朗微笑的虎妞，兩顆虎牙瑩潔無瑕，兩人四目相對，姊妹情意了然於心。

張氏挺著肚子，也把蔣夢瑤拉到了一邊，塞了幾樣自己親手縫製的花樣荷包之類的物件，說：「我們不是富貴人家，這些都是我親手做的荷包帕子，妳且留在身邊做個念想，將來可不要忘了在京裡還有妳的第二個家呀。」

蔣夢瑤感動地收下，對張氏說道：「我不會忘記這個家的。妳也是，好好照顧自己，師奶年紀大了，別看她挺要強，什麼都不在乎，妳也別讓步叔叔再氣她了，她為了步家，一生苦守，從未有過半句怨言，對步叔叔也是盡心盡力，力所能及，給他最好的，步叔叔該好好孝順她才是。」

張氏點頭，說道：「妳放心吧。從前妳步叔叔不懂事，現在有我管著他，諒他也不敢再折騰。」

蔣夢瑤又摸了摸張氏的肚子，說道：「還有妳，也得給步家多生幾個胖娃娃，步家的人丁實在是太少了。」

關於這一點，張氏也算是比較豪放的，只見她拍著胸脯說道：「放心吧，這是女人本分，我其他本事沒有，但生孩子是不輸別人的；若妳今後還有機會回京，我便要妳看看，我這個婦人，是如何振興步家滿門的。」

一番告辭之後，蔣夢瑤便帶著虎妞一起回到蔣家。

前。

第二天，蔣夢瑤就在家跟戚氏一起收拾東西，等到第三天，高博依照約定來到國公府門前。

與從前對待他的態度相比，國公府只派出一個蔣昭出門迎接他，把他送到大房的院子後，蔣昭就告退了。

高博來到蔣源和戚氏跟前，對蔣夢瑤招招手，兩人一同跪在蔣源和戚氏面前。

高博臉上帶著傷，行動也不如從前靈活，只見他深吸一口氣後，對蔣源和戚氏說道：「賢郎夫婦在上，高博中意貴府千金，欲娶之做正妻，發誓今生只娶她一個，一輩子只對她一個人好。此次雖北上出關，邊關苦寒，但我願為她遮風擋雨，絕不讓她受苦寒侵襲，即使粗茶淡飯，我總會將好的都先留給她，請賢郎夫婦成全。」

高博一字一句說完之後，戚氏又忍不住偏到一邊哭泣去了。

蔣源勉強扯了扯嘴角，點點頭，將他兩人扶起，握住高博的手說道：「好，只要有你這句話，我也放心將女兒交給你了。只是我和她娘未曾多加約束她，縱然今後生活中略有磨擦，也請你看在她不顧路途遙遠，隨你一同出關、不離不棄的分上，稍加忍讓一番，莫叫她生氣，莫叫她心急。」

高博沈穩有度地應答。

「是，必當如此。」

至此蔣源叮囑的話也說完了，看了一眼擦乾眼淚的戚氏，說道：「既是要相攜出關，那你們兩人的婚事最好就此辦了，總好過名不正言不順，將來閨女受人輕賤。」

對於蔣源的話，高博沒有立刻回答，而是從袖中拿出一道聖旨，遞給了蔣源，說道：「出宮前，我去見了父皇，向他討要了這聖諭，就是為了能夠名正言順地娶了阿夢，父皇已經向我應承了這件婚事，阿夢的名分是正妻，自然也是要入宗室典籍，請賢郎夫婦放心。」

蔣源將聖旨展開，上頭寫的確實是賜婚的旨意，他先前沒有拿出來，定然是想先問過他們的意思，並沒有直接用聖旨壓著他們答應。

將聖旨遞給戚氏，戚氏也看過之後，便小心翼翼將聖旨收起，點點頭，對高博和蔣夢瑤說道：「你最近就住在這裡吧！這兩日，我替你們把婚事操辦了，待過了三日回門之期，我們再送你們出城。」

高博和蔣夢瑤對視一眼，又雙雙跪下，對蔣源和戚氏叩拜。

「多謝爹娘。」

「多謝岳父、岳母。」

戚氏扶起他們，將他們的手握在一起，說：「都是一家人了，這些虛禮盡數免了，只要你們在外面過得好，我和妳爹也就放心了。阿夢，扶賢婿進去休息吧，他這幾天也是折騰，好好養足精神，拜堂的時候也開心些。」

蔣夢瑤點點頭，捏了捏戚氏的手，便拉著高博去房間休息。

待高博沈沈入睡後，蔣夢瑤就讓虎妞打來熱水，替他擦過手腳，除去他的外衣，發現身上依舊血跡斑駁。

這個傻瓜，竟然連傷口都沒有清理一下，出來之後，就換了外衣過來找她了。

見他睡夢中依舊緊蹙的眉頭，蔣夢瑤心疼極了，替他掖好被角後，便去找趙嬤嬤給他燉一碗豬腳黃豆山藥湯。

趙嬤嬤覺得大姑娘的命實在不好，好不容易找到個有能耐的王爺，可兩人還沒訂親，王爺就被廢了，還要遠走邊關，委實可憐到極點。

給高博熬湯的時候，蔣夢瑤就在一邊候著，閒著無事拿來紙筆，讓趙嬤嬤教她好幾十道菜的做法，洋洋灑灑用她那狗爬的字寫了十幾張紙，要不是鍋裡的湯煮好了，蔣夢瑤還要再問其他呢。

將湯用小火溫在爐子上，蔣夢瑤去房間看了看，發現高博還在睡，便輕手輕腳地走進去，剛走到床邊，高博就醒了，眼睛瞪得老大，看見是她，這才放鬆下來。

蔣夢瑤笑著走過去，坐在他的床邊，說：「怎麼樣？能不能撐著拜堂啊，不行就別勉強啊。」

高博冷哼了一聲，說道：「哼，洞房都沒問題。」

喂，你一個病人，張口就這麼十八禁，讓她這個十二歲的純潔少女很難往下接話啊。

高博似乎也有些不好意思，說完這話之後，就把腦袋偏向了另一邊。

蔣夢瑤乾咳著站起來，對他說道：「呃，趙嬤嬤給你燉了湯，我去端過來。」

「嗯。」

情竇初開的兩個孩子，剛剛捅破了窗戶紙，總有那麼點放不開。

蔣夢瑤還好，心理年齡較大，高博比她大兩歲，也還行，就是這種尷尬才更加叫人體驗到初戀的味道。

在蔣夢瑤的照顧之下，兩天後，高博的精神明顯好了很多。

戚氏這兩日也是忙得很，因為要準備婚禮用的東西，並且還是兩份，男方、女方用的全都由她一手經辦，她在每一家店鋪裡都抽調了兩、三個人出來幫忙，這才在短短兩日之內，將此事辦妥。

拜堂那日，也就只有大房還有天策府的人出席。

由於祁王被褫奪封號，十日之內貶去關外，大家正是對他避之唯恐不及的時候，所以不會有人前來道賀；而大房執意將女兒嫁給這樣一個廢王，蔣家眾人也是持看笑話的心態，都說大房瘋魔得不輕，因此也未曾有人前來參加他們的婚禮，只有蔣璐瑤派人送了一些喜餅和賀禮，說明自己立場尷尬、不便出面的理由。蔣夢瑤自然不怪她，比起府裡其他人來說，蔣璐瑤對她自始至終都是好的。

新郎、新娘換過了喜服，趕著吉時，拜過天地，拜過高堂，就正式結為夫妻了。

因為高博身上有傷，所以賓客就由蔣源代為招呼，反正喝酒的也就只有步擎元一人，蔣源在旁作陪便是。

洞房之夜，蔣夢瑤就是在看顧高博睡覺和給他餵水的循環中度過，高博從昏昏沈沈中醒來，看見蔣夢瑤都會拉著她躺一會兒，說一會兒話，兩人都覺得，雖然他們此刻身處苦難之中，但是能夠彼此依偎，卻也是旁人無法體會的幸福。

兩人成親之後，又在家養了三日，高博氣色也有了明顯好轉。

蔣源夫婦將兩個孩子送出大門，兩隊士兵早早收到消息，在國公府門外等候，準備押送高博出關。

見者有份，蔣源給所有前來押送的士兵都發了一封百兩銀票的紅封，給領頭的兩位則是千兩封，眾將士面面相覷，被蔣源這傳說中落魄世家子的手筆給震驚到了，大概是錢財使然，將士們對蔣源肅然起敬，連連應承，定會好好照應王爺與王妃上路。

蔣源謝過之後，便親自坐上帶頭的一輛馬車。

馬車是他這幾日連夜趕工特製出來的，車身有尋常馬車的兩倍大小，車轂轆與車身似乎都是鋼鐵製成，堅固無比，縱然奔波千里之外，亦能平穩驅使，車子裡除了一張躺臥的床鋪之外，還放滿戚氏給兩個孩子準備的行裝。

戚氏這幾日在城裡採購很多過冬的衣物，生怕關外苦寒，兩個孩子去了會凍著；此外，還有一些日常用品、路上吃的水糧，鉅細靡遺一一準備齊全了。

大車後還跟著一輛較小的車，裡面放的就是路上要用的鍋碗瓢盆，和帳篷之類的物件，虎妞一個人坐後面那輛車。

隨著車隊，蔣源趕車，戚氏與女兒、女婿則坐在車裡，夫妻倆一直將孩子們送到城門外，這才依依惜別。戚氏想哭，卻又怕自己哭了，兩個孩子不安心，一路拚命忍著。

一番話別之後，高博帶著蔣夢瑤上了馬車，蔣夢瑤趴在窗前與他們揮別。

車子駛出大概兩、三里路，蔣夢瑤的情緒才剛剛平復，就聽馬車後有雜亂的馬蹄聲追趕而來。

一匹駿馬飛馳而過，停在馬車前方不遠處，高博掀開車簾一看，竟是淑華殿的掌事姑姑舒寧，她原本只是在馬車前駐足觀望，直到看見高博掀開了車簾，這才翻身下馬，一路奔來，在高博車前跪下，大呼道：「殿下，娘娘她……娘娘她被賜了白綾，就在剛才，已經薨逝了。」

高博整個人愣在當場，一雙眼睛滿載著淚，怒瞪泣不成聲的掌事姑姑舒寧。

蔣夢瑤也跟著震驚了，華貴妃……死了？

「娘娘死前叮囑奴婢不許將此事告訴殿下，想叫殿下安心地北上關外，可是，奴婢不忍殿下與娘娘自此陰陽相隔，連最後一面都見不到，奴婢這才拿了娘娘的權杖，貿然出宮前來攔截殿下。殿下啊，快回去再看一眼娘娘吧。」

舒寧的話音剛落，高博就軟著手腳下了馬車，一個翻身騎上舒寧的馬，策馬而去。

蔣夢瑤不會騎馬，要舒寧帶她一同入宮，舒寧知道她的身分，便與押送的官兵另外要了一匹馬，跟在高博後面追趕過去。

高博闖入宮的時候，就看見淑華殿中人人跪在地上哭泣。他踢開擋在門邊的宮女，闖入殿中，就看見華貴妃被皇上抱在懷中已然死去，脖子上的勒痕清晰可見。

高博推開了皇帝，將母妃搶了過來，平放在地上，眼眶通紅，卻是沒有眼淚流下，冷著聲音說：「既然賜死了她，還抱著做什麼？」

皇帝見高博回來，並未感到吃驚，只是臉上頗有愧疚，對他說：「對不起，朕來晚了。」

高博正在給華貴妃擦拭面龐，聽皇帝這麼說，他抬眼看著他。

「不是你賜的白綾？是那個女人賜的！」

皇帝沒有說話，而是看著華貴妃嘆了口氣，想要再去觸碰她一下，卻被高博一手拍開了。

「人都死了，你惺惺作態有什麼意思？」

「放肆！」

皇帝被拍開了手，又見高博的眼中充滿了怨恨，不禁沈下聲，終究沒有發怒，可是一旁的侍衛見了，卻是趕忙上前來壓住似乎有些癲狂的高博。

只聽高博冷笑一聲。

「我放肆？我和我母妃就是太不放肆了，所以才會落得如今的下場！她對你是什麼感情，你會不知道？你以為憑著你的威脅，就能讓她心甘情願替你做那麼多事，替你心愛的女人擋災？你以為她為什麼要我做你兒子的擋箭牌？為的是你啊！皇上，她為的是你這個人！她為你們做了這麼多事，如今你們功成卻不給她身退的機會，她已經做好在冷宮度過餘生的準備，你們竟然心胸狹隘到這種地步，剝奪了她在冷宮活著的機會。我不懂你所謂的帝王之心，我不懂你的心為何會這般鐵石心腸！」

高博被左右侍衛押著胳膊說出這番話來，皇帝聽完之後，才揮揮手讓侍衛離開。他嘆了口氣，說道：「朕知道她的心意，可是……」

「可是你心裡只有你的青梅竹馬皇后娘娘，對吧？可是，你睜開眼睛看一看，這個女人如今已經心胸狹隘到何種地步了，你以為她為什麼要賜死我母妃，因為她怕，她怕你會放不下我母妃，她怕自己的地位有一天會被我母妃取而代之。她看似柔弱善良，可內心卻比猛獸還要凶惡，我母妃身為華貴妃，與她只是一步之遙，若是我母妃不想死，她賜白綾又有何用？我母妃之所以要死，就是為了成全你和她，這個女人傻了一輩子，奉獻了一輩子，卻終究是錯付了感情！」

高博跪在已死的華貴妃身旁，替她整理好衣服，然後才大大呼出一口氣。

「她死了也好！省得在今後無盡的歲月中煎熬，她這輩子太苦，希望她下輩子能夠找對良人吧。」

「博兒，朕……唉。」

不等皇帝說完，高博就阻止他。

「如果你還念及一絲絲我母妃對你的情意，就叫所有人都出去，我想單獨和我母妃待一會兒，讓她走的時候不至於太孤單，還有唯一的兒子陪在身邊。你放心，我待會兒就走，這種骯髒不堪的地方，我不會多留的。」

皇帝還想再說些什麼，看著華貴妃慘白的臉，總覺得心裡被一塊大石堵著無法呼息，可是高博的話也讓他無可辯駁，橫豎在賜死這件事上，的確是他做得不到位。

皇帝將殿裡所有人都撤離大殿，留高博母子在殿中送別，高博將所有人都趕出去之後，就把大殿的門盡數關上。

皇后聞訊趕來，見淑華殿大門緊閉，就想闖進去，卻被皇帝攔了下來，說：「人已經死了，在我懷裡斷的氣，妳還想怎樣？」

皇后聽了皇帝的話，略微有些心虛，說：「人既然死了，那我總要看一眼才算數吧。」

皇帝一巴掌打在皇后臉上。

「妳的心胸何時變得這般狹隘狠毒，她為妳做了那麼多事還不夠嗎？」

皇帝突然的暴怒讓皇后頓時沒了主意，捂著臉頰愣愣地看著他。這個結縭至今從未對她高聲說過一句話的男人，現在竟然動手打了她！

皇后斂眸轉身，看著那緊閉的大殿，眼中閃過一抹陰狠。看來賜死這個女人是做對了。

殿外正發生爭執的時候，大殿的門再次打開，高博面無表情地拉著一根繩子出來，將它放在大殿門檻上，並將一個火摺子丟了進去，細繩噼哩啪啦燒了起來。

皇帝暗叫不妙，怒道：「博兒，你想幹什麼？」

隨著皇帝的一聲怒吼，殿中突然響起一陣巨響。

「砰」的一聲之後，大殿中竄出火勢，從內而外燒了起來，裡頭應該是潑了油，所以火勢一旦起來，就一發不可收拾。

火勢越來越大，滔天的熱浪讓殿外眾人皆忍不住後退。

足足退了二十步遠之後，皇帝才抓著高博的胳膊怒道：「你發什麼瘋？那可是你母妃啊！」

高博面無表情地將皇帝的手拉下，看了一眼同樣震驚的皇后，陰鷙地說：「正因為她是我母妃，所以我才不想把她留下來繼續給這個蛇蠍女人糟踐！燒了，一了百了。」

皇后臉色驟變，指著高博說道：「孽子，你說什麼？」

高博突然發笑，狀似瘋癲。

「哈哈哈……我母妃死了，這後宮的女人就該盯著妳這個皇后了，我倒要看看妳這個女人將來會是什麼下場！哈哈……」

蔣夢瑤和舒寧趕來的時候，就看到淑華殿被滔天的巨焰包裹，周圍盡是提水救火的太監、宮女，高博正站在火圈前與身著黃袍的帝后對峙，蔣夢瑤上前拉住高博。

皇后怒極，揚手就要打高博，卻被皇上抓住。

「夠了！」

皇后用另一隻手指著高博說道：「孽子，別以為我不知道你在打什麼主意，不過是不想被貶去關外，還想留在京城做你那高高在上的皇子。哼，如意算盤打得挺好，就連你自己親娘的死也能大做文章，狼子野心，其心可誅！」

高博冷冷與她對峙，說道：「妳錯了！這骯髒不堪的地方，我一刻都不想多待。」

高博說完這話之後，就牽著蔣夢瑤的手，面無表情地轉過身去，再也不理身後的一切紛亂。

蔣夢瑤回身看了一眼淑華殿滔天的巨焰，她初入宮門時，聽見了一聲爆破聲，看來就是從這裡傳出的，可是，好端端的淑華殿又怎麼會有火藥爆破的聲音？還有殿裡哪來那麼多潑灑的油？

蔣夢瑤心懷重重疑慮，跟著高博一路回到馬車上。四匹馬拉著馬車繼續前行，走在寬闊的官道上。

馬車裡蔣夢瑤忍不住回頭看高博，終於高博忍不住了，對她問道：「妳老看我做什麼？」

蔣夢瑤聳了聳肩，說道：「我想看看一個剛死了娘的孩子是什麼表情。」

高博伸手點了一下她的額頭，蔣夢瑤見他這樣，心裡的猜測又更清晰了一分。

高博勾住她的肩膀，小聲在她耳邊說了一句。「隔牆有耳，出了冀州再說。」

聽到高博這句話之後，蔣夢瑤的心也定了下來，在他的大腿上用力掐了一記，然後在他耳邊小聲且凶狠地說：「讓你什麼都不告訴我！」

高博吃痛，卻也忍著，對蔣夢瑤比著休戰和噤聲的手勢，舉手求饒之後，蔣夢瑤才滿意地暫且放過他。

剛開始她只是猜測，現在看見這樣的高博之後，蔣夢瑤已經可以確定，那就是——華貴妃根本沒有死！

他們母子倆從一開始，也許就策劃好今日之事。高博要去關外，華貴妃也願相隨，只是若明著說，不僅不會得到允許，反而會讓人百般猜疑，乾脆就一不做二不休，在高博啟程的最後一刻，搞出這麼大一場鬧劇。

如果不是華貴妃有意策劃，那麼憑舒寧這一個女官，如何能在宮中來去自如？如何能成功將華貴妃已死的消息「傳遞」給出了城門的高博知道呢？如果不是事先準備好，那麼大殿中的火藥和油又該如何解釋呢？

她相信，華貴妃的殿中，定然有一條通往殿外的暗道……華貴妃利用皇后對她的恨，讓皇后親自賜了白綾，然後她將計就計，毫不猶豫地把自己「吊死」，在這之前服下藥物讓自己看起來像是死了，也讓皇上親眼見到她已經斷氣，這樣才能一了百了；最後高博再裝作毫不知情地進宮，把淑華殿燒毀，毀屍滅跡，來個死無對證。

這個計劃天衣無縫，每一個環節都算計得精準到位，不得不說，這一對母子的心計確實周密得讓人望塵莫及。

此時，華貴妃「已死」，皇后的真面目也暴露出來，皇帝對「已死」的華貴妃心中也有了愧疚。

這對母子眼看是被逼得「遠走關外」，可是，這一切對於被束縛多年的人而言，又怎知不是海闊天空的異樣幸福呢？

第二十三章

入了冀州之後，天氣就漸漸轉涼了，如今正是十月底，時值深秋，北風呼呼吹來，確實有一種苦寒迎面襲來。

冀州以北就是山海關了，出了山海關便是遼陽行省，高博被貶之處就在那裡。

押送高博的人是個駙馬都尉，從前連京城都沒出過，更別說到這麼偏遠的地方來出差，如今到了冀州，他和那些官兵們都流露出種種的不安。

「聽說關外全是曠野，人煙稀少，物資也十分匱乏，唉，也不知五皇子他們去了關外要如何生活。」

中午大家坐在一起生火吃飯的時候，幾個有良心的押送士兵就在那裡談論這件事。

「就是，你說皇上真是鐵石心腸，之前已經把二皇子流放到異地去了，三皇子還幽禁在宮裡，如今這五皇子也被趕到關外，整個京裡也就只剩下大皇子和六皇子這對嫡親兄弟了，都說天家如何富貴，我看哪，還不如尋常百姓家公平、有親情。」

「可不是嗎？我瞧著一路走來，五皇子挺好，根本不像外界所傳的那麼暴戾，去了關外，怕也是要吃點苦頭的。」

那些圍著火堆一邊烤火、一邊啃饅頭的士兵的話傳入了馬車，蔣夢瑤沒理會。虎妞將幾顆剛烤好的白麵饅頭盛在碗裡端入車廂，蔣夢瑤接過之後，放在桌上，虎妞又出去取烤肉。

蔣夢瑤轉身去床鋪前的暗格裡取了蜜水，沖了三杯，一杯遞給高博，說：「你別太擔心，從前有個和我娘做生意的人，他就來自關外，他說關外其實也就只有冬天冷一些，等到來年冬雪化去，物產也是很豐富的，只要咱們準備好幾個地窖，到時候儲備一些過冬糧食，必然不會太難過的。」

高博喝了一口蜜水，身上的傷養了這麼些天已經差不多都好全了，臉色也恢復得差不多了。

「妳倒來安慰我了，這些是我要和妳說的話，妳且放心吧，跟著我出來，我斷不會叫妳過苦日子的。」

蔣夢瑤嘿嘿一笑，拿了一顆饅頭，說：「日子苦一點也沒什麼。我既然跟你出來了，就有這個覺悟，你壓力別太大，咱們好好過日子，要氣死京裡那些狗眼看人低的王八羔子，怎麼樣？」

高博一口蜜水差點噴出來。

「娘子，妳說話也忒粗魯了，不過甚合我意，就該氣死那些王八羔子！」

兩人相視一笑，虎妞端了兩盤剛烤好的羊肉片，蔣夢瑤把蜜水遞給她，讓她坐下一起吃。

虎妞接過蜜水，一口氣就喝完了，然後吃了兩塊肉，拿了顆饅頭，就下車去了。

「將來等咱們生活穩定了，一定要替虎妞找個好人家，這丫頭很有義氣，嫁得不好我可捨不得。」

高博聽蔣夢瑤說了這句話後，又笑了，說：「妳這才剛嫁人，相公還沒捂熱呢，就想著給旁人找相公了？」

蔣夢瑤橫了他一眼，只覺得高博離京之後，真的是愛笑了很多，看來從前在京裡他確實是憋壞了。

她佯作生氣，手裡卻又向他碗裡塞了兩塊肉，兩人並肩而坐，你撞我一下，我撞你一下，兩小無猜，甜蜜極了。

隊伍又走了三、四天，終於到了關口。

押送的都尉從馬背上翻下來，身上穿著厚重的襖子，整個人狼狽不堪，和關口的官兵交接官文之後，關口打開，兩輛馬車被送出關。

都尉卻是不讓押送的官兵出關繼續走，而是走到馬車前對高博說：「殿下，你們一路往北，都是官道，看見驛站之後，再往北走七、八里路就到了流營，下官們送到這裡就不送您了……好自為之吧。」

都尉說完這話之後，也不等車內高博做出反應，就一路奔回關內，關口大閘就此拉下，發出一聲沈重的悶響。

高博讓車伕繼續向前趕路，蔣夢瑤掀開車簾，往外看了看，只覺得這天乾淨得厲害，說：「晚上怕是要下雪了，得快點到驛站才行。」

高博也掀開車簾，看了看，說：「驛站離關口還有兩里路，天黑前肯定能到，母妃就在那驛站等我們呢。」

一路上，蔣夢瑤這是第一次聽高博提起假死的華貴妃，想著現在外面總沒有人偷聽了，就問道：「華貴妃真的也出來了嗎？」

高博點頭。

「她對那個男人已經徹底絕望了。我父皇真的不聰明，他放著我母妃在身邊不知道珍惜，反而對他那個青梅竹馬情有獨鍾，他總說我母妃狠毒，說那個女人善良純真，他卻不知道，那個女人的善良純真，全都是因為我母妃替她擋去了一切。妳等著看好了，沒有了我娘，那個女人的純真，還能維持多久，善良就更加談不上了，到時候，有他後悔的。」

「所以說，對待男人就不能什麼都順著他，有句話不是說：『男人不能慣，越慣越混蛋！』妳對他越好，他越是對妳冷冷淡淡，覺得妳離不開他，覺得妳沒用，才不會珍惜妳呢。」

高博聽了自己這個小妻子的一番說詞，愣了半天，說：「喲，這位小娘子今年貴庚啊，對男人很有一番見解嘛。」

蔣夢瑤挑眉。

「這種事情靠的是悟性，跟年齡沒關係。」

那一本正經的嬌俏模樣讓高博看得心情大好，搭著她的肩膀，說：「娘子放心吧，為夫一定會對妳好的，不管妳對我好不好，我都會對妳好！」

蔣夢瑤白了他一眼，說：「我倒不用你對我多好，我有手有腳，自己能對自己好，只要你們以後別什麼事都瞞著我，好像告訴我，我就會礙事一樣。要知道，一起過日子，信任才是最重要的。」

高博當然知道蔣夢瑤指的是華貴妃這件事，當即點頭說：「以後一家人絕不隱瞞任何事情。之前那件事沒告訴妳，那是因為我和我娘策劃了很久，從一開始就沒有把妳列入計劃之中，若是告訴妳的話，怕節外生枝，而妳也知道，我們做的這件事，容不得半點失誤，越少人知道越好，只要有一個環節出了錯，估計我們都跑不出來了。」

蔣夢瑤也知道那件事的嚴重性，便不再糾結，一個多時辰之後，他們這兩輛馬車就趕到了關外唯一一所驛站門前。

一個穿著關外皮襖、皮褲、頭戴狐皮帽的女人走了出來，身後還跟著兩個同樣穿著的慓悍男人。

高博扶蔣夢瑤下車之後，那個女人就迎了上來，蔣夢瑤一開始還沒反應過來，直到看見她那明豔動人的容貌時才恍然大悟，上前就要行禮，卻被華氏一把攔住，抓著她的手，說：「無須多禮，好孩子，凍壞了吧，快跟娘進來。」

華氏又看了看自己的兒子，母子倆相視一笑，蔣夢瑤把虎妞介紹給華氏認識，讓虎妞規規矩矩磕了三個頭，一行人才走入驛站之中。

「我在這裡等你們好些天了，我聽驛站的人說，今晚估計有大雪，咱們就再休息一晚，明早走吧。」

高博點點頭，到了房間之後，跟在華氏身後的兩個漢子便對他下跪行禮。高博令他們起身後，問：「霍青和衛寧呢？」

其中一個漢子回道：「回公子，左右首領已經帶人前去流營打探，還未歸來。」

蔣夢瑤被華氏帶到一旁暖炕上坐下，華氏又給她倒了杯熱茶，蔣夢瑤卻對高博那邊的事情比較感興趣。

華氏見她這樣，便說明道：「霍青和衛寧是博兒的親兵左右首領，就是他們將我一路護送出關，現在去流營打探情報了。」

「流營是什麼地方？」

蔣夢瑤雖然對前路無所畏懼，但總是要多瞭解些。

華氏也不隱瞞，將自己所知道的盡數告知蔣夢瑤，說：「流營是所有被貶出關外之人所待的地方，像是營地，其實時間更迭多年，現在更加類似於村落，流營村中多是官奴，有被貶官員還有他們的家眷，被貶之後，就都算在那裡安家了。」

蔣夢瑤想了想後，問：「那流營有官兵看守嗎？進去了是不是就出不來了？」

華氏搖頭，美貌並不因為服飾不同而減少半分。

「流營村倒是沒有官兵，官兵都在五十里外的營地，人們進去之後，倒不是不能出來，而是不敢出來，流營位處雪原深處，周圍被雪包圍，幅員遼闊，縱然是跑出來，沒吃沒喝不說，還有可能遇上野狼猛獸，真正能跑出去的人少之又少。」

「哦，原來是這樣。可押送我們出關的那些官兵把咱們扔在山海關外就走了，咱們現在若是不去那流營，也不會有人知道吧。」蔣夢瑤這樣猜測道。

華氏卻搖頭。

「五皇子被貶流營的指令已經傳到關外，流營之中肯定已經有官兵在等候，若是我們不去，那些官兵就會把這件事上報朝廷，咱們就成了逃犯，朝廷出告示通緝，被逮著了，就是殺無赦了！」

蔣夢瑤咋舌，怪不得那個都尉會這麼放心地把他們丟在關外就回去了，反正就算他們不去流營，到最後，朝廷還是會派兵捉拿他們。

稍晚，霍青和衛寧回來了，這兩人皆是十七、八歲的少年。蔣夢瑤認出他們，當年她得罪高博，就是這兩個少年押著她，要把她推下池塘。

顯然兩人也記得小時候的那段奇遇，趕忙過來給蔣夢瑤行了禮，蔣夢瑤也當即表達了自己的寬宏大量。

「放心吧，我不怪你們，我記著指使你們的人就行了。」

高博無語。「……」

一段插曲之後，兩人便向高博彙報關於流營村的情況。

「流營村一共有兩百多戶，與其說是營地，不如說是村莊，村子裡有男丁一百八十人，女眷兩百三十人，村口設有訊亭崗哨，每半個月換一次值守，一班有二十人，還有兩匹馬。明日咱們前去交接的是一個叫趙懷石的人，他是個七品囚吏，常駐流營村內，好酒色，難相與，經常搜刮村民，村裡人多恨他；與他相反的是三年前被流放的大理寺卿左翁，因錯判袁氏一案，被聖上革去官職，舉家流放至此，他在村內開設學堂，教授村裡孩子識字而受人愛戴尊重。」

高博沈吟片刻後，又問：「村民以何為生？」

霍青答道：「在流營村的東南角有一石場，男人們白天大多會去那石場做工，每天五文錢，管一頓飯，女人們則做一些刺繡女工，由趙懷石定期送去省內販賣，然後每半個月，駐守官兵都會帶來米糧蔬菜賣給村裡的人。」

蔣夢瑤聽到這裡，不免站出來說：「什麼？辛辛苦苦賺的錢，最後還得送給他們？既然是流營，那所有人的生活不是應該都歸官府維持嗎？送來米糧是應該的，怎麼還跟村民們收錢呢？」

衛寧比霍青看起來斯文，說話也是慢條斯理的。

「這天下多的是吸血的蠹蟲，大都尚且如此，更何況是這偏遠之地？天下不公，無人主事，可不就讓那些蠹蟲當道嘛。」

高博又對他們問道：「如今暗衛還有多少人？」

霍青和衛寧對望一眼，然後霍青說：「左隊還有兩百三十人。」

衛寧接著說：「右隊兩百八十人。」

高博踱步斂眸想了想之後，又說：「各隊抽調兩百人出列，明日隨我們一同前往流營村，以皇子侍衛的身分登記，自此由暗轉明。」

霍青和衛寧領命，卻有疑問。

「公子，一下子多出四百人的護衛隊，這件事若傳入京裡，會不會有麻煩？」

如今出門在外，兩人都稱呼高博為公子。

高博搖頭。

「我雖被褫奪封號，但終究也是皇子，身邊有幾百人的護衛很正常，縱然傳入京裡，不過幾百人，能有什麼作為，聖上也不會將這些人放在眼裡，反而我身邊若是一個人都不帶，他們才更加懷疑。如今等於是將底牌亮出來，光明正大有什麼可疑的？」

說完這些，高博又轉首看向華氏，說：「母妃，明日妳便以我乳母的身分登記，切莫說漏了身分。」

華氏點頭。

「我知道，放心吧。」

高博又轉頭對霍青和衛寧說：「既然你們隨我一同到了這裡，那今後便是不分彼此的家人了，我無心爭權，只願得一寸淨土安生，關外苦寒，卻好過京中勾心鬥角，日夜擔憂，暗衛們也隱在暗處這麼多年，現在是時候重見天日了。你們也好，你們手下的人也好，但凡想藉此機會離開的，我一律不會阻攔與追究。」

兩人雙雙跪地，對高博抱拳作禮。

「屬下等皆受公子恩惠，免於顛沛流離，誓死效忠公子，肝腦塗地，此生不悔！」

高博將兩人扶起之後，便各自分房去睡。

蔣夢瑤大大地伸了一個懶腰，卻仍不忘給高博擰了一條熱呼呼的毛巾，給他覆在臉上醒神。

想起戚氏從前幫蔣源捏肩的樣子，蔣夢瑤也來到高博身後，在高博驚訝的目光中，笨手笨腳地獻出自己的按摩第一課。

高博怕癢，每當蔣夢瑤的手過來了，他就往裡縮，可是一旦捏起來，他又覺得挺享受，如此退縮與享受之間，兩人又是一番笑鬧。

躺在床上之後，高博讓蔣夢瑤枕在自己胳膊上，現在他們倆還是很純潔的男女關係，雖然成了親，但畢竟兩個都是孩子，身體裡那種男女情愫還沒有完全甦醒，兩人只是躺在一起，就覺得很開心。

「咱們既然來了，就要把日子過好。妳對今後居住的地方有什麼要求嗎？」高博看著頂上那素色帳幔，對蔣夢瑤問道。

關外的風聲呼嘯而過，幸好房間裡面燒了炕和炭火，因此這裡的冬天竟然不比安京冷多少，屋裡暖得很。

蔣夢瑤聽著外面的風聲，聽著高博的心跳，抬頭看了看他，問道：「你要自己建宅院嗎？」

高博看著她大大的眼睛，只覺得比天上的星星還要閃爍漂亮，便點點頭說：「是啊，肯定要建的，要不然我讓那麼多暗衛轉明幹什麼，既然打算在這裡安居，那自然是要重新建一座宅院的。」

蔣夢瑤有些擔憂。

「可是，你是被貶至此，要是大張旗鼓建宅院，會不會太高調了？」

高博卻覺得無礙。

「還好吧，我是皇子，享受慣了好生活，任性地想要建一座宅院自己居住也是情理之中，更何況所有事情全都是我的人自己做，又不會麻煩到旁人，我只是被勒令今生不得進關，可在關外，誰又管得了我建宅子呢？」

蔣夢瑤一聽，覺得也對，突然又爬了起來，取過自己的外衣，將戚氏臨行前給她縫的內袋拆開來，拿出了裡面的東西，是一疊銀票。

當著高博的面將銀票清點了一下，竟然有三萬兩之多，這下就連高博都不禁震驚了。岳母到底多有錢，才能給閨女隨便一出手，就是三萬兩？

想起他們出走時，蔣源塞給那些押送官兵的銀票，這種手筆放眼整個安京，也沒有多少人能夠拿得出手，雖說那是蔣源為了讓官兵們在路上對兩個孩子好一點，所以故意多給，可是多給的前提是你得要真的有那麼多錢才行。

蔣夢瑤把銀票塞到高博手中，說：「我也不知道我娘有多少錢，反正這些年她是掙了不少。她給咱們就收唄，這些錢你也拿去建房子，既然要建，那就要建好看又堅固的，讓咱們子子孫孫在這裡都能安心住下去才好。」

高博將銀票還給蔣夢瑤，說：「既然建，自然是要建好的，卻也不缺妳的錢，我好歹從前也是王爺，妳不會真的以為，我是兩袖清風什麼都沒有吧。」

蔣夢瑤低頭看了看，狐疑地瞪著高博。說：「真的假的？你有多少？」

高博抿嘴笑了笑，對蔣夢瑤招了招手，蔣夢瑤乖乖湊了過去，高博在她耳邊說了一個數字，蔣夢瑤難以置信地對他眨巴起眼睛。

高博見她模樣可愛，一把將她拉下，替她蓋好被子，說：「今後，這些就是我們的私房錢，可不能告訴我母妃哦。」

蔣夢瑤咬著唇點點頭，依舊沈浸在那個數字帶給她的震驚之中。

真是會咬人的狗不會叫啊。高博就是那條狗！無聲無息就攢出了一座小金庫來，和他的小金庫相比，戚氏給的就真的只是給孩子的零用錢吧。

這麼一算，蔣夢瑤真的是連心裡最後一點對生活品質的擔憂都沒有了。這哪裡是來流放，簡直就是來享受人生的啊，脫離掌控，自立門戶，海闊天空，自由翱翔……這樣的真土豪VIP流放愉悅體驗，真是作夢都要笑醒了好不好？

第二天一早，天上依舊下著紛飛的大雪，儘管如此，大家還是做好了一切準備，當蔣夢瑤和高博走到驛站外的時候，他們的馬車兩旁已經整齊站好了兩支百人隊伍，高博一聲令下，眾人便整裝待發，冒雪前行。

華氏和蔣夢瑤她們坐在大馬車裡，霍青和衛寧充當馬車車伕，左右各控制兩匹在腹部和腿部包裹了絨毯的馬兒，駕著車繼續沿著官道，往北走去。

走了大半天之後，終於在暴風雪來襲前，抵達了流營村，二十個守衛早就收到消息，站在一處木樁大門外等著，頂著風雪，有兩個人前來拉住馬轡。

高博從車上下來，將華氏和蔣夢瑤攙扶而下。

從守衛裡鑽出一個三十多歲的男人，不胖不瘦，鼻子紅得厲害，嘴裡多有酒氣，這人怕就是昨日霍青和衛寧說的那個討厭鬼趙懷石了，只見他無甚誠意地跑上來，對高博行了個不倫不類的禮，說：「哎喲，殿下遠道而來，辛苦辛苦。在下趙懷石，是這流營村的長史，今後還要殿下多多提拔，多多……咦？」

趙懷石說著話，眼神就飄向了一旁的華氏，驚為天人地問道：「這位美人是……」

霍青往前面一站，擋在趙懷石和華氏中間，說：「這是我們王爺的乳母。」

趙懷石被擋住了視線，有點不高興，卻也沒有發作，只點點頭，目光卻還是忍不住往後瞟，又看到一旁瞪著大眼睛的蔣夢瑤，衛寧不等他問，就又說：「這是我們王妃，非禮勿視，趙長史的眼睛可得給我放規矩點。」

趙懷石被酒色浸染的渾濁眼睛白了霍青和衛寧兩眼，這才直起身子，憤聲說：「殿下的兩位隨從，哼，囂張得很啊。這裡是流營，可不是京裡，你們要擺架子，似乎擺錯了地方。」

霍青和衛寧看了一眼高博，十四歲的高博雖然生得修長，卻也終究未脫稚氣，他走到趙懷石面前，趙懷石臉上雖然掛著笑，可是眼神中卻處處透著不恭敬。

就算來的是個天潢貴冑又怎麼樣？被褫奪了封號，貶到這苦寒之地，並勒令今生不准再入關，將來還能有什麼大作為？還不一樣要看他們這些守衛的臉色。

「確實不該對趙長史無禮……」

高博這麼一說，趙懷石就得意了，以為來的是個聰明人，可還未對霍青他們顯擺，就見高博從披風下突然踢出一腳，正中趙懷石下身，將人一下子就踹到雪地裡，疼得滿地打滾。

二十名守衛見狀想上前攙扶，卻被高博一記冰冷的眼刀掃了過去，竟真的無人敢上前一步了。誰都聽說過五皇子暴戾成性，縱然被貶也是不改脾氣，趙懷石這回算是踢到了鐵板，在這位祖宗還沒被磨圓稜角之前就衝上去對峙，被踢不是活該嗎？

「手腳是吃飯用的？」

霍青和衛寧憋著笑，對高博說：「是，屬下知錯。」

高博再不看一眼倒地的趙懷石，便牽著蔣夢瑤的手，帶著一大撥人往營裡走去，二十個守衛竟無一人敢上前阻攔。

雖然人家是被貶至此，可身分擺在那裡，皇子皇孫生來就橫，更別說身後還帶著這麼多人，黑壓壓的一片，比他們整個村裡的人都要多，若真是鬧出什麼亂子來，那對誰可都沒好處，乾脆先把人收下，然後再逐級向上彙報，等候上頭發落指示。

趙懷石從雪地裡爬了起來，也是吃了啞巴虧，以為來的是個年少無知的軟柿子，可誰知年少無知倒像是真的，還不知道人在屋簷下不得不低頭的道理，卻並非軟柿子，也許是在京裡橫著走習慣了，到了這裡還想充大爺，還不整死你這小子！

趙懷石呸出一口血水，用袖子擦了擦，對一旁的人說：「去，找個人騎快馬去營地京辦處參他，被貶皇子竟然敢私自帶這麼多兵，哼，當真是來享福的嗎？先把那小子身邊這些護衛剪除，然後再慢慢收拾他！」

一個守衛領命而去，翻身上了馬棚裡的一匹馬，騎往五十里外的軍營。

在沒有得到外援之前，趙懷石還是不敢直接跟高博撕破臉，流營村裡的村民全都站在門前觀望著這個突然前來的隊伍，有些消息靈通的也知道高博他們的身分，一傳十、十傳百，全都站出來看熱鬧了。

霍青讓趙懷石登記，趙懷石卻一再推讓，說村裡少紙，一時拿不出寫這麼多名字的冊子來，過兩天再說。

高博看了他一眼，也沒說什麼，讓霍青他們找塊空地去搭建行軍帳篷，趙懷石敢怒不敢言，只好由著他們去，暗地裡期盼著援兵速速趕來。

高博命人把守衛所裡現有的炭爐全都搬到營帳裡去，這些都是他自主做的，根本沒有問人家肯不肯，而他這樣自便反而透著一股不容商量的匪氣，守衛們敢怒不敢言，只好自動靠到一起互相取暖了。

進了營帳之後，簡易的床鋪都已經搭好，鋪上了厚厚的棉絮，高博讓蔣夢瑤給他準備好筆墨紙硯，蔣夢瑤知道他定然是有事要做，也沒耽擱，放下了棉毯就去把筆墨紙硯準備好。

高博走過去，洋洋灑灑寫下了兩頁，然後霍青取來一紙空信封，將信塞了進去，他說：「把這封信交給韓世聰，讓他好好掂量掂量，什麼事該管，什麼事不該管。」

見霍青領命而去，蔣夢瑤問道：「韓世聰是誰？」

衛寧在一旁回答。

「王妃，韓世聰是遼陽大營的主帥，就在流營以北五十里處安營紮寨，看守流營的這些守衛就是從那裡抽調的。」

高博接著說：「以後別叫王妃，叫夫人吧。稱我母妃為老夫人，反正她的身分是乳娘，喊老夫人也不為過。」

「是。」

衛寧走後，高博對蔣夢瑤說：「韓世聰三年前吞過一筆數額不算小的軍餉，他以為沒人知道，卻被我查了出來，一直隱著沒報，有這個把柄在手，諒他也不敢來插手管我的事。」

蔣夢瑤恍然大悟，高博剛才信上寫的應該就是這件事了。

「原來如此，不過，我看那趙懷石就是個小人，要是他請不來兵，咱們還是得提防他一些，尤其是老夫人那裡，你沒見那個混球剛才看老夫人的眼神，真噁心。」

高博勾唇一笑，說：「放心吧，我娘也不是紙糊的，再說有虎妞守著她，不會有事的。」

蔣夢瑤想想也對，華貴妃既然能在十年的宮鬥中穩立不敗之地，必然是導師等級的人物，不會是那種軟弱婦人才對。

暴風雪下了一天一夜，到第二天早上的時候終於停止，高博一早就起來了。

蔣夢瑤將帳子裡收拾好了之後，就走出帳篷，發現雪後的世界一片白茫茫，連空氣都新鮮得讓人渾身舒暢，多吸兩口，感覺肺都清爽了些。

虎妞從華氏帳篷裡走出來，手裡端著托盤，上面放了一碗粥，一個饅頭，還有一碟醬菜。

蔣夢瑤接過之後，問道：「妳們吃了嗎？」

虎妞點點頭，蔣夢瑤這才端著早飯進帳篷，一邊吃，一邊對虎妞問道：「妳知道公子去哪兒了嗎？」

虎妞想了想，對蔣夢瑤比了個射箭的手勢，蔣夢瑤猜測道：「弓箭？他去打獵了？」

虎妞點頭，又比了個八的手勢，蔣夢瑤會意。「哦，帶了八個人去打獵。」

虎妞再次點頭，對蔣夢瑤露出微笑，兩個小夥伴繼續無障礙地交流，這些年的友情可不是白交的。

吃過早飯後，虎妞把碗收拾下去，蔣夢瑤本想去給華氏請安，華氏早上有打坐的習慣，蔣夢瑤見她端端正正地坐在床鋪上，手裡撥弄著一串黑瑪瑙色的佛珠，閉著眼睛嘴裡念念有詞，她便沒進去打擾，又退了出來。

蔣夢瑤走到營帳外將周圍的環境看在眼裡，高博的侍衛一個個都是效率驚人，不過一夜的時間，就搭好十幾座帳篷，周圍還釘上類似籬笆的木樁，在流營地界，隔出一塊地方。

蔣夢瑤走出籬笆，看見流營中的人家，房屋都是破敗的，現在被雪一壓，就感覺屋子又矮了不少，男人、女人從屋子出入都要低著頭，以防撞到門框。

村裡有幾個人已經看到了蔣夢瑤，蔣夢瑤對他們遞去一抹和善的笑，可是，就在她對他們笑的下一秒鐘，那些人就立刻轉身，看也不敢看她了。

正納悶之際，就看見最西面的一間矮房中走出一個男人——正是昨天被高博踢了一腳的趙懷石。只見他一邊走，一邊捆著褲腰，像是剛起來的樣子。

蔣夢瑤看向那間房子，並不是他們守衛所的地方，從屋子裡走出一個憔悴的女人來，也正在穿衣服，眼睛紅紅的，臉上還帶著淚痕。

有幾個端著篩子的胖婦人對著趙懷石後頭啐了幾口唾沫。
「呸！殺千刀的畜生！」
「張家寡婦真是可憐，男人在石場被砸死了，趙懷石那個野驢子就趁人之危欺負她，要不是為了個嗷嗷待哺的孩子，張家寡婦估計早就投河自盡了。」兩個婦人邊說邊走。
蔣夢瑤走出籬笆門，去到那張家寡婦家，就見她懷裡抱著一個不斷啼哭的孩子搖晃著，張家寡婦一邊給孩子抹淚，一邊給自己抹淚，在那破舊不堪、昏暗髒亂的房子裡，看著叫人尤為心酸。
嘆了口氣，蔣夢瑤回過身去，就差點撞上一個人，往後退了兩步，就見剛才被人罵的野驢子不知什麼時候站到了自己身後，一雙色迷迷的眼睛上下打量著她。
「小夫人，妳在這裡看什麼呀？妳家小相公呢？要不要我陪妳玩一玩呀？」
蔣夢瑤看著這個滿臉寫著「我是變態狂」的死變態，對他露出了微笑，袖子裡的匕首已準備好，打算只要他一靠近，就割下他一隻耳朵。
趙懷石見她笑了，那模樣比之雪花還要純美，一時沒把持住，就搓著手往前走去，想著暫時在高博身上討不到便宜，那就在這個漂亮的小女娃身上出氣，可才走了兩步，趙懷石就覺得一支冷箭從他的臉頰邊擦過，疾射釘入一旁的雪地，因利箭速度過快，插入地面之時，將周圍的雪花都彈開一圈，入地三分，可見力道。
只見高博領頭坐在馬背上，穿著一身勁瘦的短襖，英氣十足，酷得叫人膽寒，他手裡拉著弓，瞇著眼三箭連發「嗖嗖嗖」，就把趙懷石的兩邊衣袖和褲襠射破，嚇得趙懷石驚叫著軟在地上。

高博從馬背上翻下，對著趙懷石的臉就又是一腳，兩顆門牙就這麼斷在嘴裡，合著血水噴出來。

高博從背簍裡取出一支箭，用箭頭抵住趙懷石的咽喉，陰聲地問道：「趙長史，你想和本王的女人玩什麼呀？」

捂著嘴的趙懷石感覺到脖子一涼，哀號著低頭一看，寒氣逼人的鋒利箭頭讓他又是一驚，支吾著就往後退去，再顧不得丟掉的兩顆門牙。

趙懷石狼狽不堪地爬起來，跑了幾步，看見周圍好多流營村的村民都站在自家門口看熱鬧、指指點點的樣子，讓他很是難堪，色厲內荏地指著打人的高博，口齒漏風地威脅道：「你，你給我等著！在這流營村敢惹我趙爺，就算是天皇老子來了，老子也不怕！你、你等著，等著啊！」

這類似地痞流氓的事後威脅言語，說完之後，霍青和衛寧就作勢要衝上去繼續揍他，趙懷石就像兔子似的撒腿就跑，因為那樣子太滑稽了，讓看熱鬧的村民們全都交頭接耳地笑了起來。由於他為人太糟，這麼狼狽也沒人願意上前扶一把。

高博收回箭鋒，將之放回箭簍，這才牽著蔣夢瑤往籬笆圈成的營地裡走去，手裡感覺硬硬的，低頭一看，正好看見蔣夢瑤將一把匕首從掌心送入袖中。

看見高博震驚的目光，蔣夢瑤嘿嘿一笑，直接勾住他的胳膊，蹦蹦跳跳地回到營地。敢情就算他不回來，這丫頭也會給那趙懷石一頓好看的啊。

高博出去一趟山裡，就帶回了四、五隻野兔，扔在伙房，叫人中午煮兔肉吃。

「這場雪不大，山裡的東西都窩著沒出來呢，下次打頭鹿回來做鹿羹。」

蔣夢瑤一聽接下來可能有「鹿」這種野生保護動物吃，心情比較複雜，看著高博愣神了好一會兒。

高博揚眉問她。

「看著我作什麼？還是妳想吃熊掌？」

提起熊掌，蔣夢瑤就想到她之前看過他們把一頭大黑熊爆頭的樣子，不由得嚥了下口水，見高博興致勃勃地看著她，不想抹殺他的一片好意，就給他倒了杯水，說：「相公，跟著你吃什麼都好，隨便什麼肉，對不對虎妞？」

站在一旁，聽見接下來有鹿肉和熊掌吃的虎妞，簡直不能再同意這個說法，猛烈點頭表達自己按讚的情緒。虎妞這個肉食動物，在她眼裡，就沒有不能吃的東西，別說是鹿肉、熊掌，哪怕給她把龍肉找來，這丫頭也敢往嘴裡送的……

看來，以後還是找機會去一趟市集，買些雞鴨魚肉回來，要不然這成天吃山裡野味，不中毒，也上火嘛。

夜幕降臨，趙懷石牙齒打顫地站在村口等著，雖然沒有下雪，可是呼呼的北風還是冷得夠嗆，等了一個時辰之後，以為能等到營地裡派來的援兵，誰知道卻只等來一人一馬。

馬還是那匹馬，人還是那個他派去傳信的人。

只見人趴在馬背上，嘴唇凍得發紫，趙懷石見不對勁，趕緊叫人。

「來人、來人，去把他給拉下來，看看怎麼回事。」

幾個守衛過來把馬背上的人扯下來，看了兩眼，跟趙懷石說：「長史，他好像被打了。快快快，搭把手，拖屋裡去，外頭太他媽冷了。」

因守衛所的炭爐全都被高博的人拿走了，他們就只好在屋子裡生火，嗆是嗆了點，但總比凍死好些。

趙懷石讓那人稍微暖和暖和之後，就問道：「怎麼回事？讓你請的援兵呢？韓大人有沒有說什麼時候派兵來？」

那人哀號一聲。

「還派什麼兵啊！我這就去傳了一會兒話，沒看見屁股都被打開花了嗎？長史，人家是皇子，就算是被貶了，他還是皇子，咱們鬥不過他，我這才一告狀，韓大人就派人打我三十大板，說咱詆毀皇子，藐視皇權，越級告狀，罪加一等，我申辯兩句，又是三十大板，哎喲，差點沒把我給打死！」

「什麼？」趙懷石難以置信地叫了出來。「上回也有個大官流放來此，帶了幾十個家將，咱不也彙報給韓大人知道，韓大人當天就撥了三百多人來把那些家將給繳了不是？怎麼這回就是越級告狀，藐視皇權啦？他奶奶的。」

趙懷石說話漏風，聽得人直想笑，可也是只敢偷笑，只見趙懷石一腳踢翻了旁邊盛水的鍋子，那幫人連他們燒水的爐子都拿去帳篷裡，搞得他們只好架柴火用鍋燒水喝，所以趙懷石一鍋子踢翻，熱水濺了滿地，幾個官兵被熱水燙得哇哇叫。

趙懷石也不管這些，在門口怒氣沖沖地轉悠幾圈後，才進來拿了個狐皮帽子扣在腦門上，頂著風，出去了。

第二十四章

霍青在帳篷裡跟高博彙報。

「韓大人也是個聰明人，要不怎麼做官呢。趙懷石的崽子剛去，他就給人來了個下馬威，要越級告狀，三十板子先打起來，再告，再打，能撐著跑回來，就算那小子命大了。」

想當然，趙懷石的人吃了虧，就是因為高博讓霍青送去的那封信起了作用。韓世聰也不是傻子，犯不著為了幾個小吏冒殺頭的風險，也是這幫人活該，在窮鄉僻壤橫行慣了，竟然把壞心思動到了太歲頭上。

衛寧比較沈穩，聽了霍青的話，說：「那趙懷石沒找著外援，沒準兒還不服氣，要不要找人去盯著他，省得他搞出什麼亂子來。」

霍青躍躍欲試，高博也點頭，說：「我來了之後就一直在想，若是僅憑他長史的身分，在韓世聰那裡連三等兵都算不上，他哪來的勇氣橫行鄉里。」

衛寧猜測道：「公子是說，趙懷石背後還有人？」

高博點頭，將手伸到炭爐上烤了烤，說：「這附近不是有座採石場嗎？」

霍青恍然大悟，自告奮勇地說：「公子，這事交給我去查，保准把那些龜孫的底細翻個徹底！」

說完這話之後，霍青就麻利地出了帳篷，差點沒撞上端著熱水的虎妞。

蔣夢瑤走進來問道：「霍青這麼晚了去哪兒？不是有賊下山吧？」

高博讓衛寧退下，虎妞放下熱水也出去了。

高博對蔣夢瑤說：「妳這張嘴，沒準兒有時候還挺準！」

蔣夢瑤正蹲著給他舀熱水洗臉，聽他這麼說，不禁問道：「什麼挺準？不會真的有賊來了吧？是什麼人？需要逼供嗎？我可是逼供小能手啊！」

高博看著蔣夢瑤奇特的反應，不禁失笑，剛接到手的毛巾，展開之後，就往蔣夢瑤的臉上擦去，藉著替她擦臉的機會，好好揉了一把她嬌俏的小臉，在她快要發怒的時候，才趕緊鬆開手。

蔣夢瑤平白被欺負，怎肯罷休，抓起毛巾就往高博追去，兩人你追我趕，笑鬧不已。

子夜時分，沈睡中的高博突然睜開了眼，看了看在身側依舊沈睡的蔣夢瑤。他翻身坐起，穿好衣物後，便掀開帳篷的門簾，霍青和衛寧正好趕來。

霍青說：「果然給公子料中，今夜有賊上門，大概兩百多人，兄弟們都埋伏好了，就等甕中捉鱉。」

高博頷首。

「萬事小心，不可輕敵。」

衛寧也問了一句。

「公子，若是那些守衛相幫，咱們該如何？」

高博凝眉想了想，才說：「若是幫我們，記著人，有賞；若是幫賊人，殺！」

「是。」

得到了高博的指示，霍青和衛寧便領命，各帶著幾個人趕去自己的埋伏地點。

高博身後的帳篷簾子被掀開，蔣夢瑤走出來問道：「怎麼了？」

高博將她的衣服拉了拉，說：「真給妳這烏鴉嘴說中了，有賊上門，待會兒有打鬥，妳跟在身後，別離開。」

「啊？真有賊啊！不會是趙懷石那個王八羔子搞的鬼吧。」蔣夢瑤一下子就想到白天那滿眼都是恨意的趙懷石。

只見高博點了點頭，說：「沒錯，我到了這流營中就猜想那個趙懷石必定身後還有人，便叫霍青去查了，果然，山上那個採石場，其實就是個土匪窩，趙懷石勾結他們，控制流營村上下，所以誰都不敢與他為難，只可惜，今天遇見了我！」

蔣夢瑤看著月光下，高博嗜血的微笑，有種中世紀蒼白吸血鬼的feel，頓時萌到不行，脫口而出。「相公，你好帥啊！」

「……」高博滿頭黑線，看著蔣夢瑤這個花癡病犯得很不合時宜的女人。

虎妞也似乎聽到了響聲，從帳篷裡走出。

「有賊上門，待會兒外面交給霍青他們，妳只要守著老夫人就行了，知道嗎？」蔣夢瑤讓她回帳篷守著華氏，寸步不離。
虎妞鄭重地點點頭，便回去了帳篷之中。
一番摩拳擦掌的等待，終於等到了那群猶不知危險的倒楣賊人。
月光下，一個鬼祟身影打開了流營村的木樁門，把賊給放了進來……
趙懷石聽見外頭有馬蹄聲，就從守衛所裡鑽了出來。就像從前那樣偷偷地把山賊放入村中，讓他們打家劫舍，村裡的人對抗不過山賊，勢必會依賴他們官兵；而山賊搶到了東西，也能記得他的好，搶的東西也會多少分紅給他，然後他再利用山上的人來控制村民們，日積月累之下，趙懷石可就越來越橫了。
原本一切都在他的掌控之中，可是沒想到會突然貶個什麼皇子過來，這關外流營曾經被貶的高官多的是，先帝年間也有過皇子被貶來的事蹟，而那個皇子最後是在偏遠關外，客死異鄉了。可這回來的皇子卻不一樣，聽說在京裡的時候就是橫行無忌，大概從小被寵壞了，因此脾氣大得很，也不懂強龍不壓地頭蛇的道理。本來這皇子要是好好的，大家和諧相處也就罷了，他多少會顧及一些他皇子的身分，不會做得太絕，偏偏這小子來到這裡兩天，就打了他兩回，牙齒掉兩顆也就算了，還差點用箭射死他，他趙懷石少說也在這地界橫了七、八年，他一個剛被貶來的皇子，竟然想把他踩在腳底？既然如此，就別怪他心狠手辣，定要給他點教訓，讓他知道這個世道的艱難。
門開了之後，趙懷石親自去給山賊頭領牽馬，渾身凍得哆嗦，對馬上那人說：「二當家的，村裡來了肥羊，我特意上去報信，可別忘了分兄弟一份。」

這個被趙懷石稱作是二當家的名叫鬍子，是個方臉蓄著絡腮鬍的男人，眼睛瞪得像銅鈴，一看就不好招惹的樣子。只聽他哼了一聲，沒有回答趙懷石的話，而是一腳把他抓在韁繩上的手給踢開，然後翻身下馬，身後馬賊也盡數下馬，抄起寒光閃閃的鋼刀，啐了一口唾沫就往村裡殺去。

村子最裡面的空地駐紮了十幾座帳篷，看來趙懷石說的肥羊就在那裡了，山賊們打著無聲的手勢，兵分幾路，想包抄帳篷，殺裡面的人一個措手不及。

可分散出去的人，卻不見傳來信號，正待上前，卻不知誰破空喊了一句。「有埋伏，撤乎！」

鬍子驚覺不妙，趕緊帶著人要走，可是回頭一看，卻見木樁大門正在關上，門口留守的幾個兄弟全都被一刀抹了脖子，鮮血染紅了地面。

一時間，殺聲四起，兵器碰撞的聲音、人聲慘叫的聲音、踢打撕扯的聲音，還有皮開肉綻、鮮血噴濺的聲音……

鬍子面對四面八方的埋伏已是疲於應付，山賊被殺得片甲不留，一個個丟盔棄甲，抱頭鼠竄。

高博的暗衛隊都是一群從小受訓練的職業殺手，狙殺千人內的軍隊都是遊刃有餘，就好像是殺入國際的冠軍隊；而山賊沒有規則、沒有章法，就像是連市里都沒有出過的校隊，國際冠軍隊放下面子埋伏狙殺不堪一擊的校隊，這一仗哪裡叫做兩軍交鋒，簡直就是單方面虐打，結果沒有任何懸念。

當鬍子和所剩無幾的山賊被綁著押到高博面前的時候，天空開始下雪，鵝毛大雪紛撒而下，襯得天地間銀光閃閃。

鬍子的脖子上架著霍青的長劍，引頸一橫，豪氣道：「成者王，敗者寇，要殺就殺！」儘管被殺了個措手不及，鬍子卻還是沒有意識到失敗。

高博嘴唇一勾，故意拍著手，對舉劍的霍青說：「哎呀呀，這趙長史的主意真不錯，一下子就抓住了這麼多山賊，這可是大功一件，賞，得重賞！」

霍青忍住笑，對高博說：「是，這回多虧了趙長史，要不然咱們哪能一出手就抓住這麼多山賊呢；將來報上朝廷，趙長史的功勞不小，聖上必還有重賞。」

衛寧也跟著說：「到時候何止是重賞，封官加爵亦不在話下，怪不得趙長史主動請纓，引蛇出洞，助咱們繳獲這麼多山賊了。」

鬍子被俘，乍聽此言，怒極攻心，口不擇言罵道：「趙懷石你個殺千刀的畜生，別讓老子再看見你！老子非活活剮了你的肉餵狗不可！」

霍青一腳踢翻了鬍子，罵道：「混帳，趙長史是大功臣，你這山賊死到臨頭了，還敢對趙長史出言不遜？」

鬍子吐出一口血水。

「我呸！他趙懷石在我大哥眼裡，連條狗都不是。」

衛寧看了一眼高博，問道：「公子，聽這山賊的口吻，這山上似乎還有賊頭，咱們怎麼辦？」

高博從座位上站起，走到鬍子面前，咂了兩下嘴，狀似隨意地說：「去做些木頭樁子，把這些沒死的都帶去山下，綁在木樁子上，就說我要見他們帶頭的，他們帶頭的不出現的話，那就半個時辰殺一個人，殺到他出來，或者殺光了這些人為止！就這麼辦吧，我再去睡一會兒。」

「是，公子。」

鬍子聽了高博這漫不經心的語氣，簡直氣得渾身發抖，真的很難想像這麼個乳臭未乾的少年怎會這般殘忍。

不過，人家就算是乳臭未乾的少年，也不會把「宮鬥權鬥小能手」的標籤貼在臉上不是？想當年，這位在做寵王的時候，那手段可是層出不窮，經常把朝廷裡那些不聽話的人整得不敢上朝、不敢回家，這種草菅人命的殘忍可是從小就開始鍛鍊了，經驗豐富，沒有個十年的功底，一般人還真辦不到。

鬍子當然知道，這小子不是開玩笑的，若是真被他得逞，沒準兒連他大哥都得栽在這小子手中，當即眼珠子一轉，趁著霍青收劍的那一剎那，就猛地用頭撞了一下旁邊的人，製造出不小的混亂。

霍青等人被撞個措手不及，失手讓好幾個山賊就那麼越過屋頂，跑了出去。

霍青立刻集結兩隊人馬，騎上快馬去追。

剛走到帳篷前的高博嘴角勾起一抹笑，聽到身後動靜之後，並沒有立刻轉身，直到那些山賊「跑」了之後，他才緩緩轉過身。衛寧跑過來，與他對視一眼，主僕兩人臉上皆露出笑容。

霍青帶著人去追山賊，意料之中的「未果」，讓山賊給跑回山上。

人們聽到外面的打鬥聲歇了以後，才敢開門一探究竟，看到地上滿是血跡，並且死了那麼多山賊，全都驚呆了，這位新貶來的王爺的人正在收拾屍體，有幾個膽子大的，也趕過去幫忙。

有些女人家不敢碰屍體，就幫忙鏟被血染紅的雪地，一時間，流營村竟比白天還要忙碌。

村民們已經很久沒有感受過這樣的激動，他們被壓迫得太久，被趙懷石和山賊們壓榨著，一直沒有機會也沒有能力反抗，如今來了一個被貶的皇子，這日子好像才有那麼一點翻身的跡象。

不管怎麼說，高博殺山賊的舉動，已經成功獲得大量村民的心，在他們看來，趙懷石和山賊是壓迫他們的人，只要有人替他們教訓這些渣滓，那就是他們的再生父母，是大好人。

村裡最有學問、最受敬佩的便是三年前遭貶的左慶明，他四十多歲，年紀不大，可是學問很高，所以大家都叫他左翁，以示他的德高望重。

高博來了之後，他一直沒有出現，那是因為他不確定高博是不是第二個趙懷石，他對京城的事情多少還是知道一些，高博曾經是最受聖上寵愛的皇子，朝堂間曾傳聞這位就是下一任的儲君，如今突然被貶至關外，令人很是驚奇，因此初見高博時，就更加不敢攀談。

但經過今晚一事，他再也坐不住了，在他眼裡高博就是一個十四、五歲的少年，縱然身旁有武功高強的護衛隊，但畢竟新來乍到，對山上的情況很不瞭解，若是貿然出手對抗，未必能討到什麼便宜，所以，在確定高博不是來剝削這些可憐的村民之後，他就決定站出來貢獻一分自己的綿薄之力。

帶著兩個弟子，左翁來到高博面前，跪地行了個大禮。

高博早就派人調查過流營的情況，看這人的穿著與談吐，就知道這位便是村裡最德高望重的左翁了，趕忙傾身將之扶起，說：「左翁請起，關外之地，無須多禮。」

左翁驚訝地看向高博。「殿下如何得知在下姓名？」

高博勾唇一笑。

「也許左翁不記得，不過三年前本王曾在大理寺見過左翁一面，那時左翁主審嚴必成一案，本王在簾後旁聽，故見過大人。」

「哦。」左翁恍然大悟。「竟不想與王爺早有際遇，罪臣該死，不該瞻前顧後，到這時才來拜見王爺。」

「左翁無須多禮，如今你我皆為階下之囚，禮就免了吧。左翁若是為了今夜山賊之事，當可入內詳談一番。」

「是，罪臣當是為此事而來。」

「左翁裡面請。」

高博領著左翁進了帳篷，霍青從外面「追敵」而歸，沒追到敵人，反而追到聽到風聲跑路的趙懷石，一路提著回來。趙懷石從馬背上摔了個狗吃屎，一頭栽進村裡女人們堆起來的紅雪堆裡，引來一陣發笑。

如今左翁的加入，讓高博他們更加透澈地知道山上的情況。

原本以為山上就是一幫聚眾集結的匪類，可是聽了左翁的話之後，高博卻不得不重視這個問題；因為他們根本不是土匪，而是一群散兵游勇組成的團隊。

大哥叫做李閻，人稱閻王李，殺人如麻，霸占了山頭做起採石生意，將山上的石頭鑿下來運去行省賣，靠山吃山，無本買賣，手下共有近千人，今晚來襲擊流營村的鬍子是二當家，算是李閻的義弟，本事沒有多少，卻仗著李閻撐腰，在山上、山下作威作福。

將情況告知高博之後，左翁被奉在上座，高博沈吟片刻後，說：「照左翁所言，今晚前來的一、兩百人並不是全部，山上還有眾多賊人。」

「是，不僅山上還有眾多賊人，今晚來的這個鬍子並不是賊首，縱然抓了他也無濟於事。李閻最擅長的是馬戰，他在山上養了一百多匹寒地烈馬，人騎上去所向披靡，今日鬍子是中了伏擊，若真是正面交鋒，傷亡定不會這般樂觀，若是李闖的騎兵隊下山，咱們更要早作防範。」

左翁的話讓高博沈吟。

「寒地烈馬？有什麼奇特之處，與我細細道來。」

「此馬前身為戰馬，經過幾代繁殖又加以訓練，變得凶悍好鬥，見人就踩，高大健壯，普通人若是被踩，那定是骨斷肉爛，活不了的。」

高博沈吟著坐了下來，又問道：「左翁定是對此馬頗為瞭解，可知其有何弱點？」

左翁將他身後一個頭上綁著長巾的男子推至面前，說：「他叫吳肇，曾經就是做戰馬生意的，不過後來得罪權貴，舉家被流放至此，他對馬的習性總是比我等要明白得多，待會兒可叫他與殿下細說。」

吳肇見過今晚高博的人大殺四方的情形，也十分激動，對他自是感恩戴德，說：「殿下在上，我家舉家被流放至此，我爹和叔叔皆為山賊所害，今日殿下擊退強賊，大快人心，請受吳肇一拜。」

高博將人扶起，說：「吳先生不必多禮，烈馬之事可否詳細告知？」

吳肇站起後，便對高博說：「是，誠如左翁所言，我家從前是依附軍裡做戰馬生意，對馴馬有祖傳手藝，那寒地烈馬縱然慓悍，但亦難絕馬性，好奔走，難駕馭，不畏寒霜，但也不似野馬脫韁即逃；此馬好安逸，須照料，頗為認主聽話，所以對待這類騎兵，只有擒賊擒王，先把馬上之人擊落，讓牠無主駕馭，才是破解之道。」

高博點頭，對吳肇說：「吳先生見解精湛，待日後攻防之時，還請先生不吝效力。」

吳肇見高博願意採納他的話，自是高興，說：「自當為殿下效勞。」

「殿下，現那鬍子定已上山，也不知李閻何時對應，咱們當早做準備得好。」

「公子，山上賊人人數眾多，要不要去向韓大人請兵？」

衛寧比較穩重，既然得知山上有近千人，縱然今晚折了他們百餘人，但人數終究是多，他們滿打滿算也就四百人，人數相差近半，恐有危險。

高博還未說話，就聽左翁說：「不可，韓大人的軍營離這裡有五十里遠，縱然是單槍匹馬也要趕上一天的路才能到達，先不說韓大人會不會出兵，縱然韓大人願意出兵，但除去他點兵、調兵、整兵這一系列動作的時間，最快也得三、四日才來，到那時豈不晚了？當然，這還是韓大人肯出兵的情況下，若是他不肯出兵，那咱們貿然等待豈不是情勢更危？」

高博贊成左翁的話。

「左翁言之有理。韓世聰雖不是膽小怕事之輩，卻也無甚俠心，沒有任何好處，如何讓他出兵？這裡的事情，只能靠咱們自己解決，過分依賴，只會叫人抓了弱點。」說完，又對霍青問道：「先前放鬍子他們上山，可曾跟至山門前，探得路徑？」

霍青答道：「屬下派了嶽龍、嶽虎跟去，他們已經成功跟著鬍子逃亡的隊伍，混入山裡，路徑自已知曉，只待尋著機會在山上製造混亂。」

這就是高博為什麼要讓鬍子逃走的原因，他也知道山上還有大賊，抓了鬍子打草驚蛇，逼得賊人猛攻便會得不償失，乾脆把鬍子放回山，再暗自讓兩個暗衛扮作一同逃亡回山的賊子，打探情報的同時，亦能將山上的情況傳下，再找準時機，在山中水井投毒，足以亂了山賊們的陣腳。若不以此法，山上戒備森嚴，他的人又如何混進去？因此放走一個鬍子，是再划算不過了。

高博一番思量之後，又問道：「沒逃走的山賊還有多少？」

衛寧作答。「回公子，沒死的還有二十多個。」

「將這些人綁到山腳下，用木樁高高架起，直接對李闊喊話，說我要見他。若是不見，半個時辰殺一個，屍體以快馬扔到半山腰，一旦山上傳下李闊出動的消息，讓弓箭手準備，看見戰馬就射其馬背上的人，再驅馬下山，使對方自亂陣腳之後，再使人包抄，斷了他們的退路，逼著他們下山來正面交鋒。」

高博一番指令之後，左翁和身後兩個人對視一眼，只覺得此戰有望，不管戰後生活如何，總不會再比如今差了，當即隨著霍青和衛寧一同下去準備。

天方未明，山下就架起高高的木樁，高博命人將昨夜俘虜之人吊在木樁之上，讓人在山下喊話。一開始山上之人還以為這只是逼迫手段，並未在意，可是當半個時辰之後，高博果真下令殺了一人，並將其屍體用馬馱著上山，賊人們才知這小子並不是開玩笑。

其實高博殺他們幾個人倒也沒什麼，既然以刀口舔血作為生計，早晚有一天都會死，可關鍵就是他用什麼方法讓他們死。

用兄弟的性命威脅賊首，就等於用士兵的性命威脅將軍，若是將軍不顧士兵的性命，任敵人殘害殺戮，這樣就很容易動搖軍心，讓士兵們以為，將軍根本不顧他們的死活，今日死的是旁人，怎知明日死的不是自己呢？

這是戰時常用的屈兵之法，亦是攻心之策，高博打的就是這個主意。

山上還在糾結，山下還在等待。

蔣夢瑤站在流營村口，等待高博凱旋歸來。要說她不緊張是假的，畢竟這是他們能不能在關外站穩腳步的第一戰，對高博的心思，她多少也有點明白。

他雖無心爭奪皇位，卻也不想處處受制於人，遠走關外眼看著是敗走，卻也是他韜光養晦的一種方法，將來回不回京城還不知道，但是總不能什麼都不做，真的等京城那位要來打壓的時候，才束手就擒吧。

皇位他可以不要，但自己的生殺大權總要掌握在自己手中，這就是高博的想法，所以這一戰至關重要。

身後傳來一陣雜亂之聲，趙懷石被綁住雙手竟然還跑出守衛所，正要往門外衝時，被蔣夢瑤一腳踢了回去。要知道，她的功夫不如虎妞是真的，可也是寧氏親手教導了好幾年，對付一個人，她還是綽綽有餘。

趙懷石被踢翻在地，在雪地上滾了兩滾，剛才匆忙間，也沒看清是誰踢他，現在定睛一看，卻是那個比雪花還要純美的小姑娘，頓時凶神惡煞地說：「臭丫頭，就憑妳也敢攔老子的路，快滾開，要不然老子撕了妳一身細皮嫩肉。」

說完這話，趙懷石就被從天而降的虎妞一膝蓋踢了個滿面。用導演分鏡頭和慢動作來看的話，整張臉那都被虎妞撞得變形了，人摔在地上，嘴裡又掉了幾顆牙，混著血水噴了出來。

那畫面太殘忍，蔣夢瑤不想看，捂著雙眼逕自走向村裡，經過虎妞和趙懷石身旁時，對虎妞若無其事地說了一句。

「反正無聊，拖進來玩玩。」

虎妞領命，一隻虎爪抓住趙懷石散亂不堪的髮髻，就真的把人從雪地上拖回了村裡。

「喂，大家快出來，有冤報冤，有仇報仇的機會來了！快出來喲！」

蔣夢瑤的大聲呼叫讓大家都從屋子裡走了出來，只見蔣夢瑤在帳篷外的木椿前找了個合適的角度，讓虎妞把趙懷石綁在上面，男男女女都湊上來，就連華氏都不禁出來觀望。

只聽蔣夢瑤大聲說：「趙懷石的罪行，想必不用我多說了吧。今天，就是咱們報仇的機會！人呢，我已經給你們綁好了，敢不敢打，就看你們有沒有膽量了。」

村民面面相覷，有個人說：「趙懷石他是官兵，咱們若是打了他，將來可沒好果子吃。」

蔣夢瑤還沒說話，就聽趙懷石用他那漏風的嘴扯起嗓子喊道：「沒錯！老子是官兵，你們只要今日敢打我一下，來日必定百倍奉還！誰敢打我，來啊！」

也許是他平日為人太惡，村民們已經習慣被他壓迫，他扯了一嗓子之後，竟然沒人敢上前。

就在蔣夢瑤以為快要冷場的時候，突然一塊大石頭從人群中飛了出來，正中趙懷石的頭部。

張家寡婦抱著個孩子，從人群中走出，指著趙懷石道：「這個畜生你們都不敢打，還嫌被他欺負的不夠嗎？從前抓不住他，現在有人替咱們抓住他了，你們都不敢打，真是懦夫，你們不打，我打！」

張家寡婦說完這句話之後，又蹲下身子，撿了好幾塊石頭，一塊塊皆往趙懷石身上招呼去，村民們你看我、我看你，終究是被張家寡婦挑動起憤怒的情緒，你一下，我一下，就那麼往趙懷石身上砸了過去。

趙懷石可就真的變成趙懷石了，懷裡全是石頭，被砸得鼻青臉腫，只剩下一口氣了。

守衛所裡的士兵將這一切看在眼裡，卻也不敢在這個時候站出去和這些打紅了眼的村民們對抗。

有個士兵說：「哎，他們這是反了，趙長史都快被他們打死了，這就是殺官，快去報告韓大人，定要他派兵來嚴懲這幫流營村的村民。」

在群情激憤的時候，大家都沒有注意到，從大門偷溜出去騎馬的守衛。

按照原定計劃，經歷一場惡鬥之後，高博帶著眾人攻上山，賊首李闔被押到高博面前，兩邊肩胛骨都中了箭，手是徹底廢了。山上的賊子們中毒的中毒，虛脫的虛脫，又見老大被俘，一個個也沒了殺氣，垂頭喪氣，被人用刀架在脖子上也反抗不起來了。

高博居高臨下地看著李闔，從霍青腰間抽出一把刀來，拋在他面前，說：「敬你是條漢子，自盡吧。」

李闔狼狽不堪，滿身滿臉全是冷汗，噗哧噗哧地喘著粗氣。他看著高博，突然放聲大笑起來。「哈哈哈哈……我死又何妨！總有人給我陪葬，二十年後，又是一條好漢，哈哈哈哈。」

說完之後，李闔便掙脫了箝制，一頭撞在石壁上，當場死了。

高博見他死了，反而環顧一圈，問道：「鬍子呢？」

混入賊窩的嶽龍跑過來說：「公子，鬍子在開打之前帶著一隊二十人的騎兵從側道下山去了。」

高博蹙眉。「什麼？」

霍青和衛寧也察覺到不對，衛寧說：「不好，鬍子這是轉道殺下山，定是想抓一些山下的人來威脅咱們，夫人她們有危險！」

高博臉色鐵青，出了山門就翻身上馬，霍青和衛寧緊隨其後，三人疾速往山下奔去。

蔣夢瑤靠在一處木樁上，看著流營村的人把趙懷石打得像個豬頭，村民們一邊打，嘴裡也一邊念叨似地控訴著趙懷石的罪行，簡直可以用罄竹難書來形容了。

蔣夢瑤終於開了眼界，從來沒見過比這趙懷石還要可惡的人。他利用身分，勾結山賊，壓迫村民上山採石，雖說每天五文錢，可是村民到手的銀錢就要先給他抽六成，剩下的才能拿回家裡；而村民們不能出流營的範圍，所以外界的物資一向都是由趙懷石他們那些守衛運送進來，明買明賣，縱然平日裡省下幾個錢來，最後也還是送到他的口袋。

趙懷石也經常利用這層關係，對村民動輒打罵，村裡稍微有點姿色的女人，全都受過他的脅迫與之發生關係，男人們稍有勸阻就是一頓毒打，在村裡被他打，到了山上，趙懷石還會知會山上的人再打；張家寡婦的男人說是在山上被石頭砸死的，其實就是趙懷石派人活生生打死的，只是流營村裡的人死了要上報，所以才捏造死因。

女人們被他糟蹋得多了，所有的氣憤今日一併爆發出來，這些女人從前或許是有頭有臉人家的夫人、老夫人，可是流放之後，全都變成侍弄田地、操鋤頭種地的能手，不過短短一刻鐘的時間，趙懷石就被整治得差不多了。

突然虎妞從一旁跑過來，對著蔣夢瑤一番比手畫腳，饒是蔣夢瑤和她配合這麼多年，一時也不能明白她這些動作的涵義。

因事態緊急，虎妞跑進帳篷裡拿了紙筆，寫了下來。

「有馬賊從樹林裡跑來了。」

蔣夢瑤把她的字讀出來之後，立刻就有村民說：「樹林裡有一條從山上到山下的小路，糟了糟了，殺下來了、殺下來了！」

隨著這句話一出，村裡的人全都亂了陣腳。

蔣夢瑤想了想後，說：「大家別慌！既然是從小路來的，那就不會是主力。一定是山賊處於敗勢，所以就想派一隊人下山討些便宜，看能不能威脅高博他們。」

蔣夢瑤擰眉一想，轉身就對大夥兒說：「不想死的就去把家裡所有的繩子和食物全都拿出來。」

所有人你看我、我看你，也沒有其他辦法，就一團亂地各自回家去。

帶著居民提供的物品，蔣夢瑤領著虎妞和高博留下來守衛的十幾個侍衛去到林子裡，將繩子綁在樹與樹之間，用草掩蓋著，做成一條十分簡單的絆馬索，然後與眾人一同躲在樹上，等待山賊們的到來。

與此同時，鬍子帶領著二十個騎兵從山上往下疾奔，因為是小路，所以只能並排通行兩、三匹馬。他是臨危受命前來抓山下的人上山，看能不能威脅對方，因此策馬得較急，沒有想到這看起來和尋常並無兩樣的林子竟然暗藏了機關。

帶頭的馬兒突然蹄子一軟，身子往前栽去，因為是從山上往下跑，所以一摔倒就滾下去，前面的馬折了，後面的馬剎不住腳步，也跟著滾下去。

看見人馬分離之後，蔣夢瑤在樹上發出指令，讓大家把包裹裡村民們提供的紅薯、馬鈴薯之類的東西扔到跌成一片的馬隊裡，不一會兒工夫，馬兒就激動了，翻了個身就在地上找吃食，蔣夢瑤帶著人從樹上跳下，又把底下那些剛起身的人給砸得跌在地上。

虎妞的力氣比較大，足以撼動兩個成年人，蔣夢瑤沒那力氣，可是輕功還不錯，藉著樹幹可以借力，已經成功幹掉兩個。

鬍子一聲怒吼，抓住虎妞的一隻腳就把她給甩了下去，蔣夢瑤趕忙上前截住虎妞，卻抵不住衝力，兩個丫頭一同往後倒去。

對視一眼，兩人心裡都有了掂量，兩手交握，一同站起，虎妞蹲下馬步，蔣夢瑤踩著她的腿向上躍去，攻鬍子的上盤，而虎妞則往後仰倒，像鏟子一樣去鏟鬍子的下盤。

兩人上下夾擊，鬍子被打得手忙腳亂，疲於應付，蔣夢瑤用自創剪刀腳夾住鬍子的脖子，手裡的繩子不住轉圈，在他脖子上轉夠了圈數之後，就將繩索的頭交給虎妞，虎妞則拉著繩索就直往前衝，繩索勒緊了他的咽喉，鬍子倒在地上被虎妞拖行。

另一邊跟著鬍子下山的那些人也全都被侍衛們收服，殺的殺、綁的綁。

稍晚，當高博他們用最快的速度衝下山之後，原以為會面對村裡的一片狼藉，可是回來一看，村子仍好好的，村人們全都圍成一個圈，叫好聲不斷。

霍青、衛寧對視一眼，全都不知前面到底發生了什麼事，三人過去一看，就見村民們圍著的圈子中央，是十幾個被大家揍得鼻青臉腫、爹娘都不認識的山賊，環顧一圈後，看見蔣夢瑤和虎妞正把馬兒牽到一側拴好，每一匹馬的面前，都綁著一些食物，勾著牠們一路向前走，想吃又吃不到。

看這情形，若是他再猜不出這裡發生了什麼事，也就太笨了。

蔣夢瑤看見高博回來，一蹦一跳地走過去。她的頭髮有些亂，衣服也有些髒，可是笑容依舊明媚燦爛。

高博指了指那些正在被村民們圍毆娛樂的山賊們，蔣夢瑤得意地說：「怎麼樣？厲害吧！這些人竟然想從小路殺下來，幸好我聰明，提前設了絆馬索，你都不知道這些人和這些馬從山上滾下來有多好玩。」

霍青和衛寧對視一眼，好玩嗎？那種情況想想就很驚險，哪裡好玩？連帶看向蔣夢瑤的眼神都有點敬佩中夾雜著畏懼了，原以為她只是比普通的大家閨秀活潑了些，沒想到，這哪裡是活潑了一些啊……簡直可以用凶殘來形容了，好不好？

高博對蔣夢瑤能做這番事情也表示很驚訝，不過，他從前就知道蔣夢瑤是個有腦子、有能耐的小姑娘，因此，現在也只是小小表示了一下驚訝，倒是沒有霍青和衛寧的震驚。

「這些馬看著挺強壯，其實可貪吃了，把人甩下來之後，我以為牠們還會站起來繼續跑，可是見到吃的，就拉都拉不走，倒也不怕人，隨便誰拉都行。」

高博看著那些馬前頭的東西，說：「所以，妳就用這種對付驢子的方法，對付這些馬了？」

「哎呀，管他什麼驢子、馬，好吃是動物的天性，別說是動物了，就是人肚子餓了，不也得往食物上奔嘛，裝什麼清高呀！」

霍青和衛寧對視一眼，忍著想笑的情緒，高博倒是聽慣了蔣夢瑤沒大沒小的驚人言論，仔細想想，也是話糙理不糙，本來人生在世，無非也就是為了吃飽穿暖罷了。

村民們正在享受著勝利的喜悅，突然村口又來了好幾十匹馬。

只見那個先前偷溜出門告狀的守衛從馬背上翻身而下，一直躲在守衛所裡不敢出來的官兵這才擁了出來，對帶頭的那個人說：「長官，就是他們，趙長史就是被他們抓起來了，現在只怕就快死了。」

那長官一句話都沒說，那些守衛就驢前馬後地給他帶路、清路障，很快就來到案發現場。

高博走過去，那長官見狀，連忙做了個揖，說：「殿下安好，我們大人聽說流營不太平，特命下官帶兵前來探望一番，正巧遇上這個自稱是流營村裡的守衛，他說村裡出了事，屬下就快馬加鞭趕來。」

高博依舊冷冷淡淡地頷首。「有勞了。」

報信的守衛來到那帶頭官兵身前，拉了拉他的袖子，指著被綁在木樁上，已經奄奄一息的趙懷石，說：「長官您看，趙長史就被他們綁在那裡呢。」

那長官沒有說話，守衛就呼喝著流營的官兵兄弟去把趙懷石給鬆綁，扶到了這長官面前。

蔣夢瑤想上前解釋一番，卻被高博拉住了胳膊，不動聲色地對她搖了搖頭。

「長官，您看看，這幫流民簡直目無王法，把趙長史打成這副模樣，還請長官替咱們做主啊。」

那長官用馬鞭將趙懷石的臉向上一抬，凝視好長時間之後，才蹙眉不解地問：「這是誰？什麼趙長史，又是誰？我可不記得你們這兒有叫什麼趙長史的人，不認識。」

那守衛傻眼了，急道：「長官您再看看，上回趙長史帶著小的去營裡，還給您送過幾罈好酒呢！您怎麼不記得他了？」

「混帳！」那守衛被一馬鞭掀翻在地上，長官突然變臉。「我連這個人是誰都不知道，如何收你們的好酒？來人吶，把這信口開河的傢伙拖下去。」

這戲劇性的一幕讓眾人感到莫名其妙，趙懷石在這流營村做長史少說也有六、七年了，與五十里外的營地官兵很是熟悉，從那個告狀守衛的反應來看，很明顯他們從前就是認識的，現在卻在這裡推說不識，各種原因，怕只有……

眾人不約而同地看向高博，只見他對此情此景只是勾了勾唇，就聽那長官又來對他說：「殿下，韓大人讓下官來看一看這裡是否有什麼人礙著殿下了，若是有，殿下儘管說，韓大人自會替殿下料理。」

高博看了一眼自知大禍臨頭的流營守衛們，搖頭說：「這裡一切都好，無須韓大人多加煩心，他的好意本皇子心領了，今後本皇子在此落地生根，韓大人就更加無須擔憂了。」

「是是是，此處有殿下坐鎮，自然什麼妖魔鬼怪都是不敢來擾的。」

看了一眼癱在地上、被揍得奄奄一息的人，那長官也沒出聲詢問。反正韓大人只是讓他來看一看流營的情況，至於山上有賊人的事情，韓大人早就知道，因這些賊人並未騷擾軍營，這附近除了流營村之外，並無其他村落，所以相安無事多年，自然也無須多此一舉出兵剿滅。如今他們收到風聲，說是山上的賊和皇子對上了，韓大人怕這個遭貶的皇子剛來就死在他的地界，所以才命他來瞧一瞧。現在看來，這皇子也不是好惹的，山上的賊人未必在他手上討得了好，那他也不必多問，直接回去覆命便是。

反正他來過，並且親自問過了，這皇子若是有事還瞞著不說，今後縱然出事了，他們也有理由推脫，橫豎也怪罪不到他們身上，韓大人也似乎不願意與這位皇子正面交鋒。至於這皇子帶來很多人這件事更加不用他們操心，將來等他負擔不起這麼多人之後，自然會將撐門面的侍衛遣散；若是他喜歡養，那就讓他養好了，耗的也不是他們的錢，一個皇子殿下，養幾百個侍衛在身邊，於情於理也說得過去，幾百個人也翻不出什麼大浪，隨他去好了。

「若是殿下這裡沒事，那下官可就帶人走了。這流營離韓大人的軍營有五十里路，下官們只怕不能經常來照看殿下，還請殿下多多包涵，有什麼事，再叫人快馬去通知即可。」那長官說完這些之後，又對高博做了一揖，在得到高博首肯之後，才轉身離去。

臨走前，那長官指著自知大禍臨頭的守衛們說：「將這些怠忽職守的人全都綁回去等候發落。」

二十幾個毒瘤一下子被清了乾淨，村民們無一不感到快慰歡欣。待那長官帶著他的人，拖著那二十幾個守衛離開流營村之後，村民們發出一陣喝采聲，老少男女都抱作一團，慶賀這遲來的喜悅。

第二十五章

山賊被剿之後，高博才騰出手來處理流營村的民眾。

有左翁從旁協助，統計出三百九十多口人，每個人的名字、身分和來歷，全都被左翁花了數個日夜整理成冊，呈給了高博。

高博將前後百來張紙隨便翻了翻，只對左翁問道：「這裡面可有精通房舍建造的？」

左翁一愣，才點頭說：「有。」

左翁上前，將書冊翻到了其中一頁，指著書頁說：「就是他，與吳肇同為我的學生。吳肇善養馬、馴馬，而另一個學生殿下也見過，名叫——汪梓恒，他家祖輩是修葺建造宮室的。袁氏一案的被告是袁皇后的親弟弟，因貪污建宮的贓款，以次充好，建造出一座空有外形卻不堪負重的迂腐工程，還未建成就造成多處坍塌，多人傷亡，聖上龍顏大怒，命大理寺徹查此事，下官查到皆因袁國舅私吞贓款而致，梓恒便是證人。誰知，這事我判了袁國舅的罪刑，可是判過罪刑之後兩日，聖上就為袁國舅的那筆贓款提出新的來源證據，證明那款項並未被吞，我因此事獲罪，丟官流放，梓恒也受牽連。」

對於當年這件事情，高博也有些印象，對皇后袁氏的娘家人在外仗勢欺人的傳聞，他也不是第一次聽到，只不過袁家人都很會在聖上面前假可憐、裝善良，聖上總是念及皇后之情，對袁家人的行為睜一隻眼、閉一隻眼，有了什麼錯，也抵不住皇后的枕邊哭訴，只要不是軍國大事，儘量替他們粉飾了，卻沒料到無形中害了這麼多人。

高博聽完左翁的話之後，便點點頭，說：「行吧！明日煩請左翁帶他來見我，既然要在此落地生根，總是住在帳篷裡也不成事。」

左翁領命而去。

高博去給華氏報平安之後，母子倆聊了幾句，才回到自己的主帳。

外頭嚴寒逼人，帳內炭火燒得旺盛，溫暖如春，高博舒服地呼出一口氣。

蔣夢瑤上前來替他解了外面的狐裘披風，讓他坐到軟軟的床鋪上，再替他脫靴脫襪，將他的腳放入溫度合宜的木盆中。

高博舒服地眯起了眼睛，對蔣夢瑤說：「啊，娘子妳這般賢慧，為夫今後勢必是要享大福的。」

蔣夢瑤嘿嘿一笑，說：「你對我好，我對你好，享福什麼的都是互相的。」

兩人相視一笑，高博乾脆往後躺去，一天一夜沒睡覺，縱然是鐵打的身子也是累得慌。躺在軟軟的床鋪上，耳中聽著帳篷外的呼呼風聲還有帳篷內細微的燒炭聲，靜靜的，溫馨極了，讓人眼皮忍不住沈重起來。

高博仍不忘與蔣夢瑤說：「明日我便找人開始設計宅院了，妳有什麼想法？」

蔣夢瑤坐在木桶旁，一邊給高博捏腳，一邊加熱水，聽了高博的問題之後，她稍稍停了下動作，想了想後，才說：「想法嘛……就是要建得堅固一些，這次山賊的事情讓我覺得有些後怕，這一回咱們是擋住了，可下一回呢？咱們若是不好好將自己給武裝起來，將來若是來了比這些山賊還要橫的，那咱們不就要吃虧了。」

高博有些昏昏欲睡。「嗯，娘子所言極是，有何高見儘管說。」

既然高博讓她說，那蔣夢瑤也就不客氣了，直接說：「要不咱們別建那什麼中看不中用的宅院了，乾脆建堡吧，建那種高聳而上，有城樓、有崗哨、有暗門、有銅牆鐵壁的城堡吧。」

高博聽了後睡意全無，直挺挺坐起身，看著蔣夢瑤好久都沒有說話。

這丫頭還真是什麼都敢說啊！建城堡？

「城堡？」

高博的腦海裡對「城堡」這兩個字的第一印象，就是像城牆一樣包圍的銅牆鐵壁。有城，就要有居民；有居民，就要有貿易；有貿易，就要有來往商人；有商人和居民，就得要有衙門和軍隊……有了這些，那城堡不就和一個城鎮一樣嗎？

是這丫頭野心太大，還是他太保守了？

蔣夢瑤見高博瞪著她不說話，不禁暗自思考自己的想法是不是哪裡錯了？她真的只是想，既然要建，那就建一座結實牢固、旁人一時半刻也攻不進來的堡壘，至少讓他們在遭受強敵時，不至於狼狽罷了。而城堡，說白了其實就是別墅吧，蓋得大一點、高一點、堅固一點，不至於辨不到吧。

可是瞧高博這一臉震驚的模樣，他，是不是誤會什麼了？

第二日一早，左翁便帶著汪梓恒和吳肇一同來到商議正事的帳篷之中，四人從早上待到中午，午飯都是由蔣夢瑤和虎妞親自送進去的。

蔣夢瑤進去的時候，就看見汪梓恒站在主案前頭，埋頭繪製類似圖紙一樣的東西，而高博和左翁、吳肇坐在一旁商談著什麼。

高博見蔣夢瑤來了，就叫汪梓恒先停一停，讓他把繪製的草稿圖給蔣夢瑤看一看，汪梓恒立刻讓出自己所站的位置，請蔣夢瑤走到正面一看。

因為是草稿，所以看起來並不精細，但各處架構與幅員卻已清晰可見，按照居住的房子來說，這占地是不是大了些？

蔣夢瑤將圖紙豎起來仔細一看，發現這房子不僅有城樓、崗哨，竟然還有好幾條主要街道，街道兩旁還有供居民居住的住所，高博這是想把流營村也一同搬進去啊。

蔣夢瑤恍然大悟，原來高博是存的這個善心，怪不得要把房子建得這麼大。想想也是，做人的確不能獨善其身，自己好了也該看看別人，能幫就幫一把，流營村大多都是苦命人，離鄉背井，舉家流放至此，永世忍受貧苦嚴寒，若是他們自己搬入堅固的堡壘，卻讓流營村的百姓繼續留在外面，將來遇到強敵，或者又來一波土匪的話，那流營村的日子還是一樣不好過，乾脆把房子建得大一些，大家一起住進去，周邊再加強、加固，這樣的話，才是天下大好之法。

她果然沒有看錯高博，他真的不是那種自私自利、心裡只有自己的人，他心中有著旁人所不瞭解的仁慈，責任感爆棚的男人最迷人了。

蔣夢瑤放下圖紙，對汪梓恒說：「挺好的，就是建造之時，周圍的外牆一定要建造得堅固些，高一點也沒關係，就像碉堡一樣，銅牆鐵壁，住在裡面才安心嘛。」

汪梓恒對她抱拳說：「是，這些公子都說過了，夫人請放心，只要給在下足夠的人手和石料，縱然是建天宮，在下也能辦得到，更別說建這麼一座城堡了。」

高博從旁邊走過來，對汪梓恒說：「人手管夠，石料更是不會少，咱們有採石場，那裡多的是你要的石料，你正月前且先把圖紙畫出來，確定了圖紙之後，再做估算，然後準備材料和人工分配，將所要用的東西皆列出來，木頭和石料就地取材，其他的你且列出，在外購買便是。」

「是，公子。」

汪梓恒繼續埋頭畫起草稿。

蔣夢瑤去一旁給高博布菜，說：「這裡離遼陽行省大概有大半日的路程，這段路程多為雪覆蓋，車馬走來想必不易吧。」

高博沒有說話，吳肇卻在旁說：「夫人，這段路程雖多為雪覆蓋，但若真要走，只要出了雪林，沿著官道一路向前，也沒什麼不易的，只不過那片雪林中多有猛獸出入，若是遇上成群結隊的野狼，那才危險呢。」

蔣夢瑤沒有說話，而是繼續走到汪梓恒身旁去看他繪圖。

左翁也接著說：「若是那雪林淺些倒還好，可是雪林綿延十里，內裡隱藏凶險更是不可知，就是咱們這村落，有時也會遇上闖來覓食的野獸，一隻、兩隻還能趕走，可多了就危險了。」

高博說：「雪林雖深，卻也不失為一處天然屏障，若是要經過，儘量多人一道走，身上多配弓弩，只要不落單總不會出大事，既然在這裡居住，那就不能只封閉在此等候營裡定期送些吃食來，總要自己出去置辦些。」

左翁和吳肇他們對視一眼，說：「殿下，您是皇子，皇上下旨讓您退居關外，不再入關，可咱們流營村的村民，大多都是有罪之身，今生今世若無聖旨赦免，都只能在這兒過活了，哪裡還想著出去置辦什麼呀。」

吳肇接著說：「是啊！就算咱們想置辦也沒銀錢，流放至此多少年，家底全都被趙懷石他們那些守衛榨得一乾二淨，可不敢再作那些美夢了。」

高博嘆了口氣，沒有說話。

蔣夢瑤卻在一旁發出一聲驚呼，眾人看她，她抬頭說：「我突然想到，其實咱們要出林子未必要經過那片林子啊。」

眾人皆對她遞來迷茫的眼神，只有高博敢站出來問：「如何不需要經過林子？不經過，怎麼出去?咱們不也是從那林子進來的嗎?」

蔣夢瑤讓汪梓恒等一等再畫，然後站到他原本的位置，對高博他們招招手，說：「你看這裡，既然咱們要把堡壘從山下建到山上，那何不在山上造一處貨臺，大概……就在這個位置，然後利用索道運輸，從咱們背後的這座山運輸到雪林那頭的那座山，再由那兒上下山，不就可以避開雪林了嗎?」

蔣夢瑤看著這高山峻嶺的平面圖，突然想起有些風景區裡，經常會有高空棧道或者是高空遊覽車，從半空經過，總不會遇到什麼猛獸了吧。

幾個男人全都用看神仙的眼神看著她，高博也愣住了。他發現，自從昨天晚上她和他提了城堡的事情之後，他的震驚就沒有停止過，以前雖然知道這丫頭有想法，可從來都不知道她的想法會這麼驚人，聽起來雖然荒誕，可是仔細想一想卻又未必沒有道理。

「妳是說，從山頂上……經過?」高博努力跟上她的思維，不恥下問。

蔣夢瑤又看了一眼圖紙，搖搖頭說：「不需要從山頂，反正只是要過樹林嘛，樹能有多高，從山腰過就行了，這樣危險降低，操作起來也相對方便一些。」

高博將眼神瞥向同樣震驚的汪梓恒，只見他聽了蔣夢瑤的話之後，就一直凝眉，看著圖紙思考。

左翁和吳肇對視一眼，說：「夫人的想法真是新奇大膽，若是能建造出來的話，絕對能夠造福後人，只是，這樣的工程，造得出來嗎?」

所有人都看向了汪梓恒。喂，你剛才不是說，只要給你人手和材料，你連天宮都造得出來嗎？現在不要你造天宮了，把索道貨臺造出來，咱們就服你！

汪梓恒突然感覺壓力好大，抬頭看了一眼眾人，最後將目光落在蔣夢瑤身上，說：「夫人，您這想法確實不錯，可是還有個問題，這來回索道用何材料製成？若是用繩子運輸，經過山林十里，這番磨擦運輸，繩子是要每回換一次嗎？」

蔣夢瑤想也沒想就直接說：「運送這些東西，當然不能用繩索了，繩索能承受多重啊，要用有韌性且能負重的金屬。」

蔣夢瑤想了想，拿起汪梓恒的筆，汪梓恒見狀，連忙將硯臺遞給她，讓她就近蘸墨。

蔣夢瑤從旁邊抽了一張空白紙張，在紙上畫幾條線出來，對大家說：「像是某些金屬可以熔煅，熔掉之後，再將之拉成細絲狀，二十幾根擰成一根繩，這樣柔韌性不就有了嗎？外形像麻繩，可實際卻不是麻繩，然後再打造兩只大概像這樣的輪子，中間有凹槽，可以使這種金屬特製的繩索在凹槽中滑動，前拉後鬆，東西不就能往拉的那一方移動嗎？」

蔣夢瑤邊說，邊用蹩腳的畫技畫出了兩只大小不一的輪子，然後邊畫邊解釋，見眾人一副恍然大悟的模樣，這才放下筆，又說：「大概就是這個意思，這樣既提高了效率，從前要擔驚受怕地走兩、三個時辰，現在我估計來回應該也就一刻鐘吧，省時又省事，多好。」

眾人被說得啞口無言，雖然隱隱覺得這個工程絕對不會像蔣夢瑤說的這麼容易，肯定很浩大繁瑣，卻無一不對這個方法的大膽性和可行性產生了極大的興趣，也對能想出這個方法的人佩服萬分。

高博經過震驚之後，也覺得這個法子若是成了，定是極好，於是，問得不免更加細了。

「那咱們的城堡建在這座山前，賊人若是利用對面山頭的鋼索，由半空偷襲我們，該怎麼辦？還有，兩座山之間相隔數十里，有人要上山又如何得知？」

蔣夢瑤從書案後走出，說：「咱們這個鋼索是方便自己用的，可不是方便賊人的。夫君可見過船上的錨嗎？船員用時才會將之放入水，不用時都是自己收起來嘛，那繩索自然也是自己要用的時候掛起來，不用的時候就將咱們這頭的索落下，置於一旁，若有人強行從山那頭過來，這索落下了，他們又如何過來？咱們的人要上山就更好辦了，用專門的響箭傳遞，一次只能載兩人而行，這樣也不怕響箭落入賊人之手，錯放賊人上山呀。」

「哎呀，妙，真是妙啊！」左翁情不自禁地站起身，拍起自己的大腿，他自詡學識淵博，這世上已無他不知道的事情，可今日聽到這一個女娃的見解與方法，簡直茅塞頓開、豁然開朗啊。

蔣夢瑤說完這些話以後，見這些人全都用震驚的表情看著她，便輕咳了一聲，主動岔開話題。「啊哈哈，我就這麼一說，呃，你們聊吧！我……我去給你們把飯菜熱一熱，剛只顧著說話了，忘記你們連飯都還沒吃呢。」

左翁第一個搶下蔣夢瑤手中的飯菜，說：「夫人，此等關頭哪還顧得上吃飯呀！您快與我們再詳細地說一說這高空索道是怎麼回事吧。」

吳肇立刻跟上老師步伐。「是啊，夫人，您這般高見，不知是從何處學來？」

蔣夢瑤看著這幫好學的古人，一個頭兩個大，剛才自己一不小心說得有些多，現在可怎麼圓過去？於是她打了個哈哈，硬著頭皮說：「呃，這個嘛。我……我，我爹教的。對，我爹教的。」

眾人表示無言。「……」

妳爹，不是個廢柴嗎？欺負他們沒在京裡待過？

高博適時站出來替蔣夢瑤說：「行了，這想法挺好的，待會兒我們再商議商議，妳先把飯交給侍衛，讓他們去熱，妳再來跟汪先生好好說一說妳的想法，讓他好盡快完成圖紙。」

蔣夢瑤想走沒走成，只好繼續留下，和四個大老爺們聊了一個下午，也是累了。

夜幕降臨，華氏便差人來喚高博和蔣夢瑤陪她吃飯，吃完飯之後，兩人就回到自己的帳篷裡去了。

高博一邊解外衣，一邊對蔣夢瑤問道：「妳老實跟我說，妳這些東西是怎麼知道的？不僅是想法，連有些緊要之處也能信手拈來，就像是妳以前見過或做過一樣。」

蔣夢瑤眼角一抽搐，回過身之後，就對高博比了個噤聲的手勢，神秘說：「噓，我不想讓別人知道。」

蔣夢瑤湊到高博耳旁，低聲說：「其實是步老夫人教我的。你別看步老夫人是女流之輩，她對各方面全都精通，但是她不願讓別人知道她的本事，所以一直不讓我說，你也不能說出去啊。」

高博沈默地盯著她看了好一會兒，然後才說：「妳覺得我傻是不是？論武功，的確無人能出步老夫人之右，可若論這些機關，她卻絕不會懂就是了。」

蔣夢瑤不服。「你別小看人了，步老夫人很厲害的。」

反正她就咬死是師奶教她的。

高博冷哼一聲，雙手抱胸，好整以暇地看著她，說：「妳大概不知道，步老夫人嫁進步家的時候，是個連名字都不會寫的人吧。」

蔣夢瑤震驚地看著高博，半晌沒能說得出話，可是後來一想，不對啊，師奶是認字的，她還教虎妞寫過字呢。

「亂講。」蔣夢瑤當即否認。

誰料高博卻說：「哈，果然是信口開河。遲疑了這麼久才想要反駁，原本還有點相信妳，現在就能確定妳是騙人的。」

誰說男人聰明就好了？這樣簡直會挑起家庭的內部矛盾，還讓不讓人愉快聊天了？

高博旋身坐在床沿上，一雙黑白分明的美目就那麼盯著蔣夢瑤。

蔣夢瑤也不是軟柿子，當即大手一揮，耍起無賴，說：「哈，我說是她就是她。夫君你這懷疑好沒道理，夫妻間最重要的就是信任，你對你的新婚妻子，連這最基本的信任都沒有，真是太叫人寒心了。」

原想和這丫頭好好打一番嘴仗，可她突然變了話鋒，高博也很無奈，只聽蔣夢瑤又繼續說：「唉，枉我千里迢迢追隨夫君來到這苦寒的關外，卻得不到夫君應該有的信任……」

高博眼一瞇，隨即搖手說：「行了行了，別裝了啊。我不問了，不問總行了吧。」

蔣夢瑤立刻變了笑臉。說：「行！那夫君你坐一會兒，我給你打熱水來洗臉。」

說好的相互坦承呢？高博往旁邊翻了個白眼。

蔣夢瑤雖然提了一個比較高明的建議，但是，真正執行和策劃起來，還得要靠那幾個爺兒們才行。

卻說蔣夢瑤自從帶著村裡的男女老少怒揍趙懷石之後，在村民中的形象急速飆升，已經到了只要出門就有人會跟她打招呼，和她寒暄說話；村裡的女人也對她熱情得不得了，經常會送一些她們自己做的手工品給她，像是菜籃子、篩子、簸箕、掃帚之類的生活用品居多。

蔣夢瑤就這樣用本身的親和力，成功征服了整個村子的人。她最愛的就是閒來無事和村裡的女人坐在門口曬冬陽，女人們也樂得和她說話聊天，這裡的女人大多都是從京裡過來的，所以一幫人湊在一起還是頗有話題，她們並非生來是農婦，只是被流放到這裡，為了生計才拿起鋤頭幹粗活。

張家寡婦一個人坐在門前，懷裡抱著一個不斷啼哭的孩子，另一隻手端著一只碗。她坐下來把碗放到一邊，抱著孩子晃了兩下後，再用勺子從碗裡舀東西給孩子吃。

蔣夢瑤聽見啼哭聲，想去看看她的孩子，就起身去了。

張家寡婦見是她，連忙站起來，把自己的凳子讓給了蔣夢瑤，自己很快又回屋子裡拿另一張凳子坐下。

蔣夢瑤探頭看了一眼還包裹在襁褓中的孩子，問道：「孩子多大了？」

張家寡婦把亂在頰邊的頭髮勾到耳後，說：「三個多月了。」

蔣夢瑤點頭。「哦。我說嘛，看著就挺小的。」

張家寡婦對她笑了笑，又舀了一些東西送到孩子嘴邊。

蔣夢瑤一看，只見那碗裡黃乎乎的，像玉米粉似的，不禁又問道：「這是什麼呀？他才三個月大，妳怎麼不給他吃奶了？」

張家寡婦看了一眼蔣夢瑤，低著頭小聲說：「沒什麼奶了，不夠他吃的，他吃不飽成天哭鬧，只好餵這些。」

蔣夢瑤這才恍然大悟，發覺自己問了一個特別傻、特別沒有人情味的問題。

張家寡婦見她尷尬，這才說：「沒事的，孩子嘛，吃什麼都能長大，幸好家裡還有這些，總餓不死的。」

蔣夢瑤想再說些什麼，卻發覺自己現在竟然什麼都說不出來，於是她叫來了虎妞，讓她回帳篷裡，用一只籃子墊上乾淨的布，送一籃米來。

張家寡婦連連推拖不要，蔣夢瑤卻堅持。「哎呀，妳不吃，孩子總要吃的嘛。妳老給他吃這麵湯也不是辦法，妳要先把自己填飽了，才有奶餵他呀！」

張家寡婦的眼睛有點濕潤，蔣夢瑤見她這樣，心裡也不好過。

只聽張家寡婦又嘆了口氣，說：「唉，夫人心善，只不過您救濟了我一次，下次又該怎麼辦呢？我家男人已經沒了，家裡就再沒有生計來源，縱然下回營裡送吃食來，我也是買不起了。」

蔣夢瑤知道她的相公在採石場上死了，就剩下他們孤兒寡母，見她絕望，安慰道：「營裡送來的東西應該都是不用錢的，以前有趙懷石那些蠹蟲在，今後不會了，每家每戶都能分到食物。」

張家寡婦驚喜地看著她。「當真？」

蔣夢瑤點頭。「當然。妳放心好了，就算要錢，我替妳出也沒什麼。」

張家寡婦終於笑了，說：「夫人您又不欠我錢，怎麼能叫您出呢。」

「有什麼不能的？咱們既然相遇在這裡，那就是緣分一場，互相幫助是應該的。」

張家寡婦懷裡的孩子終於不哭了，一對細長的眼睛也微微睜開，蔣夢瑤不知道他現在能不能看見自己，卻還是湊上去對他做鬼臉。

「什麼互相幫助，我這樣子能幫夫人做什麼呀！」

蔣夢瑤見她有些氣餒，知道她一個女人落到如今這地步很是可憐，不過就是因為嫁了個丈夫，丈夫犯了錯，被流放至此，她身為妻子就必須追隨，來了這裡沒多久，肚子裡有了孩子，可丈夫卻又死了，她今後又能倚靠誰？

「從前我還能畫些花樣，做些刺繡，給趙懷石送出去賣掉，掙幾文錢度日，現在也辦不到了。」

張家寡婦的話又引起蔣夢瑤的興趣。

「怎麼，從前趙懷石幫妳賣刺繡嗎？」

張家寡婦點點頭，說：「不只是我，他幫村裡好多女人都賣過，只不過，賣的錢他得七成，我們拿三成，多少也能有幾文錢入手。」

「他幫妳們賣去哪裡？」蔣夢瑤的腦中似乎有一個想法正在萌芽。

張家寡婦見她這樣，正好孩子也吃得有些飽，她便將孩子抱起來拍一拍嗝，說：「就是賣到遼陽行省去吧。他每個月都會跟來換班的守衛們回一趟營地，就是趁那個時候，去城裡把東西賣了，但是賣到哪家，我們就不知道了。」

蔣夢瑤眼睛一瞇，又問：「他除了替妳們賣刺繡，還賣過什麼東西嗎？」

張家寡婦將孩子靠在她肩膀上，想了想後，說：「其他的……也就一些山參吧。這裡都是山，咱們能賣的東西實在不多。」

蔣夢瑤摸著下巴站了起來，既然趙懷石能替這些女人賣東西，那她為什麼不能呢？如果賣得好了，說不定還能開闢出一條生財之道來，到時候，村裡這些女人不就有生計來源了嗎？

晚上回到帳篷之後，蔣夢瑤又把自己的這個想法和高博說了一聲。

高博對這件事倒沒有蔣夢瑤想像中那樣排斥，只聽他點頭說：「行吧。等過兩天汪先生把初步的估算寫下來，咱們本來就要去一趟省內，到時候妳跟我一起去，這兩天妳可以先在村裡問問，有哪些人有東西要捎的，咱們一起給捎回來。」

高博的意外暖心讓蔣夢瑤很是驚奇，忍不住抱住他說：「夫君，我就知道自己沒看錯人，你真是好人。這些村人也全都是可憐人，不過時運不濟被貶到這裡，大多都是得罪了權貴，真正犯罪的人卻很少，沒想到你竟然肯幫他們，以前我罵你不是人，還偷偷詛咒你，是我不對，今後我一定不會了。」

面對蔣夢瑤主動投懷送抱，還有一長串的誇讚之言，高博似乎只聽到了後面兩句。「怎麼？妳經常詛咒我嗎？咒我什麼？」

蔣夢瑤愣住，四目相對，她轉得很生硬，抱著高博的背拍了兩下，說：「哎呀，那個不重要！重要的是，我知道夫君是大好人，心裡住著君子，這就夠了。」

高博的後背被拍得有些疼，還是比較在意先前那個問題。「我覺得我還是把妳怎麼詛咒我的事情問清楚比較好。妳說再多都沒用啊，不把這件事交代清楚，省內也不用去了。」

「……」

蔣夢瑤臉都黑了，什麼叫……不作不死！

獲得高博的支持以後，蔣夢瑤第二天就把村裡的女人集合起來，問她們有沒有人要捎東西去省內賣錢，或者有誰想從省內捎東西回來。

問了之後，女人們的情緒何其激動，一個個簡直是以瘋狂撒開的方式衝回自己家裡。

蔣夢瑤就在張家寡婦門前設一張桌子，專門用來收集東西，並且和張家寡婦說好了，蔣夢瑤替她抱孩子，她替蔣夢瑤記帳。

蔣夢瑤坐在一張從守衛所搬來的椅子上，懷裡窩著張家寡婦的兒子小蒜頭，這小子吃飽了奶和米湯，現在正舒服地睡覺呢。

張家寡婦雖然是個手無縛雞之力的女人，但是學問還是很不錯的，最起碼村裡女人的名字竟然寫得一字不差，字體還特別秀氣，後來一問才知道，原來這張家寡婦從前也是京裡有名的才女，家道中落之後，嫁給一個舉人做正妻，後來舉人捐了個小官做，她也成了官太太，本來日子倒是過得挺好，誰知道，她相公得罪了上司，暗地裡被上司擺了一道，頂了個黑鍋，就被舉家流放到這裡了。原本那舉人家裡還有兩房侍妾，一聽說自家男人出事了，也沒等判刑，兩人就捲鋪蓋逃命去了，家裡就只剩下張家寡婦一個人，跟著她的相公流放到這裡。

知道張家寡婦這番可憐的身世之後，蔣夢瑤就對她更加同情了，低頭看了一眼她兒子，想著幸好他們來了，要不然估計張家寡婦和小蒜頭再過些時日，也都會活不成。

懷裡的孩子像是知道了她的想法，睡著時竟然咧開小嘴笑了兩下，蔣夢瑤看得一陣驚喜，身後突然響起一道聲音。

「這麼喜歡孩子，自己生一個呀。」

蔣夢瑤回頭，就見華氏穿著一襲長棉袍子，手裡拿著一串佛珠。蔣夢瑤趕緊站起來要給她讓座，卻被華氏攔住了，指了指她懷裡的孩子。

虎妞最近都跟在華氏身邊伺候，見狀趕忙從守衛所裡也給華氏端了一張椅子出來。

華氏坐下之後，也探頭看了一眼小蒜頭，又抬頭看了看蔣夢瑤，說：「瞧我都忘了，妳自己都只是個孩子，我竟然就要妳生孩子了。也罷，女人太早生孩子，容易虧身子，我不急，博兒估計也不急，就再等等吧。」

蔣夢瑤對華氏露出一抹羞怯中帶著點無奈的笑，又不能直接跟這婆婆說，啊，其實我還沒跟您兒子圓房呢……

華氏接過蔣夢瑤手裡的小蒜頭，抱在手裡輕拍了兩下，燦爛的陽光照射在她美豔的容顏上，似乎閃著耀眼的金光般，只見她低頭看著小蒜頭，輕聲說：「博兒不到一歲就被宮人抱走了，那個時候我想見他一面，幾乎要穿過大半個御花園，見了面，嬤嬤也不讓我抱，現在想起來，真是太對不起那孩子了；為了我心裡無謂的堅持，害他跟著我吃了這麼多年的苦，受了那麼多的危險，真是不值得，懊悔極了。」

蔣夢瑤知道華氏的事情，對這個女人的經歷也是頗有感觸，如果她不是高博的娘，她一定會罵她頭腦不清楚，才會對那心有所屬的皇帝執著了這麼多年，真傻得可以。

不過，這些話蔣夢瑤也只是在心裡想想，並沒有說出來，她雖然覺得這個婆婆想不開，卻也明白在感情面前，女人最容易被愛沖昏頭，她不瞭解華氏對皇帝的愛，那她就沒有資格去評論她做的對還是不對。

這世間的事情看起來是好還是壞，問一百個人就能說出一百種答案，根本不能做百分之百正確的判斷，只有當事人自己能夠明白，自己到底是做錯了，還是做對了。

這個話題似乎勾起華氏的傷心事，她將小蒜頭放在懷裡輕拍兩下，然後放回蔣夢瑤手中起身離開。

看著華氏削瘦的背影，蔣夢瑤嘆了口氣。

這時，張家寡婦已經把村婦們想要賣的東西全都記錄在冊，並且一一清點後放入桌上的籃子裡，冊子上詳細寫明誰放了什麼東西、數量、花樣、顏色……全都事無鉅細地記錄下來。

格式清楚，字體娟秀，一下子就讓蔣夢瑤對張家寡婦刮目相看了。

交完冊子，張家寡婦也回到屋子裡，當著蔣夢瑤的面，將自己的繡活兒一件件數過之後，也放入籃子，然後自己記錄下來，再給蔣夢瑤過目。

蔣夢瑤隨手拿起一條她繡的手帕，只覺得這帕子無論從構圖還是創意來看，都遠遠勝過籃子裡其他繡活，不禁問道：「張家姊姊，妳是不是學過畫畫呀，這些花樣都這麼漂亮，構圖也新鮮。」

張家寡婦一愣，然後才羞澀地點了點頭，說：「學過，我爹曾經是弘文館的畫師，告老還鄉之後才生下我，從小我便跟著父親學畫，只可惜後來……」

弘文館的畫師，那也是個六、七品的小官，只不過這類文官手裡沒權沒錢，只有一個好名聲罷了。

怪不得張家寡婦這般學問卻只嫁了個舉人，還倒楣地被貶到這苦寒之地守寡，要是她相公早死一些，沒準兒她就不用流放了，只能說，天意弄人啊！

張家寡婦從蔣夢瑤的手中接過小蒜頭，蔣夢瑤便讓虎妞把桌上的籃子提回帳篷，自己則拿著冊子前後翻看了幾眼，對等在一旁的婦人們說：「行了，東西我都先收下了，不過這些東西到底能賣幾個錢我也不好保證，而且每個人繡工都不一樣，價格肯定也不一樣；我先把話說在前頭，到時候，可別爭誰多誰少，反正賣了多少，我一分不要，全都拿回來給妳們，妳們覺得自己的繡品賣得低，那就去跟賣得高的人學針法，爭取下回賣高點價格。」

有個三十多歲的婦人對蔣夢瑤說：「夫人，也就是您心地好，肯給我們攬這些活兒，您放心吧，不管這些東西能賣多少錢，多了不嫌多，少了也絕不嫌少，總比東西爛在家裡，一文錢得不到要好太多了。咱們絕不會有攀比的想法的，這點道理，咱們還是懂得。」

知道這些婦人好歹也都是夫人出身，不會蠻不講理，蔣夢瑤也就點到即止，與大夥兒告別之後，就回到帳篷。

回去之後發現，高博竟然也在裡面，正坐在一張矮桌前標注著什麼，蔣夢瑤走過去一看，才知道原來是在寫預算。

高博見蔣夢瑤來了，就把她也拉著坐下來一起看，一起寫。

蔣夢瑤知道自己的字不好看，她也不獻醜，主動承擔了算帳的事務，算帳這種事情，她可是從五、六歲就開始做，因此算起來很是熟練，高博看了都不免驚奇，更對蔣夢瑤寫出的算式表示不理解。

這回蔣夢瑤心裡可是有底的，於是說：「這可真是我娘教我的！我五、六歲的時候，她就自己研究出這種算法，這些位數的略寫也是她教我的，不信的話，你可以回京去看看我娘店裡的帳本，是不是也是這麼寫的。」

高博對她一長串的話很是無語，等她說完之後，才冷靜自持地說了一句。「妳這麼緊張幹什麼，我又沒說不相信妳。妳娘做了那麼多年生意，妳是她閨女，會算帳是情理之中的事情，我瞧著妳娘的這法子很不錯，比我用算盤算的快多了，晚上妳也教教我，這樣咱們就能多省點時間下來做其他事情了。」

蔣夢瑤抹了一頭冷汗。「呃？哦，好啊！」

只要不懷疑她就行，他要學九九乘法表就教吧，反正都往她娘身上推就對了！

第二十六章

兩天之後，汪梓恒暫時先列出一些需要買回來的東西，高博帶著蔣夢瑤和虎妞一起出發去遼陽行省，隨行的還有霍青、左翁和吳肇，另外還有五十人一隊的侍衛。

蔣夢瑤和虎妞坐在馬車裡，其他人全都騎馬而行。經過山林時，確實能時常聽見獸叫，只不過他們人多，而且一路發出隨身響炮，讓野獸不敢靠近，儘管如此，大家的一顆心還是時刻都提著，不敢掉以輕心。

在雪林中就走了大半日，出了雪林之後，由十人一隊的侍衛先在前方剷雪，開闢出一條路來，讓馬和馬車可以順利通行。

高博他們第一回入山之時，算是深秋，積雪並沒有這麼厚，所以進入相對容易，可沒想到現在出入真的很困難，如此一想，若是蔣夢瑤提出的索道方案可以實行，的確能省下不少麻煩。

一群人一直忙到傍晚，關外晝短夜長，他們才剛剛上了官道，官道往南便是山海關，往北則是通往遼陽行省，又走了兩個時辰，料想此刻城門已關，眾人便在省外驛站住下，待第二天城門開了之後，再進城。

第二日吃過早飯後，車隊便往省內趕去。

遼陽行省是關外最大的城池，行省以外便是齊國的疆土。

跟著入城的百姓一同進城，他們先找了一間客棧落腳，反正買東西的事情一天也處理不完。

左翁和吳肇去購置大物件，走到半路卻又折回來，詢問高博的意見，如此來往不免折騰，蔣夢瑤就讓高博與他們一同前去，反正都已在客棧落腳，她和虎妞就算出去也知道怎麼回來，但高博還是不放心，就讓霍青跟在蔣夢瑤後面保護她們。蔣夢瑤講不過他，就只好讓霍青隨行了。

虎妞揹著大包袱跟著蔣夢瑤一同上街，這個大包袱就是她們今天外出的任務。

蔣夢瑤在街上跟人問了路，找到一家看起來挺大的繡莊，問掌櫃收不收手工做的繡活。掌櫃的人還不錯，叫她先把東西拿來看看，蔣夢瑤讓虎妞把包袱解開，露出包裡內容來，掌櫃的喊出繡娘一同來看，繡娘是個中行家，一看便分出了三六九等。

張家寡婦的繡品無庸置疑是價格最高的，還有另一個吳嬸子繡得也可以，這兩人的繡品，每一件都能賣到十二到十五文錢，而其他的就是次等一些，有七、八文錢的，有五、六文錢的，再次等一點，繡莊只肯出兩文錢。

蔣夢瑤將繡品一一對應價格，記錄下來，然後和掌櫃的結帳，總共到手三兩八錢銀子，然後謝過掌櫃的，便出了繡莊，進了隔壁一家錢莊，把三兩銀子全都換成銅錢，將之裝入一只事先準備好的碩大荷包裡。

辦完正事之後，天色也晚了，高博他們全都回來了，問了問進度，說是買了大半，明天再留一日就差不多了。

翌日一早，高博他們出去辦事，蔣夢瑤則帶著虎妞和霍青去城裡轉悠，三人一人一串糖葫蘆，走在大街上，除了霍青的臉色和動作都有些僵硬之外，蔣夢瑤和虎妞倒是很自在。

蔣夢瑤轉頭看了一眼霍青，說：「霍青，你怎麼不吃啊？」

我是一個不苟言笑的侍衛！低頭看了一眼與自己冷酷形象完全不搭的糖葫蘆，霍青最終還是決定咬了一口進嘴裡。

「喂，霍青，我問你啊，咱們那附近有什麼特產沒有？」

霍青剛咬了一顆糖葫蘆入口，蔣夢瑤就發問了，還沒嚐出個酸甜苦辣來，就趕緊嚼嚥下去。他問道：「夫人是說什麼特產？」

蔣夢瑤回身，看著霍青。

「所以我就問你有什麼特產，你怎麼還問我呢？」

霍青頓了頓，然後才反應過來，說：「啊，夫人是說流營附近嗎？」

「是啊，不然說哪兒呢？」

想了想後，霍青才說：「那附近山挺多，估計特產就是獵物吧。」

「獵物？」蔣夢瑤想起他們之前打回去的野味，點頭道：「哦，你說的是兔子什麼的，那能值幾個錢啊。」

霍青聽她這麼說，愣了愣，說：「鹿和熊比較值錢。」

蔣夢瑤回過身去繼續走，邊走邊說：「鹿和熊是比較值錢，只不過，鹿稀少，熊危險，市場需求量也不大，屬於可有可無的奢侈品。」

霍青看了一眼虎妞，那眼神似乎在問：妳知道夫人在說什麼嗎？

虎妞回了他一個搖頭。

霍青無語。

「對了。」蔣夢瑤又開口了。「人參呢？寒冷之地，人參之類的物件不是比較多嗎？」

不等霍青回答，蔣夢瑤就帶頭往前走。

「走，去找間藥鋪。」

在蔣夢瑤使出她強大的親和力之下，三人很快就找到城內最大的藥鋪——濟人堂。

蔣夢瑤走進去之後，只覺堂內藥香撲鼻，櫃檯後面有掌櫃和夥計，左側有一位老中醫正瞇著眼睛替人把脈。

掌櫃的抬頭看了他們一眼，問道：「姑娘是看病還是抓藥？」

蔣夢瑤甜美一笑，來到櫃檯前，說：「我……買藥。」

掌櫃的放下手裡的算盤，對蔣夢瑤伸出手，說：「好，姑娘的藥方可否給在下瞧一瞧？」

蔣夢瑤搖搖頭。

「藥方?沒有藥方，我就買藥。」

掌櫃的一愣，蔣夢瑤又繼續說：「人參，有嗎?」

在產人參的地界問有沒有人參，呵呵呵，小姑娘，妳是來鬧的嗎?

掌櫃的點頭。

「有，要多少，有多少。」

蔣夢瑤將身子靠在櫃檯上，一隻手在檯面上敲著，說：「怎麼賣的，拿一支出來瞧瞧。」

掌櫃的說：「人參也分很多種，年歲大一些的自然也貴一些，看姑娘想要多少年歲的。」

「分別什麼價格，你先與我說一說。」

「三到五年參，二十文錢；五到十年參，五十文錢；若是十年，就要二、三兩，百年參不多見，價格須得當場看過成色再給。」

蔣夢瑤有些咋舌。

「三到十年參這麼便宜?」

掌櫃的好笑地看著這位小姑娘，他還是第一次看見這種來買東西、嫌人家賣得便宜的客人，以為這姑娘根本不是誠心來買藥，當即低下頭，繼續算他的帳了。

蔣夢瑤頓時也失了買人參的心思，一手扠腰，一手扶著額頭走出了店鋪。

霍青和虎妞跟在她身後，全都不明白夫人到底想幹什麼。

虎妞不會說話，就推了霍青一把，由他發問。

「夫人，那咱還買不買人參？其實不買咱們山上應該也多的是。」

霍青的一句話讓蔣夢瑤茅塞頓開。

「是啊，山上多的是，市場飽和，就是再好的東西，再多麼有藥用價值，又怎麼會賣得貴呢？」

蔣夢瑤一路喋喋不休，讓霍青去租了一架藤椅來，她坐在藤椅上，又跑了好幾家藥鋪，得到的人參價格都是差不多。

這裡晝短夜長，蔣夢瑤怕高博回去後看不見她，就在太陽下山前趕回了客棧，果然高博他們已經回來了。

看見蔣夢瑤從外頭回來，兩手空空什麼都沒有，高博不禁說：「我還以為你們去買東西了呢，怎麼逛了一天，什麼都沒買？」

蔣夢瑤的神情有些落寞，高博看了看霍青，霍青立刻警覺地走過去，高博沒有說話，只是指了指蔣夢瑤，霍青就知道公子是想問夫人怎麼興致不大高，可是，這個問題把霍青給難住了，搖搖頭，表示不懂。

其實他也想知道，夫人這一天到底在想什麼，只是讓他跟在後面逛藥鋪，進入每一家藥鋪都只是問價格，難道真的是嫌東西便宜嗎？有錢，也不是這樣任性啊。

回到客棧房間，高博讓小二送了些飯菜入房，決定跟蔣夢瑤在房間裡吃飯。

蔣夢瑤吃著吃著就發起呆，高博看了一會兒，終於忍不住了，說：「妳今兒怎麼了，好像有心事啊。」

蔣夢瑤抬眼看了看他，說：「是啊，原本以為找到一條致富路，可是卻發現這條路最多混個溫飽。」

放下筷子，高博不解地看著她。

「這怎麼說？妳原來是想做什麼？」

對高博，蔣夢瑤從來不隱瞞，直言道：「賣人參。可是，我今天在城裡的藥鋪裡打聽了好幾回，人參的價格也忒低了些，三、五年的才賣五文錢，五文錢也就只夠買兩盒馬蹄糕，和我預想的價格差太多了。」

高博聽了她的話，哭笑不得。

「妳就為這個啊。妳也不看看這裡是什麼地方，遼陽行省出了名就是產參地，妳若是將參運到南方，可能價格還會好些，妳要在當地產參的地方賣高價，誰買啊。更別說，人參是長在山裡，人們自己就能挖到，這些東西又有誰會當寶貝呢？」

蔣夢瑤氣結。

「可是，人參真的是好東西呀！藥用價值又高，這麼賤賣不是暴殄天物嗎？」

「所以呢？妳能改變它的價格嗎？不能改變的話，就別糾結了，咱們現在又不缺錢，用不著給自己那麼大的壓力。」

高博竭力想讓媳婦兒好受一些，蔣夢瑤卻又嘆了口氣，說：「縱然守著金山銀山，若是沒有開源，也終究會有坐吃山空的一天，到時候再想辦法賺錢，可就晚了。算了，吃飯吧，這事容我再想想。」

在省內逛了兩天，大部隊回去的時候，村裡的人都在村口翹首盼望。

蔣夢瑤一下馬車，那些女人就圍了上來，簇擁著蔣夢瑤去張家寡婦家。

蔣夢瑤將錢袋和帳本全都交給了張家寡婦，自己就去和小蒜頭玩了，這小子這幾天吃得挺飽的，所以氣色紅潤了很多，一張胖嘟嘟的臉，有人靠近就笑，一碰他，他就笑出聲音來。

張家寡婦照著一頁一頁紙分發著各個婆娘的繡工錢，女人們拿了錢之後，都有些小小驚訝，因為這一回她們拿到的簡直比從前要多出數倍，想著從前是趙懷石貪污了，而蔣夢瑤是把全款交給她們，心中不免感激，每個領到錢的女人，都會來跟蔣夢瑤說一聲謝謝。

張家寡婦將她們都打發走了之後，剩下的就是自己的，可是看了看袋子裡的錢，她有些驚訝，怎麼還會剩這麼多，以為蔣夢瑤拿錯了，或是記錯了，便問道：「夫人，這錢怎麼好像有點不對啊。」

蔣夢瑤抱著小蒜頭走過去，說：「沒什麼不對啊！妳原本就比她們要多一些。」

張家寡婦有些吃驚，蔣夢瑤見她這樣，不禁說：「我說真的，妳的繡活連繡莊的繡娘都說針法好、花樣好，這些都是妳應得的啊。」

張家寡婦被誇讚了，臉上一陣紅。

蔣夢瑤把小蒜頭交給張家寡婦，自己又從外面拿了個包袱進來，打開包袱，裡面是一支博浪鼓，還有一個色彩斑斕的小老虎，另外還有兩盒糕點和一大袋肉乾，她對張家寡婦說：「這些是給妳和小蒜頭的，我還買了好幾隻雞鴨回來，待會兒煮好了再給妳送來，妳得多補補身子，妳的奶不夠吃，就是因為妳自己吃得太少了。」

張家寡婦連連推辭。

「不不不，這可使不得。夫人您已經幫了我們大忙，我如何還能再收您這番禮呀。」

「哎呀，妳就收下吧，又不是什麼值錢的東西，要不妳讓小蒜頭以後叫我姨，我成了他的長輩，送些吃的給他也是應該的嘛。」

蔣夢瑤是有心想幫這對孤苦無依的母子，所以出門也不忘給他們帶些東西回來。

前世的時候，因為她的身體有病，而她爸媽又生了弟妹，她可是記得姥姥當年是怎麼伺候媽媽的。姥姥說過，這世上只有三種人不能虧待，一種是孕婦、產婦，第二種是哺乳期的女人，第三種就是嬰兒了。

張家寡婦剛生產完三個多月，正是哺乳的時候，總要把自己養結實了，才能有更大的力氣撐起這個家呀。

張家寡婦低下頭，眼淚就撲簌簌地往下掉，擦掉了眼淚，撲通一聲就跪在蔣夢瑤面前，對她磕頭。

「夫人之恩，咱們母子倆永世不忘，做牛做馬也要報答夫人。」

蔣夢瑤趕緊蹲下把她扶了起來，說：「什麼做牛做馬，誰要妳做牛做馬報答我了？替我做些其他事情倒是可以的，妳字寫得好，帳算得清，將來替我管管東西，我就該謝謝妳了。快起來吧，我回去看看雞湯燉下鍋了沒有。」

說完這些之後，蔣夢瑤又捏了一把小蒜頭的臉蛋，走出張家寡婦家的大門。

去廚房轉了一圈，見幾隻雞鴨都已經燉上了，她才放心地走了出去。

蔣夢瑤去給華氏請安，向她彙報出門的見聞之後，就回到帳篷之中，可是坐不住，又去了高博他們商議正事的地方，和汪梓恒要了一張關外的地圖，安靜坐在一旁看了起來。

古時候的地圖，沒有現代那麼細緻清晰，有好多看不懂的地方，她還得問汪梓恒才能明白，一番鑽研之後，蔣夢瑤終於搞懂他們如今所在關外的地形。

流營幾乎是被三面大山環繞，而這三座大山的三角盡頭處，就是山海關，流營就落在大山的腹地中央，往北三十里有規模不小的村莊。關外的山挺多，人參也確實多，但是真正對外供應人參的地方，就是三十里外的那座村莊，因為大家都知道，往流營這邊走，大多都是官家的地方，不僅雪原空曠，這裡還有一處天然屏障、野獸出沒的雪林，他們縱然想來開發這座山，卻也是不敢插足。

蔣夢瑤想著藥鋪裡的人參之所以會賣得這麼便宜，肯定和這個村莊的人大量挖掘有關係，她若有所思地走出議事帳篷，其他人倒沒覺得有什麼不對勁，僅有高博對著她離去的背影看了一會兒。

蔣夢瑤出了帳篷之後，就把霍青喊了過來，將手中的地圖遞給他看了看，問道：「你知道離咱們這三十里外還有一處村莊嗎？」

霍青看了地圖，回道：「的確有這麼一處，之前我曾一路打探到他們村外三、四里，只是覺得路途太過遙遠，就沒再向前，但是三十里外有村莊是肯定的。」

蔣夢瑤點頭，然後繼續說：「太好了，你知道這裡最好，替我再去探一探那個村莊吧。」

霍青不解。

「夫人想打探什麼？」

蔣夢瑤對霍青勾勾手指，在他耳旁說了幾句話之後，霍青才有些遲疑地點點頭，說：「是，屬下這就去。」

蔣夢瑤拍拍霍青的肩膀，說：「去吧，一切小心，別給人發現了。」

「是。」

高博晚上回到溫暖的帳篷之中，看見蔣夢瑤還趴在桌上寫著什麼，見他走近，蔣夢瑤才依依不捨地放下筆走向他。

她這模樣更加讓高博覺得奇怪至極，相處了這麼長時間，他明確知道蔣夢瑤並不是個喜好書畫的女孩，相較於琴棋書畫，她似乎對工程謀略比較感興趣，因此在這樣一個安靜的夜晚，一個不喜歡寫字的姑娘卻趴在那裡一本正經地寫字，這件事本身就帶著玄奇，更別說，他有些問題憋在心裡好長的時間了，總要與她問清楚才好。

替高博解下了披風，蔣夢瑤說：「夫君，我讓霍青替我去辦了點事。」

高博坐到床鋪上，問道：「嗯，妳有事就讓他們去辦，我跟他們都說過了，妳和我是一樣的。」

聽到高博這麼說，蔣夢瑤欣慰地笑了，也不矜持，就湊過去抱了抱高博，把高博嚇了一跳，正要伸手回抱住她，可蔣夢瑤卻又撤了身子，替他去掛披風。

高博看了自己的手一眼，突然生出一種失落感來，總覺得沒抱到她很可惜。

蔣夢瑤卻毫無自覺，掛好了披風後，就轉過身對高博繼續說：「夫君，你怎麼不問我，讓霍青幹什麼去了？」

高博一愣，問道：「幹什麼去了？」

蔣夢瑤坐到他身旁，也不隱瞞，直接說：「我讓他去三十里外的村子探情況，我看了一個下午的地圖，總覺得省內人參價格之所以那麼低，肯定和那座村子脫不了關係，所以，讓霍青去查一查。」

高博沈默片刻，然後才說：「妳還惦記著人參啊？」

蔣夢瑤點頭。

「是啊，我今天下午越看地圖越覺得奇怪，這關外若說群山環繞，當數咱們這流營附近，越往北走，山越少，也就只有三十里外有幾座山吧，可是，按照那麼便宜的人參來算，那村子每年得產多少人參才能賣到那麼便宜的價格呀！如果他們承包整個關外的山也就罷了，關鍵是他們根本沒多少資源，那人參哪兒來的，你不覺得奇怪嗎？」

高博聽著蔣夢瑤說這番似是而非的話之後，也覺得有些神奇，感覺她說的並不是沒有道理。他拿過地圖看了看，流營周圍算是三面環山，是關外最大的山群，綿延數十里，遼陽行省開外，以雪原居多，若說供應人參，也當是流營附近的村落供應才是，可是這附近一無村落，二有雪林屏障，一般人單槍匹馬根本無法入山，那這關外供應的人參又是哪裡來的？

「又或者，是那個村子的人研製出怎麼種人參？可是這也不現實，人參的生長耗時，就算他們種了一批出來，再到下一批的時候，不也是要隔幾年嗎？應該也不可能有這麼多的產量……反正，我就是覺得奇怪，所以讓霍青去探一探。」

聽完蔣夢瑤的這番話，高博也對她的想法有了些初步瞭解，兩人雙雙脫了外衣，上了暖烘烘的炕，躺下來之後，蔣夢瑤就習慣性地把手腳纏上高博的身子，湊在他旁邊問道：「你們呢？材料都買回來了，什麼時候選地，地基什麼時候打呀？」

高博的整個身子都是緊繃僵硬的，只覺得耳膜跳動得厲害，就因為剛才蔣夢瑤在他耳邊說了幾句話的緣故。

他強忍激動，只覺得這丫頭突然變得很香。

嚥了下口水，高博才竭力用平靜的語調說：「地方就選在流營後面這塊地，流營之後五里全都是雪原，背靠群山，這樣咱們在前面建了堡壘，勢必就坐盡天然之利，易守難攻；之前破的那個山寨，正好用來做妳說的索道貨臺，將來與堡壘相連，竣工之後，便可在那處安裝來往的索道。」

高博的聲音在帳篷中迴響，除了一貫的風聲和炭火的燃燒聲音之外，還有一陣平緩的呼吸吐納聲。

不用想了，這丫頭在問了他問題之後，就果斷睡著了。

感覺她呼吸的聲音就在耳旁，高博僵了好久，才試著轉頭去看，就見精緻粉潤的嘴唇近在眼前，從那裡面吐出來的氣息似乎都夾雜著春天百花盛開的芳香，高博不自覺喉頭一緊，身子某處有了些變化。

高博想起身，卻被某人的手腳給箍住了，動彈不得，而他也不忍心動作太大，將剛剛入睡的蔣夢瑤吵醒，只好就那麼強忍著，緩慢深呼吸，儘量想一些建堡事宜，才勉強將心中的那團火壓了下去。

正好蔣夢瑤翻了個身，收回了手腳，高博只覺得被她壓著的地方有些發麻，趁著這個機會，他也動了動，轉過身去默默地呼氣，平復心緒。

恢復之後，高博才敢轉過身看那個一隻腳伸到被子外面的姑娘，不禁感到無奈，他起身將被子蓋過她的腳，才又躺下睡覺。

霍青一連在外面逗留了好多天都沒有回來，蔣夢瑤日日在村口守著，就是不見他，擔心他出了什麼事，於是跑去問高博。

高博卻說，霍青他們做事仔細，既然接受了任務出門調查，總要事無巨細地全都調查清楚才好回來覆命，叫蔣夢瑤不要太緊張。

蔣夢瑤將信將疑在村口又等了兩天，終於等到霍青風塵僕僕地趕了回來。

到帳篷裡，蔣夢瑤也不急著讓他彙報情況，而是替他準備了熱菜、熱飯，讓他先飽餐一頓。

霍青吃飽喝足之後，接過虎妞遞來的茶水，才跟蔣夢瑤彙報說：「夫人，還真給您猜對了，那村子真的有問題。」

蔣夢瑤見他說得很急，怕他嗆著，說：「你慢慢說，別急。」

霍青整理了思緒一番後，才說：「那個村子根本就是一個造假據點，他們把蘿蔔曬乾了，變成枯萎的淺褐色，然後把蘿蔔埋入地裡，沾一些泥土，第二天取出來，在蘿蔔外面沾的泥土上夾一些鬚，再裝進盒子裡，那外形就好像真的是剛從地裡挖出來的小參一樣。我在那裡盯了他們好多天，他們就是這麼弄的。」

得知真相的蔣夢瑤已經不知道說什麼好了。

原以為造假是現代社會發展中的弊病，可是沒想到這種事情，其實是祖祖輩輩傳下來的，為了掙錢過更好的生活，不管是百年前還是百年後，大家的想法都是驚人的一致啊。

「那……這些人參就直接賣給省內的藥鋪？藥鋪裡的人都是傻子，認不出來這些是假參？」

人參這種東西，矇騙一些不懂醫術的人也就算了，可是精通醫術的醫館又豈會不懂這裡面的門道？

「認出來了呀！可認出來又怎麼樣呢？這個東西外形和人參差不多，價格低得可怕，縱然是買進一些賣出去也能掙一筆，況且這只是蘿蔔，又吃不死人。」

蔣夢瑤聽了這麼多，大大地呼出了一口氣，說：「這些人真是……太壞了！萬一遇上窮苦人家，需要人參救命的，豈不是害了人家嗎？」

霍青也跟著嘆了口氣，原本以為只是去看一看情況，沒想到卻被他發現了這個隱藏的秘密。

「夫人，那咱們現在怎麼辦？」

蔣夢瑤想了想之後，才對霍青這般說：「這種情況自然不能姑息，你可探知他們何時再運貨去省內？」

霍青點頭。

「我知道，應該是在下個月初，正月裡吧。」

「下個月啊……那就好辦一點了。」蔣夢瑤想了想之後，就又對霍青吩咐了一長串的事情下去。

霍青早就被這件事氣得心肺都疼，如今見蔣夢瑤有了對策，就言聽計從，執行去了。

晚上，小夫妻倆又躲入暖和的床鋪之中，蔣夢瑤把霍青探聽到的情報盡數彙報給高博。

「你說，這幫人是不是太缺德了。我就說怎麼可能他們憑一雙手能挖出那麼多人參來，人參又不是蘑菇，隨處可見。他們就是一幫種蘿蔔的，蘿蔔收上來之後，再造假人參；那些藥鋪也是缺德，竟然收這種東西去糊弄人，雖說吃不死人，可是這樣愚弄百姓，若真是遇到需要人參救命的人，不就被他們害死了嗎？」

高博聽了蔣夢瑤這番言論之後，也頗為震驚和憤怒，說：「確實可惡，妳打算讓霍青怎麼辦？」

蔣夢瑤嘿嘿一笑，說：「嘿嘿，我要讓他們血本無歸，徹底不敢再做這些事。」

高博見她這樣，不禁好奇。

「妳到底想怎麼做，別賣關子了。」

蔣夢瑤整理了一番思緒後，就對高博說：「我讓霍青再跑一趟村子，一把火燒了他們的倉庫，我看他們拿什麼去賣，把倉庫裡的真蘿蔔、假人參一把火全都燒了。城裡的話，就找兩個吃壞肚子的人去告官，告那些藥鋪賣的是假人參，因鋪子裡全是證據，只要官府出兵搜了一家，其他藥鋪定然草木皆兵，到時候，我再去把他們鋪裡的所有人參，不管真假全都低價買回來。」

高博不解。

「不是要他們血本無歸，妳怎麼還把假人參全都買回來？妳要人參，咱們這周圍的群山裡多的是，何必要買呢？」

蔣夢瑤神秘一笑。

「放心好了，我花出去的錢，早晚會回到我的口袋，不過，我倒真的是要多點人參就是了，收回來的那些東西，有大半都是假的，都不能用，我也是希望一步到位，把市場上的那些假人參全都收回，免得他們再害人。」

高博也知道她是好意，說：「反正現在建堡之事還未開始進行，明日我便叫人組隊上山，帶上流營村的村民，他們對山上的地形總要比咱們熟悉，之前他們也是偷偷挖過人參的，對參的習性還算了解，只是不知道能挖多少。」

蔣夢瑤點頭，說：「能挖多少就挖多少，等我將那些假人參全都收回來之後，一時間市場上人參這個東西就缺了，北方供不出貨源，那就勢必會到處搜尋，到時候咱們手裡的人參就有用了。」

高博聽了蔣夢瑤的這番話之後，不覺笑了，說：「妳這如意算盤打得倒是很好，執行起來卻未必簡單。」

蔣夢瑤卻意志堅定。

「不簡單也要做啊！總不能就那麼看著假人參害人，咱們多少都要做些努力才行，更何況，如果將市場肅清之後，那整個北方的人參行業就沒人做啦，這個時候咱們若是能乘勢而起，就是這個行業裡的領頭羊，這其中的利潤，可想而知啊。」

高博看著她一臉財迷的模樣，不禁說：「其實妳做這麼多，就是為了最後這個目的吧。」

一下子被某人看穿，蔣夢瑤也不覺得窘迫，兩人相視而笑，她又將手腳環過高博的身子，在被子下面使壞地撓他癢癢。自從她發現高博很怕癢，尤其腰部和腋下，簡直是碰都不能碰，她就會故意抓他癢癢，懲罰他太聰明，說出了實話。

高博不住往外躲，忍不住要笑。

「喂，妳夠了！別動了。喂，別碰我的腰啊。喂喂喂，妳再碰，我可對妳不客氣了啊。」

蔣夢瑤不跟他說話，乾脆把頭蒙到被子裡一心一意抓他癢癢，高博被她抓得無可奈何，好不容易扯住她的一隻手腕，將她拉出被子，兩人的嘴唇相互碰了一下，頓時，只覺得周圍的事物全都靜止不動了。

蔣夢瑤也愣住了，四目相對，一種名為尷尬的氣氛漸漸在兩人之間流淌。

高博也是趕緊鬆開蔣夢瑤的手腕，導致尷尬的氣氛越來越濃烈，兩人不約而同躺平了身子。

高博乾咳了兩聲，然後故作平靜地說：「睡，睡吧，不早了。」

蔣夢瑤的聲音也是低若蚊蚋。「哦，好。」

喂，這麼尷尬是什麼意思？明明剛才的氣氛還很好啊，特別有那種兩小無猜的感覺，可是下一秒變曖昧又是怎麼回事？

正月裡的天氣可以用大雪紛飛來形容，蔣夢瑤前世今生都沒有見過這麼大的雪，不過一夜的工夫，雪竟然就到了她的膝蓋，出入特別不方便，每兩個時辰就要推一推帳篷上面的雪，生怕帳篷被雪壓垮。

不過，大家湊在暖烘烘的帳篷裡說說話也挺好。男人們有男人們的去處，女人們也有女人們的活計，十幾個女人湊在一處帳篷之中，圍著爐子繡繡花、聊聊家常，說一說從前的苦，再說一說現在的安逸，只覺得日子是越過越好。

蔣夢瑤和張家寡婦坐在桌子旁算帳，由她把數字算出來，張家寡婦替她記錄。

一旁的小蒜頭如今小臉圓潤了不少，他似乎也感覺到氣氛融洽，不吵不鬧地睡在蔣夢瑤和高博的床上。

「小蒜兒睡在夫人和公子的床上，將來夫人和公子只怕是要生小公子的。」

一個正在打花樣的婦人突然說了這麼一句，可把周圍惹得哄堂大笑起來。

倚靠在軟墊上的華氏也不禁笑了，說：「可不管什麼小公子、小姑娘，他們快些生出一個來才是正經。」

蔣夢瑤正在和張家寡婦算帳，一聽這些女人突然把話題轉到她身上來了，她看了一眼張家寡婦，只見後者也抿嘴笑了起來。

第一個展開這個話題的婦人像是來了勁，手裡捧著花樣來到蔣夢瑤跟前說：「是啊、是啊，老夫人都這麼說了，夫人和公子可要加緊呀。」

蔣夢瑤對她羞澀一笑，說：「太早了吧。」

那婦人回答。「早什麼呀！我一個遠方表親，十一歲就懷上孩子，十二歲孩子都會叫娘了。」

這個話題一出，又是一陣轟動，大家你一言我一語，似乎都在比誰家的女娃生孩子早云云，有個大媽甚至語出驚人，說八、九歲就有了孩子。

雖然心裡對這個時代的情況比較瞭解，可是蔣夢瑤還是情不自禁地在心裡罵了一句：禽獸啊！

封建思想摧殘的大部分都是女性，在這裡女性不僅沒地位，連健康都保證不了。八、九歲乃至十一、二歲的女娃娃，在現代就是小學生啊，連初中都還沒上，就懷上孩子，她們本身就是孩子，身體都沒長好，能平安生下孩子那就是上天眷顧了。

這麼多婦人裡，終於有人站出來說了這句話。「這女人早生孩子不好，那些八、九歲的，要麼是孩子生不出來，一屍兩命；要麼就是生出來了，也活不下來，能平安生下來的都是少數。」

然後，這些女人又圍著這個話題繼續說了起來。

蔣夢瑤搖搖頭，女人們說了一會兒，就有人看了外面的天色，想回去給男人們做飯了，一個動、兩個動，不一會兒，帳篷裡就只剩下華氏、虎妞、張家寡婦母子和蔣夢瑤五人了。

張家寡婦家裡只有母子倆，蔣夢瑤就把他們留下來吃飯了。

吃過飯之後，小蒜頭也睡醒了，張家寡婦餵過奶，吃飽喝足的小蒜頭就不睡了。華氏看著喜歡，就主動承擔陪他玩的事情。

一場大雪讓村裡的男人、女人們感情急速飛升，從前他們都只顧著忙活自家的事情，成天憂心忡忡，就算是住在鄰里也是自掃門前雪，很少有機會像這般坐下來聊家常。

大家圍在一起吃吃飯、說說話，聊聊從前的生活、從前的富貴，再笑看如今的過眼雲煙，唯有把自己的日子過好了才是真的，其他什麼榮華富貴都是假的。

男人們每天兩班，各兩個時辰，三十人組成一小隊，分上午和下午，主動去山上挖人參，一個月的工夫，也給蔣夢瑤挖出不少，村人們把他們的地窖全都收拾出來，讓蔣夢瑤擺放這些人參。

正月過後，大雪終於停了，雪後的天氣極為嚴寒，但是陽光特別燦爛，大家把村子裡的雪都鏟了堆在一起，有些小菜都被雪壓著，凍得無精打采，蔣夢瑤以為這些菜是活不了了，可是村裡的婦人們告訴她，只要過兩天，這些菜還會活起來的，只不過現在是被雪壓彎了，凍壞葉子罷了。

雪後的空氣特別新鮮，大家一起鏟雪，一起搭架子、曬被子，入眼就是一幅平安和睦的景象，高博端著一杯熱茶站在議事帳篷外面，看著村裡這一派祥和的畫面，也不禁勾起了唇角。

尤其他的眼神總追隨著跟村人打成一片的蔣夢瑤身上，時不時看她一眼，看著她和別人說笑，看著她不辭辛勞地和她們一起幹活，看著她替張家寡婦抱著孩子逗弄的模樣，不禁笑得更歡了。

不遠處的空地上傳來了一片喝采聲，高博端著茶杯轉過身去，只見村裡幾十個男人都圍在一起，觀看著什麼，不時傳出叫好聲來。

見高博過去，人們自動給他讓出一條道來，高博這才看見內裡的景象。只見吳肇一人騎在一匹馬上，身後還跟著三匹沒有人騎的馬，隨著他領頭的那匹駿馬不斷變換陣型，一個口哨吹起，四匹馬就一字排開，又吹一個口哨，四匹馬就前後各兩匹，排得整整齊齊，再吹一個口哨，馬兒就交錯著跑，當真像是聽得懂吳肇口哨的命令般，如此聽話的馬兒，又如何不叫人稱奇呢。

高博也看得入神，蔣夢瑤走到他身邊，戳了戳他的後腰，高博都不用回頭就知道戳他的人是誰，不由分說，就把人從身後扯到身旁，一隻胳膊搭到她的肩膀上，讓她緊靠自己，省得她那隻手再作惡。

他轉頭看了看她，明眸皓齒，笑靨如花。

蔣夢瑤突然對高博說：「夫君，吳先生養馬的本事這麼好，咱們何不多養一些馬，建個馬場。」

高博蹙眉不解。

「養那麼多馬幹什麼呢？」

蔣夢瑤不假思索地說：「養戰馬呀！將來若是邊關告急，咱們再把訓練好的戰馬高價賣給你爹，誰叫他只顧大兒子，不顧小兒子，氣死他！」

高博像看白癡一樣看著她。

蔣夢瑤抿起嘴，因為她不確定自己這番話會不會引起他的不開心，畢竟說的是他的親爹。

「好主意！」

出人意料的回答讓蔣夢瑤笑翻了，高博見她這樣也不禁跟著笑了起來。

蔣夢瑤偷襲了他腰部一下，高博邊捂著腰邊難以置信地看著她，讓她在外面不要太放肆，可是蔣夢瑤卻依舊放肆。

她連著攻擊了好幾下，攻擊了就跑，還不住挑釁說：「來呀來呀！來抓我呀！」

周圍原本看馬的男人們全都回過頭，開始看他們。

高博臉上一陣尷尬，這才恢復了高冷，輕咳一聲，裝作什麼事都沒發生般，負手離開。

誰知道，周圍人們的笑聲卻是更大。

原本死氣沈沈的流營，因為高博他們的到來而完全變了一個樣。大家回首從前，只覺得從前的生活豬狗不如，沒有尊重，沒有自由，處處充滿著壓迫；果然，百姓們幸福與否，和在上位者的重視程度有極大的關係。

第二十七章

蔣夢瑤早在大雪紛飛的那幾日，就開始儲存冰塊，她把村民們從前挖的地窖加以改良擴大，然後將一桶桶乾淨的雪水倒入桶中凍住，置入地窖之中，以冰養冰，自然不會融化，這就是冰窖的原理。

關外的三月冰雪稍融，氣溫回升，處處一片生機勃勃的感覺，空氣中透著的那股新鮮與清新真的是在安京時無法體會的。

三月初六，建堡工程正式開始，村裡的人們也終於找到了歸屬地，從前雖然他們也是成天勞作，但是心情真的不一樣，現在眾人對遠景和生活充滿美好的願望，渾身好像都充滿了幹勁，每天日出而作，日入而息。

高博和蔣夢瑤都不是那種會虧待手下之人，一日三餐都能保證有兩葷三素，大家吃得開心，做得開心，效率也就像是開了飛機一樣，直線上升，以至於讓總工程設計師汪梓恒都不禁讚嘆大夥兒的凝聚力。

四個月的時間，不說萬丈高樓平地起吧，但是整個城堡的外形基本上都已經擴建好了，堅硬高聳的石牆叫人看著就覺得巍峨壯觀。

蔣夢瑤把張家寡婦也拉入設計團隊，讓她以藝術的眼光，去跟總工程師商討出一個看起來既美觀又堅固的堡壘出來。因為，她有點擔心汪梓恒雖然是學工程建築的，可畢竟是個男人，審美自然比不上藝術班出身的張家寡婦了。

一開始的時候張家寡婦還有些避嫌，出入帳篷都蒙著臉，可是在跟汪梓恒發生幾次爭執之後，她就記得把包著農布的帽子摘下來，輕裝上陣和汪梓恒辯論。

自此之後，人們就經常能聽見張家寡婦為了一個角落的美觀設計而跟汪梓恒大肆爭辯，戰鬥力越發強勢，到最後，連汪梓恒也不敢小覷這個女人了，確實他這個大老爺們在建造美觀這方面，不如女人家細膩。

八月初的時候，京裡傳來了書信，說是蔣源帶著戚氏和小圓球已經從京裡出發，準備來看他們了。

蔣夢瑤收到信的時候，算算時日，蔣源和戚氏應該已經走了一半路程，蔣夢瑤開心地跳了起來，高博也立刻著手準備，派人準備好車馬，走出山林直接去關口處等候他們到來。

儘管蔣夢瑤他們早就準備好了，可是蔣源和戚氏的馬車卻還是在九月初才趕到關外，與高博派出去接他們的人相見，再趕到流營又是數天，馬車才剛剛走出山林，蔣夢瑤就從流營那兒飛奔出去。

高博在後面不禁喊道：「妳慢些，別摔著了。」

蔣夢瑤頭也不回地回了一句。「知道啦！你也快些嘛。」

夫妻倆一同奔著迎上去，吳肇和霍青趕緊勒住了馬韁。

蔣源騎在馬背上，看見似乎大了兩圈的閨女跑過來，一下子就從馬上翻身而下。

蔣夢瑤還是像小時候那樣撲入了蔣源的懷抱。「爹——」

蔣源一把撈起閨女，抱著轉了好幾個圈。

戚氏掀開車簾，忍不住探出頭喊道：「阿夢。」

蔣夢瑤從蔣源身上跳下來，又跑到馬車前伸手去扶戚氏下車，就抱著戚氏撒嬌。「娘，你們怎麼走了這麼長時間呀！」

高博走過來，對蔣源規規矩矩地行禮。「岳父、岳母大人在上，受小婿一拜。」

蔣源趕忙上前扶住高博，連連揮手說：「使不得、使不得。」

高博卻還是堅持對他們行了禮。

這時一個腦袋從車廂裡探了出來，好奇地看著這完全陌生的世界，蔣夢瑤和他對上眼，一把將這小子從車廂裡拉了出來。

當年的小圓球，如今也長成個小帥哥，沒有小時候豐滿，眉眼盡得蔣源的風采，看見長得和娘親一般模樣的蔣夢瑤之後，就趕忙討巧地對蔣夢瑤笑了起來，叫道：「姊，我們來看妳啦。」

蔣夢瑤在他頭頂摸了兩下，這小子還是和小時候一樣，見著她就愛笑，笑得還是那麼可愛。

「岳父、岳母，咱們還是進去吧。」

戚氏抓著女兒的手不肯放開，與大家一起進入流營。

戚氏看了看四周景象，不禁暗自嘆了口氣，摸了摸寶貝閨女的臉頰，眼神似乎在說：閨女受苦了。

蔣夢瑤知道戚氏的想法，對她拋了個媚眼，然後指了指流營那頭高聳入雲的堡壘，說：「娘，妳看那裡，那就是我們的城堡，不過還在建，明年這個時候應該就可以竣工了。」

隨著蔣夢瑤的一聲提醒，蔣源和戚氏這才注意到那處，一座氣勢恢弘的城樓就那麼挺立在藍色天幕下，周圍群山環繞，站在這麼遠的地方看都覺得宏偉，近看就可想而知了。

戚氏看著一副「我懂妳」表情的蔣夢瑤，在她手背上輕輕打了兩下，一群人才被迎入議事帳篷。

蔣夢瑤殷勤地請蔣源和戚氏入座，一個勁兒地問：「爹，娘，你們熱不熱？」

此時正是九月，一年之中最為悶熱的時節，也不怪蔣夢瑤這麼關切地問。

戚氏舒了口氣，用帕子擦了擦薄汗，說：「外面有些熱，不過帳篷裡倒是不熱，這裡面放了什麼呀？」

高博親自給蔣源和戚氏遞上茶水，說：「是冰塊。阿夢在冬天的時候就未雨綢繆，儲存了好些冰塊，也虧得她心細，咱們這炎炎夏日才不至於難熬。」

戚氏看著這個女婿，一開始的時候她是有些不大同意女兒嫁給他，不過現在看來，閨女雖然遠離京城，但女婿還是很疼她，絲毫未見約束的感覺，這才覺得心裡好受了些，連帶看著高博都滿意多了。

蔣源喝了一口水之後，才說：「原本路上可以快一些，不過妳母親身子不便，不敢行駛太快，怕顛著她，這才耽誤了些時日。」

蔣夢瑤一聽戚氏不舒服，趕忙相問：「什麼？娘，妳哪兒不舒服呀？」

戚氏的臉上一紅，低著頭沒有說話。

蔣源笑了笑，替她說：「妳娘又懷上了，快五個月了，我原想叫她生了孩子之後再來的，可是她卻很心急，日夜想閨女想得睡不著覺，這不，只好這般匆忙地來了。」

戚氏瞪了他一眼，說：「難道就只有我想來看閨女嗎？你自己還不是一樣，成天念叨閨女怎麼樣，我耳朵都聽得長繭了。」

蔣夢瑤神奇地看著戚氏的肚子，驚喜地說：「娘，妳又懷上啦？這麼說，我明年又能多一個弟弟或是妹妹？」

戚氏笑著點了點頭。「是啊！其實娘早就想來看你們了，這回雖有了身子，若是等到明年，孩子太小，不宜舟車勞頓，這樣一等又是兩、三年的工夫，那怎麼行呢，所以路上能慢些就慢些吧，在生孩子之前，總能見到我閨女就行了。」

蔣夢瑤聽得感動，抱著戚氏不肯撒手。「娘，阿夢也想你們。」

就在這時，又從外面走進來一位婦人，美豔不可方物，進來後，對著蔣源和戚氏點了點頭。

蔣源不知這是哪位，卻還是站起身對她回禮，但戚氏就有些懵了，因為她見過這位婦人。

華貴妃？她……她不是死了嗎？

戚氏趕忙站了起來，對華氏跪下說：「貴……」

話還未說完，華氏就將戚氏扶了起來，不動聲色地對她搖了搖頭，戚氏這才警覺，兩個女人握著手，坐到了一起。

「親家夫婦遠道而來，一路可太平？」

戚氏依舊不能忘記這個女人曾經幾乎登至天際的身分，立刻恭謹地回道：「一路太平，謝……夫人惦念。」

華氏拍了拍戚氏的手，對她說：「親家妹妹可別拘束了，既然出了關外，那關內之事便已是過往，無須再提；賢弟妹肯在我兒受難時，將視如掌上明珠的女兒嫁給他，並與他遠走關外，這分勇氣與情誼，吾自當謹記，必不會辜負，請賢弟妹放心。」

戚氏這是第一次與華氏交談，從前只是在傳聞中聽過她，無非都是一些寵冠六宮、爭權奪利之言，覺得這個女人是高在雲端，無法觸及的，聽到她死訊的那一刻，戚氏只是覺得可惜，並不覺得心痛，可如今見她仍這般好好地坐在這裡，足以說明這個女人有手段、有心計，並且絕不像外界所傳的那般戀慕權力。

依她「死後」的排場來看，皇上對她必是有感情的，若她真的留戀京城中的繁華與地位，自然會留在京城，伺機而動才是，她又何必放棄一切，只默默地隨兒子來到關外呢？

大家坐在一起用過茶水後，蔣源和高博聊起關外諸事，華氏則回了自己的帳篷，讓霍青、吳肇帶著小名「小圓球」的蔣顯雲去臨時馬場玩。

蔣夢瑤帶著戚氏去了她和高博的帳篷裡，非要讓戚氏躺在軟鋪上，用枕頭墊著休息。

戚氏抓著女兒的手總是不願放開，看了看帳篷外，對蔣夢瑤問道：「他對妳好嗎？」

蔣夢瑤不斷點頭，說：「高博對我很好，娘，妳別總是懷疑他，其實他人真的不壞，對女兒也是真心好。」

戚氏白了一眼蔣夢瑤，說：「妳呀！真是出嫁的閨女，潑出去的水，我不過就問問他對妳好不好，妳就這般維護，我若是覺得他不好，又怎會將唯一一個寶貝閨女嫁給他呢。」

聽戚氏這麼說，蔣夢瑤也跟著笑了。

戚氏又道：「不過，見妳這般維護他，想來他是真的對妳很好了。妳走的這一年多，我在京裡總是擔心得很，怕妳跟著他吃苦受罪，總是托人打聽你們的消息；可是關外畢竟路途遙遠，有什麼消息也傳不回京城，我夜裡總是作夢，夢見妳在關外過得不好，睡也睡不著，這才決心過來瞧一瞧妳，現在瞧見了，也放心了。」

「娘。」蔣夢瑤彎下身子，趴到戚氏腿上，說：「讓妳擔心了，阿夢對不起妳。」

「傻孩子，什麼對得起、對不起的。妳是娘的閨女，縱然是長到七老八十了，也是娘的閨女，我不擔心妳，擔心誰啊。」

母女倆的眼角都有些淚光，蔣夢瑤深吸一口氣，替戚氏將感動的淚珠拭去，才問：「娘，這一年多你們過得怎麼樣？我和高博走了之後，其他人可有為難你們？」

戚氏搖頭。說：「沒有，沒有誰為難我們。國公爺對我們挺照顧的，府裡的人也不過就是說一陣子，我們不理會，他們也就不說了。你們走了之後，國公爺就將妳爹爹當年在邊關的那些功績上報朝廷，妳爹從少府監丞升做中府折衝校尉。國公爺又去了邊關，原本妳爹也要去的，不過，他說讓妳爹等我肚子裡這個孩子出世之後，再去。」

「爹爹升官了？」蔣夢瑤覺得有些驚喜。

原以為在她嫁給離京的高博之後，她爹爹縱然有功，皇上也不會賞才是，可是沒想到竟然還升了爹爹的官，真是太叫人意外了。

戚氏見她高興，又說：「升了，現在妳爹爹是從四品了。妳叔公蔣修也升做鴻臚寺卿，因為有國公爺在，所以皇上對咱們蔣家也都很照顧，蔣舫做了國子博士，正五品；蔣昭也從兵部出來，入了太學院，做了太學博士，正六品。」

蔣夢瑤聽完這些，就更加驚喜了，說：「二房的兩個叔叔如今官職竟然都沒有爹爹高嗎？」

戚氏點頭，說：「是啊，妳爹如今是從四品，我也覺得奇怪，縱然妳爹在邊關立了戰功，可是，與他一同的步兄弟只是封了親勛校尉，正六品的官，妳爹足足壓了他兩級，就不知是皇上有意抬舉妳爹，還是有意打壓步兄弟了。」

「會不會是看在國公爺的面子上給的？」

蔣夢瑤也覺得皇上應該不會抬舉她爹，甚至覺得，皇上只要不打壓她爹就已經很好了，畢竟她是在高博被貶之時嫁給他，縱然很低調，但事實就是事實。難道像她這種變相的支持，不是對皇帝的挑釁嗎？如此這般一思量，她爹又如何會得到重用呢？

要麼是她爹的功勞特別大，但這也說不過去，步擎元有忠臣遺孤的身分在那兒，不是更應該要得到重用嗎？

「在妳爹晉升之後，國公爺還去宮裡特意對此事問了問，可見晉升之事與他並無關係。」

蔣夢瑤也露出迷茫的表情。「哦，是嗎？」

戚氏覺得這個話題並不好，所以又換了個話題，說：「家裡的姑娘基本上都有人家了，去年妳走了之後，璐瑤就出嫁了。在大皇子大婚之後的第二天，皇帝就把他冊封為太子，璐瑤丫頭一下子從皇子側妃，變成了太子側妃，妳都不知道，妳大嬸嬸高興成什麼樣，成天在妳二嬸嬸面前顯擺，可把妳二嬸嬸給氣得不行。」

說起吳氏，蔣夢瑤還是能夠想像得出來她那高興勁兒，她一輩子就想壓孔氏一頭，這下她的閨女成了太子側妃，可不就有得顯擺了嗎？

妳孔氏出身好，手段高，那又怎麼樣？老娘會生！老娘生的女兒是太子側妃，將來那可是要入宮做娘娘的，哎呀，就這點上，孔氏這輩子都沒法越過吳氏了。

「妳雖然才走了一年，京裡卻發生了不少事情，先是璐瑤出嫁，然後是月瑤和晴瑤訂親，月瑤訂給了黃門侍郎趙大人的次子，雖是次子，卻也是嫡出，也還算可以。晴瑤倒是運氣好，也是孫姨娘會來事兒，趁著太府卿夫人來府裡做客之時，讓晴瑤寫了幅對聯露了臉，就讓太府卿夫人記住晴瑤丫頭，沒過一個月，就派人上門提親；雖然晴瑤是個庶女，但是品貌端莊、性格溫良卻是眾人口耳相傳的，因此，也訂下了。」

時隔一年，再聽京城諸事，蔣夢瑤只覺得好像過了一個世紀這麼長，突然想起來問道：「咦，月瑤和晴瑤都訂下了，纖瑤呢？她不是跟她們一般大嗎？」

提起蔣纖瑤，戚氏像是又想起來一檔事，說：「哦，纖瑤丫頭原本也是要訂親的，人家國子監祭酒李大人家有個獨子，品貌皆屬上等，李夫人都親自上門求親了，卻又被纖瑤丫頭拒絕了。」

蔣夢瑤在心裡對蔣纖瑤豎起一根大拇指，這丫頭從小就這麼有個性，人家都上門提親了，她還把人趕走，這是真不想嫁呀。

「本來挺好的一門親事，國子監祭酒也是三品官，李大人又只有李夫人一個正妻，兒子又是獨子，將來獨門獨院的，沒有兄弟妯娌糾葛，多好的親事啊。從前我就想給妳找一門這樣的親，可是沒找著，找著了人家也不要咱們。」

戚氏的語氣說得有些幽怨，讓蔣夢瑤不自覺想望天，噘嘴說：「娘，瞧妳說的，好像妳閨女真嫁不出去一樣。」

戚氏聽了她這話，就來勁了，一本正經地說：「真是嫁不出去，那段時間我就是這麼認為的。也不知怎麼了，每回不管是我看中了人家，還是人家看中了妳，哪怕是第一天就約好了，第二天人家就搬家了，即使找到人，連面都不見了。唉，也是我和妳爹的名聲連累了妳。妳說，要是妳爹這官能早一年提，娘也捨不得讓妳跟著……唉，算了算了，橫豎這都是命，妳就沒有妳那些妹妹們命好，能嫁個安分的人家，留在爹娘身邊，誰也欺負不到妳。」

蔣夢瑤指著戚氏，說：「妳還說妳不嫌棄高博，妳就是嫌棄他！在我眼裡，高博可比京城那些什麼大人家的長子、次子好多了，至少他是真心對我好，真心尊重我的。」

戚氏扶著額頭，嘆了口氣，說：「唉。我這是生了個傻閨女，著了魔了。算啦，我不跟妳說這個了，反正現在既成定局，也改變不了。」

蔣夢瑤嘿嘿一笑。「沒錯，就是改變不了。我的命也不見得比妹妹們差，妳看高博在關外建了自己的地盤，將來在這裡天高皇帝遠，逍遙快活，誰都管不著咱們，多好。可是妹妹們嫁入了高門大戶，一來要受人家的規矩，二來還要與別的女人共事夫君，光這一點，高博就不止比他們強了多少倍。」

戚氏聽著女兒三句話不離誇讚自家相公，只覺得哭笑不得，不過見她這樣心甘情願，縱然心裡有點不滿，也是可以忽略的。

戚氏點了點她的鼻子，說：「妳怎知妳的夫君將來不納妾？」

蔣夢瑤眨巴了兩下眼睛，愣了好一會兒才想起來說：「高博都這樣了，哪個女人會像我一樣想不開嫁給他？」

還以為她會說出什麼高見來。

戚氏橫了她一眼，忽然神秘兮兮地對蔣夢瑤招了招手。

蔣夢瑤湊了過去，只聽戚氏在耳邊輕聲問了一句，說：「妳和他圓房了嗎？」

「……」

蔣夢瑤愣在當場，戚氏見她這模樣，當即明白了過來，對她說：「去，去把帳篷的簾子拉起來，娘有東西要給妳。」

蔣夢瑤看著戚氏，心裡隱隱生出一種不大美妙的感覺，但還是照做，到門邊將簾子給放了下來。

只見戚氏從衣襟中拿出一條帕子，尷尬地遞給蔣夢瑤。

蔣夢瑤接過一看，左右顛倒好幾回都沒擺對，嘴裡嘟囔著。「什麼東西呀！」

戚氏見她把那帕子舉得高高的，急得滿臉通紅，一下子扯過了帕子，說：「妳過來，我跟妳說。」

待蔣夢瑤湊近之後，戚氏在她耳旁說了好長一段話，直讓蔣夢瑤聽得是面紅耳赤，心臟撲通撲通地跳個不停。

我的娘，青天白日的跟她說這些幹什麼呀。

戚氏的臉色也是滿尷尬的，低著頭對蔣夢瑤說：「其實男女之事也就是那麼回事，妳嫁得急，出嫁前娘也沒能把這事告訴妳，原想著女婿比妳長兩歲，這些事情應當早有察覺，沒想到，你們終究還只是孩子，有些事情咱們做大人的不點破，你們就不知道該怎麼做。」

見蔣夢瑤還是一副七竅生煙的樣子，戚氏心裡也沒底了，問道：「丫頭，妳到底聽懂了沒有啊。簡單地說，就是妳要跟他這麼做了，才能、才能……才能生寶寶，延續香火，懂了嗎？」說完這些，戚氏便又將那帕子塞到蔣夢瑤手中。

就算蔣夢瑤再遲鈍，也明白戚氏給她的是什麼東西了。

帳篷簾子突然被人掀開，蔣源走進來，大剌剌地問道：「哎呀，大熱天的，把簾子放下來幹什麼呀。」

蔣源身後跟著高博，兩人一同走入，高博見自家媳婦和岳母大人的臉色都有些不對，紅得厲害，就走到蔣夢瑤面前關切地問道：「怎麼了？這裡冰不夠嗎？怎麼熱成這樣？」

蔣夢瑤此刻再聽高博的聲音，總覺得心虛得更厲害，尷尬地笑了笑，用手裡的帕子擦了一把汗，突然意識到手裡的帕子是什麼，趕忙又在高博沒發覺不對勁時，把帕子塞入袖袋之中。

高博一臉莫名其妙地看著她。

蔣源坐在戚氏的床邊，摸了摸她只有些顯懷的肚子，說：「女婿說要帶咱們去看看他們建造的城堡，雖然還未竣工，但規模已經出來了，妳要是累，咱們就明天再去。」

戚氏看了看那兩個正大眼瞪小眼的小倆口，不禁笑著說：「那就明兒再去吧，這些日子我也有些乏了，咱們既然千里迢迢來這裡，就多住兩天，我也好多看看阿夢，多教教她事情。」

蔣源在面對戚氏的時候，是完全放鬆的，人一旦完全放鬆，有時候說話就不經大腦，只聽他直接大剌剌地說：「哎呀，阿夢都這麼大了，現在也嫁人了，這裡也不比京城規矩多，妳有什麼可教她的，別折騰了，大老遠來，咱們多說說話不是挺好。」

戚氏滿頭黑線。這個笨蛋……

蔣夢瑤的臉色也好不到哪裡去，她現在袖子裡有顆定時炸彈，心虛得厲害，生怕高博再追問下去，她可就真要找個地洞鑽進去了。

高博覺得蔣夢瑤的樣子很奇怪，但是也沒有再追問，而是去到戚氏面前，對她說：「岳母大人舟車勞頓，阿夢一大早起來去廚房給您熬了湯，待會兒就吃飯了，我先讓人給您盛一碗湯來喝吧。」

高博如果剔去那一身戾氣，微笑著站在那裡，儼然就是一個翩翩瀟灑公子哥兒，模樣俊雅，連戚氏都挑不出刺來，再加上他這般殷勤，當即也對他笑著說：「我還真有點餓了，有勞賢婿。」

高博又對戚氏溫暖如春地笑了笑，似乎打定主意，對這個丈母娘改用暖男攻勢，看樣子，似乎有了些成效。

領了任務，高博就往廚房走去，準備親自給戚氏端來，再刷一刷好感度。

高博離開之後，蔣源就對蔣夢瑤招招手。

見蔣夢瑤走上前，蔣源說：「閨女啊，爹爹覺得這女婿不錯，可別聽妳娘，她就是捨不得妳嫁到這麼遠的地方來。」

蔣源這話一說，首先戚氏就不樂意了。「你這人，什麼叫別聽我的呀，我也覺得女婿挺好的，正在教閨女夫妻相處之道呢。」

蔣夢瑤生怕她爹再追問，趕緊止住這個話題，說：「哎呀，好了好了。我都知道了，娘，妳就別說了吧。」

見蔣夢瑤羞赧，蔣源不解，戚氏只是抿唇笑了笑。

蔣源這才對蔣夢瑤說：「這丫頭，小時候也沒見這麼害羞，嫁人了，倒突然知道羞了啊，哈哈哈。」

他一說話，母女倆就同時白了他一眼，讓蔣源丈二金剛摸不著頭腦。

戚氏又對蔣夢瑤問道：「女兒，在這裡錢還夠用嗎？我看你們要建的什麼堡壘，似乎挺大的，這耗費怕是不小吧。」

蔣夢瑤點頭。「夠用、夠用，妳給我的三萬兩，我才用了一半，還是用來買人參之類的，這堡壘全都是高博在整頓，我也不大清楚要耗費多少。」

戚氏和蔣源對視一眼，說：「閨女，你們臨行前，爹給你們做的那輛馬車呢？」

蔣夢瑤指了指東南方向，說：「馬車卸在最南面，這些時候沒用著，就沒套馬。」

戚氏一副「我就知道」的神情。

蔣夢瑤聽他們突然提起馬車，不解地問：「這個時候提馬車幹什麼？哎，對了，爹爹明年是不是又要去邊關，這回要去多久？」

蔣源提起這事也是心事重重，說：「明年去，等妳娘肚子裡這個生下來，這回要去多久還不知道，總不會太短就是了，南疆之亂又起了苗頭，這回怕是生死決戰了。」

戚氏聽他說完之後，也嘆了口氣，說：「唉，這橫豎都是你的志向，不過在戰場上千萬小心，別忘了你可是有家室的，我和孩子們都在家裡等你回來呢。」

「爹爹一走，我也不在娘親身邊，那幫人要是欺負娘親該怎麼辦呀？」

蔣夢瑤還沒忘記上一回蔣源離家不過才十日，孔氏和吳氏就迫不及待對娘親下手。

戚氏說：「放心吧！如今已不是前幾年，咱們家越過越好，只要不與旁人起爭執，好好過自己的日子，也不會有什麼事的，更何況，妳真以為妳娘是豆腐做的，不會反擊嗎？現在妳爹的官位也不比他們低，娘手裡又有足夠的銀錢，旁人在京裡想要對付我可不是那麼容易下手的，妳就放心吧。」

蔣夢瑤也知道自家娘親並不像表面看起來那般軟弱，只是止不住擔心罷了。

戚氏突然又想起一件事，說：「哦，還有那個……剛才出來的那個女人不是華貴妃嗎？她……她不是死了嗎？皇上大肆操辦了她的喪禮，舉國哀悼，還親自設了祭壇，罷朝三日，在祭壇上守了三天三夜呢。」

對皇帝的反應，蔣夢瑤也覺得很奇怪，皇帝不是恨華貴妃嗎？幹麼在她死後做這些表面功夫呢？

「唉，皇上向來寵愛華貴妃，這些情緒也是難免的。」戚氏不知道內情，依舊以為皇上最寵愛的就是華貴妃。

蔣夢瑤卻是知道內情的，聽她娘說了這些之後，又問道：「那皇后娘娘呢？皇上這般大肆哀悼，她就沒有勸阻嗎？」

戚氏神秘兮兮地掩嘴說：「我也是聽相國夫人說的，皇上在華貴妃死後，對皇后是越發冷淡了，而皇后呢，也好像是變了個人，成天疑神疑鬼；從前縱然不受寵，可是仁慈大度的賢名尚在，如今卻是性情大變，總說有人要害她，可又說不出個所以然來，唉，聽說皇上現在是一步都不踏入皇后娘娘的宮殿了。」

看來高博的話是對的，華貴妃「死了」之後，宮裡的人肯定都想乘機取代華貴妃的地位，而皇后沒了華貴妃這個屏障，自然就成了眾矢之的，她如今性情大變，定然與後宮脫不了關係。

從前那些毒害，華貴妃一人替她承擔了，如今卻是要她自己品嚐苦果了。

活該！

蔣夢瑤雖然只見過皇后一回，可是她的那些言論卻十足是個賤人，仗著男人對自己的愛護，就優越地碾壓其他女人，自覺高高在上、不可超越，表面上對誰都仁慈，其實骨子裡傲得很，誰都沒放在眼裡。

皇上很顯然就是被她那美好的表象迷惑得無知，為了女神，忽略了身邊愛他的人，誰知道愛他的人死後，他就發現了女神的真面目，肯定會崩潰的。

這麼一想，她爹破格晉升，會不會就是因為這個呢？

華貴妃死了，高博被貶關外，皇上感覺自己像個白癡被耍了，可是騎虎難下，米已成炊，他再改變不了，畢竟人家已經被他捧上皇后之位，她兒子也當了太子，若是這個時候再全盤推翻，豈不就是告訴世人，他這個皇帝有多失敗，有多蠢嗎？所以，只好暗地裡偷偷補償。

可是兒子都被他貶去關外，他這個補償又該怎麼補呢？現在召回來，顯得皇命太兒戲，且皇帝肯定也有自覺，縱然他下旨，高博也未必肯回來，就算回來了，他現在還能對高博做什麼冊封呢？

封王？不好意思，剛被他褫奪了封號，所以想來想去，皇上終於想到了一個可以神不知、鬼不覺補償兒子的方法，那就是晉升他的老丈人！

如果這一番推理正確的話，蔣夢瑤幾乎可以肯定，她家老爹是因為高博才受到如此重用的。

唉，推理完這些，蔣夢瑤感覺心好累啊。

真不知道這個皇帝腦子裡在想什麼，難道真的是紅玫瑰和白玫瑰的意思？先是一頭扎進偽裝純潔善良的女神懷抱，還為了他心中的女神殺退所有可能威脅到她的人，並不惜給女神設立一道擋箭牌；後來擋箭牌死了，女神也變了，他又一頭扎進了對擋箭牌的愧疚懊悔之中，開始遠離心中的女神……

不得不說，這個男人永遠都是活在自己的精神世界裡，擱在現代，他就是癡迷二次元的資深宅男吧？為了遊戲中的女主角，耗費金錢和生命，並終此不悔。

大家吃過飯以後，蔣顯雲還要繼續去騎馬，高博親自拎著小舅子去馬場，蔣源也躍躍欲試，跟著一起去了，只有蔣夢瑤被戚氏喊在身邊，繼續教導所謂的「為婦之道」。

蔣夢瑤無奈地聽了一個下午的生理課，終於在傍晚的時候，戚氏說得有些累，蔣夢瑤叫她小睡一會兒，才得以脫身。

出了帳篷之後，高博他們還在馬場那兒玩，蔣夢瑤也跑了過去，就見村裡的男人們都圍在馬場外頭，拍手叫好。

蔣夢瑤去的時候，正好看見蔣源和高博騎著兩匹馬交錯而過，蔣源從馬背上翻身而下，兩人皆已除去外衣，大汗淋漓，雖然很累的樣子，但是蔣源似乎還很高興，走過去勾住高博的肩膀說：「哎，女婿，我發現你這裡養的馬和其他地方的馬不一樣，厲害多了。」

高博比蔣源稍矮半個頭，兩個大小帥哥站在一起，別提多養眼了。

蔣夢瑤替他們拿毛巾過去，遞給蔣源一條，然後又拿著一條給高博擦汗。

高博沒覺得有什麼不對，就習以為常地繼續與蔣源說話。「哦，這是寒地烈馬，體格比一般的馬要壯，力氣也大，耐力強。除了觀賞性沒有汗血寶馬好，其他的應當不輸才是。」

因為這種寒地烈馬貪吃，而貪吃有利有弊，利就是力氣大、勇猛，弊就是……體型容易胖，不像汗血寶馬，精壯修長。

蔣源一邊擦汗一邊看著他倆，對於高博說的話沒有第一時間做出反應，而是風馬牛不相及地說了一句。「怪不得人家都說丈人看女婿，越看越生氣。閨女，以前妳可不是這樣的！」

蔣源一嘴酸溜溜，讓高博和蔣夢瑤都愣住了，蔣源這才低下頭看著自己手裡的汗巾，誇張地嘆了口氣，說：「唉，娘子不在身邊，閨女又不管她爹，真是變了。」

高博和蔣夢瑤對視一眼，才無語地笑了。

蔣夢瑤故意對蔣源說：「爹，人家都說在家從父，出嫁從夫，女兒嫁了人，自然是要對夫君好的。」

蔣源看著女兒，心想：在家也沒見多從父啊！

三人終於憋不住，全都笑了起來，高博早就派人去倒好涼茶，請蔣源一同去喝。

蔣顯雲跑過來，興致勃勃地對高博說：「姊夫，這馬能送我一匹嗎？家裡的馬沒有這些高大，我要騎高馬。」

蔣源一把將兒子的衣領拎了起來，說：「你也沒長到馬腿高，還想騎高馬？」

蔣顯雲如今年紀尚小，雖然長手長腳，畢竟是孩子，給蔣源這麼一拎，手腳都離地了，像隻小烏龜一樣掙扎著，說：「我、我早晚有一天會長高的嘛。爹，你放我下來，討厭！」

蔣源像是成心跟兒子作對，抓著他就是不放，直到蔣顯雲說了一句。「你再不放，我就喊娘了。」

蔣源的手一下子鬆開，讓蔣顯雲差點摔倒在地，怒道：「你小子給我等著！」

雖然被父親威脅，但蔣顯雲的臉上卻不乏得意之色，還對蔣夢瑤炫耀般揚了揚眉。

蔣夢瑤見狀，說：「哎呀，沒想到一年多過去了，爹，你還是這麼怕娘啊！」

呵呵，真是神補刀。蔣源被這一雙兒女搞得快要崩潰了。

蔣源夫婦來到關外的第一天終於過去了。

蔣夢瑤本來是想和戚氏一起睡，戚氏卻說讓她回房和女婿睡去，她和蔣源睡就好。

蔣夢瑤走出他們的帳篷時，戚氏還對她使了一個曖昧至極的眼神，讓蔣夢瑤哭笑不得。

第二十八章

蔣源和高博還在外面喝酒，蔣夢瑤就先回到帳篷。

洗漱完畢之後，從屏風後出來，蔣夢瑤正在解衣，突然一截手帕露了出來，她想起那是什麼東西，便深深吸了一口氣，才鼓起勇氣把帕子給拉了出來。

前後顛倒看了半天才喬對位置，這是一條繪製好幾幅……呃……男女和諧畫面的帕子，專業術語是「春宮帕」。

蔣夢瑤將之展開，心跳止不住地加速起來，本想收起來，卻又忍不住看下去，正咬著手指研究的時候，耳旁突然傳來一道聲音。

「妳在看什麼？」

蔣夢瑤回頭就對上一雙黑白分明的眸子，高博不知道什麼時候竟然來到她的背後！

「啊！」蔣夢瑤手忙腳亂地把手裡的帕子捲成一團，慌張地藏到背後，趕忙搖頭。

「沒、沒什麼。」

「你……你看到什麼了？」

見高博不為所動，蔣夢瑤心焦地試探。

高博的雙眼有些發愣，身上滿是酒氣，平日裡黑亮的眸子此刻也似乎染上一絲迷糊，只是彎了一會兒，好像就要摔倒一樣。

蔣夢瑤趕緊上前扶住他，說：「你是不是喝多了啊？」說著，便將高博扶著坐到床沿上。

高博用手掌蹭了一下額頭，的確是有些頭暈。

蔣夢瑤見狀，不禁埋怨道：「我爹也真是的，你才多大啊，就拉著你喝酒，還這麼灌你。」

說著，她便替高博擰了一條毛巾，讓他敷在臉上，擦了擦臉。

高博感覺清醒了些，這才對蔣夢瑤說：「我這麼大的人，都能當爹了，怎麼不能喝酒？女婿和岳父喝酒，天經地義的。」

「……」

高博一句話，讓蔣夢瑤不知如何開口了，想想他說的也確實是實話，在他這個年紀，早就該有些孩子。

蹲在他面前，蔣夢瑤抓著高博的手，抬頭問道：「高博，你是不是也想要孩子呀？」

高博昏昏欲睡，聽了蔣夢瑤的話之後，也抬眼看著她，兩人四目相對好一會兒。

高博抬手在蔣夢瑤的臉頰上摸了摸，說：「我不急，等妳再大一點也沒關係。我上回聽那些夫人說，女人早生孩子對身子不好，再過兩年吧。」

高博的話讓蔣夢瑤感動在心裡，見他坐著就要睡著了，趕緊把他平放在床上，除去他的鞋襪和外衣，然後打來水，替他擦臉和手腳，高博這才沈沈睡去。

蔣夢瑤趴在床邊，看著他好一會兒，忍不住在他唇瓣上親了一下，這才熄了燈火，除去外衣爬上床。

黑夜中，高博的手環過蔣夢瑤的腰肢，原以為他睡著了，可不想他竟只是閉著眼。

蔣夢瑤想起自己剛才的行為，不覺一陣窒息的尷尬。

高博帶些迷糊的聲音在她耳邊響起，在黑暗中特別清晰。

「妳真好，有這麼好的一對爹娘。真叫人羨慕。」

蔣夢瑤聽出高博話語中的失落，知道他定是想起自己的身世，雖出身皇家，卻被自己的親生父親視作棋子，從小到大，別說是親情父愛，就是和善一些的話語都是少有的；華貴妃縱然真心疼愛他，可是他自小開始，母子倆便被迫分離，這麼多年來也是聚少離多，要說親情那是肯定有的，可要說親近，卻也未必了。

所以當高博看見了蔣夢瑤的父母時，才會有所感觸。

蔣夢瑤轉過身去，回抱住他，說：「不用羨慕，他們今後也是你的爹娘嘛！咱們以後也要做這樣的爹娘，好不好？」

高博抱著蔣夢瑤在懷中，點點頭，說：「好，咱們也要做這樣的爹娘，不叫咱們的孩子受半點規矩約束，要他們無憂無慮地長大成人……要他們不受半點……委屈。」

高博的聲音越來越輕，呼吸也越來越平穩，可擁著蔣夢瑤的手卻絲毫不肯放鬆。

兩人緊緊抱在一起，感覺整個世界似乎只剩下彼此，溫馨祥和。

另一座帳篷裡，戚氏正趴在帳篷口，偷偷掀起了一點簾子，等了好一會兒，直到蔣夢瑤和高博帳篷裡的燈火熄滅，她才肯放下簾子，回到床鋪上。

蔣源正在看高博給他的一張關外地圖，他打量自家娘子好一會兒，見她回來，不禁問道：「娘子啊，妳在看什麼呀？這麼放心不下閨女，怎麼不讓她跟妳睡呢？」

戚氏白了一眼蔣源，說：「跟我睡有什麼用啊。真是塊木頭。」

蔣源抬眼，覺得好冤枉，委屈地說：「娘子，我又說錯什麼啦？」

戚氏用一副「你沒救了」的眼神把蔣源上下看了個遍，然後才湊過去，在他的耳旁說了幾句話。

蔣源尷尬地看著她，說：「會不會太早了？」

戚氏掐了他一下。

「早什麼早？你閨女都嫁給人家一年多了，還早啊？我看女婿也是個厚道的，咱閨女早些替他開枝散葉，再生幾個孩兒，將來總能有個依靠。」

在戚氏的認知中，女人還是得有孩子才穩妥，不管是男孩還是女孩。

蔣源卻不以為意，說：「女婿對咱們阿夢是真的好，孩子的事總要順其自然，女兒、女婿現在這樣也挺好的，兩小無猜，等他們自己情到濃時，自然就會想這些事情啦，咱們用不著操心，更何況男人對女人好，跟孩子其實沒多大關係。就好像妳我，妳縱然沒有替我生孩子，我自然會對妳好的。」

蔣源的一番甜言蜜語，說得雖然笨拙，卻還是讓戚氏聽了很受用，在他額頭上戳了戳，兩人這才擁在一起。

蔣源知道她這是擔心女兒，不禁對戚氏說了些寬慰的話。

「從前是咱們不瞭解女婿的為人，今天算是知道了，他雖出身皇族，卻自小受身分所害，因此對待身邊的人和事難免偏激，可是他本身還是很不錯的，胸中自有一股正氣，也沒染上什麼不好的習氣，我覺得他是真的想跟咱們阿夢過一輩子的，他有膽識、有氣度，也有責任感，咱們阿夢交給他，只管放心就好，定不會受委屈。」

戚氏半信半疑，說：「你這才跟他接觸一天，就這麼幫著他說話，會不會太隨便啦。」

蔣源自信滿滿。

「一天怎麼了？一個人的品行是看細節的，女婿談吐大方，胸有丘壑，是一方大丈夫，這樣的男人我雖不能保證他今後會不會納妾，但是他既然讓阿夢做了他的正妻，那就勢必會給阿夢正妻所擁有的一切。咱們阿夢自小無拘無束，正需要這樣一個遠離是非之地和女婿培養感情，在這種沒有干擾的情況下，培養出的感情，才是長遠堅定的。反正我是一萬個支持女婿的，娘子妳就等著看好了。」

「唉，你和閨女都著了魔，我可不像你們這樣盲目，我要真的看到他如何對咱們閨女好，才會真心認可他，你們現在說這些，都沒用。」
「好好好，咱們就等著看好了。時辰不早了，快睡吧。」
說完這些之後，蔣源也將燭火熄滅，摟著戚氏入睡了。
一早醒來，高博就來向蔣源夫婦請安，一家人吃過早飯後，高博便帶著他們去後方建造中的城堡中轉了一圈。
因為地方較大，所以戚氏和蔣夢瑤是坐馬車去的，高博和蔣源則騎馬走在前頭。在路上的時候，戚氏對蔣夢瑤問道：「怎麼樣？」
蔣夢瑤一開始還沒反應過來娘親是問什麼，後來在看見戚氏那曖昧的眼神時才猛地醒悟。
「啊？哦！那個啊……呃……」
戚氏不用聽她說，看她的表情就知道這丫頭沒辦成，就橫了她一眼。「妳呀！」
高博帶著蔣源夫婦進到城堡之中，汪梓恒和左翁皆前來拜見，尤其對蔣源特別殷勤周至，讓蔣源都摸不著頭腦。
左翁還一個勁兒地與他說：「蔣先生好學問，蔣先生乃一代大匠，蔣先生乃吾輩楷模。」
可把蔣源弄得一頭霧水，蔣夢瑤卻在旁邊看得心驚肉跳，生怕左翁和汪梓恒跟她爹討論工程上的事情，那可就露餡了。

蔣夢瑤當初把建築上的所有新奇構思和原理全都歸功在她家老爹身上，大家有什麼疑惑的地方，一句「我爹說的，我爹教我的」就行了，大家也不會追問「妳爹怎麼知道的啊」。

幸好，左翁和汪梓恒對蔣夢瑤的話深信不疑，對蔣源敬佩在心中，並未問出什麼不合常理的問題。

因為工程還未竣工，他們最多就是看個大概，城堡裡到處都是人來人往，高博的數百侍衛，還有村裡的男人們全都來幫忙了，再加上之前攻山時的山賊俘虜，少說也有七、八百人在裡面忙碌，因此，高博帶著蔣源他們轉了一圈，就回去營地了。

「哎呀，真是遠看不知道，近看嚇一跳，你們這是建堡壘，還是建城池啊？我看裡面還有好幾條街道，怪不得這麼多人日夜趕工小半年，還只是完成一半不到，若真要竣工，最起碼得到明年年底了。」

蔣源走了一圈，渾身都濕透了，蔣夢瑤也領著戚氏回去換衣服。

高博不顧自己，先給蔣源遞了杯涼茶，說：「明年年底也不至於，不過要到下半年是肯定的。屆時竣工了，我再派人傳信，請岳父、岳母再來住些時日。」

蔣源哈哈一笑，說：「我估計得過兩年才能再來了，你岳母肚子裡的孩子降生之後，我便要去邊關，南疆之戰一觸即發，這一回也不知要去幾年，阿夢還得要你多多照顧了。」

高博這才知曉這個消息，昨晚他喝得有些多，回去之後，也只是跟蔣夢瑤說了一番體己話就睡了，所以並未能與蔣夢瑤交換消息。

「哦，南疆之戰已然耗時多年，這一次如何？還像之前那幾次虛晃一招嗎？」

蔣源搖頭。「這回怕是真的，南疆新帝繼位，野心勃勃，這一仗怕是在所難免了。算了，不說這些了，總之一句話，阿夢托你照顧了。」

高博微笑回道：「岳父大人放心，我必視她如珠如寶，斷不叫她受任何委屈。」

蔣源欣慰地點點頭。

另一邊，蔣夢瑤帶著戚氏回去換衣服，與戚氏說起關外的人參生意。

戚氏似乎對這件事很感興趣，追問道：「阿夢，妳是說，妳打算賣人參？」

蔣夢瑤點頭。「是啊，去年就做了準備。娘，妳不知道，關外的人參市場亂得很，多有以次充好之事發生，我好不容易才叫霍青他們替我把路鏟平，上個月，已經有一批人參送入市場，價格正在回升，若是能抓住這個機會，無論是由南向北倒賣，還是由北向南銷售，全都是看得見的利潤；只是，我在關外根基不穩，並且也沒有商隊可以來往南北，娘有什麼好建議沒有？」

戚氏在做生意上有很大的天分，這些年自然也是賺了個盆滿缽滿，此時聽女兒說起生意，雖覺得這項目挺好的，只是不免讓人有些擔憂。

「建議……有倒是有，只不過阿夢啊，妳確定也要和娘一樣，走上商婦的路嗎？女婿他……知道嗎？」

戚氏雖然做生意賺了不少錢，卻也失了名聲，商婦之名像是烙印般烙在她的身上，今生今世都別想再洗淨了；但她那個時候是迫於無奈才出此下策，而一個家，只要有一個人擔上這個名也就行了，女兒這般想不開往裡頭鑽，卻是為了什麼？

蔣夢瑤看著戚氏，隱約知道她在擔心什麼，點點頭，說：「他知道啊，我做什麼事，他一般都不會反對的，也是因為有他的支持，我才能勉強在關外開闢出這條路。現在已經開始供應了，各家藥鋪也認可了我的貨源，可是，這也只是在關外，我覺得真正的市場應該是由北向南延伸，可我空有貨源，卻無運貨的管道。娘，妳做了這麼多年生意，知道的總比我多一些吧。」

女婿既然同意了，戚氏總歸心裡安穩了一些，便說：「運貨管道倒可以不必擔心，我在京裡也不是白白做了這麼多年生意的，船隻我自己就有五、六艘，另外漕幫的幫主夫人與我也是密友，她手上的船隻就多如繁星，各家港口也是極為全面的。」

蔣夢瑤一喜，就知道生意上的事情還得問她娘才行，當即說：「啊，真的嗎？那太好了。娘，我跟妳說，現在人參市場還不算飽和，有很大的前景，咱們若是做好這個，將來的利潤可不會少於養珍珠。」

「可人參畢竟不是必需品，就算人們知道它的藥用價值，卻也未必人人都需要。」

戚氏畢竟是老江湖，一下子就點出問題所在。

蔣夢瑤就像個求職的青年，正在向老闆推銷一樣東西，在推銷之前，她自然是做足了功課，以應對老闆的問題，當即回道：「可是娘，想一想，珠寶首飾也不是人們生活中的必需品，可是妳的珠寶賣得怎麼樣呢？關鍵還是要看怎麼賣，人們現在對人參沒有需求，那是因為人參還沒有普及，沒普及就是宣傳不到位，宣傳不到位，那人們又怎麼會熟知它呢？這是個過程，只要各地的宣傳到位了，不怕人參的價格炒不上去，價格炒上去了，咱們就占了這個行業的先例，將來不說獨霸，但總比後來的人要多些路子。」

戚氏垂頭想了兩回，對蔣夢瑤說：「聽妳說的好像真是這麼一回事，妳要不先回去把妳想到的方法都告訴我，我再斟酌斟酌，若是可行的話，還是由我來擔這個名吧；妳可以在關外暗箱操作，可是入了關內，一切就都還是以我的名號運行吧，一來妳身分尷尬，二來反正妳娘做商婦也已經做習慣了，人們現在也懶得對我指指點點，所以妳就別露面，別蹚渾水了。」

蔣夢瑤自然明白戚氏的意思，她的娘親不願意看見閨女像當年的她那般被人指戳，所以才想自己一個人去擔壞名聲。這是戚氏的好意，蔣夢瑤自然心領，反正不管怎麼樣，只要戚氏答應做這個生意，那一切就都好辦，誰擔名都是一樣的。

蔣源夫婦和兒子在這關外流營逗留了十多天，直到戚氏的肚子已經有了胎動，蔣源才想起要快些回去，生怕再耽擱下去，戚氏肚子大了，在路上有個好歹。

蔣夢瑤雖然捨不得，卻也明白事情利害，便沒有強留，懂事體貼地替蔣源和戚氏收拾行裝，並準備好他們全程的用具和吃食，一路送他們去了關口。

離別之時，戚氏和蔣夢瑤低語了一番話，蔣夢瑤震驚極了，可來不及細問，戚氏就上了馬車，掀開車簾子與蔣夢瑤揮手。

蔣顯雲也從窗戶探出頭來，說：「姊姊，姊夫，我走了，等我再大一些，我就自己來看你們，你們千萬保重啊！姊夫，等我長大了，你可一定要送我一匹這兒的寒地烈馬，我要大的、壯的，可不要小馬。」

蔣夢瑤和高博對視一眼，高博揉了揉小舅子的腦袋，說：「放心吧，等你長大了，我必挑一匹最好的給你。」

至此，蔣顯雲才心滿意足地縮回了腦袋。

戚氏掀開車簾，露出面孔對蔣夢瑤說：「妳有事就派人傳信，娘已經把各個碼頭的聯絡方式都告訴妳了，妳要運些什麼東西，就派人送到碼頭去。千萬記住娘說的話，聽到了嗎？回去快些取出來，你們也真是大意，就那樣露天放在外面。」

蔣夢瑤還未從她娘告訴她的訊息中回過神來，聽戚氏這麼說後，吶吶地回道：「哦，我回去……看一看。」

聞言，戚氏這才縮回腦袋。

蔣源將兩個孩子摟在懷裡抱了好一會兒，才鬆了口氣般，轉身坐上車墩子，一揮馬鞭的同時，也和兩個孩子揮手告別。

蔣夢瑤跟著馬車走了幾步，看著馬車入關，直到看不見。

高博見人遠去，才摟著蔣夢瑤，轉身隨口問了一句。「岳母跟妳說什麼？讓妳取出什麼東西呀？」

提到這件事，蔣夢瑤才像個彈簧似地整個人一繃，然後飛快地跳上馬車，對高博催促道：「快，咱們快回去，你倒是快呀！我爹送給咱們的那輛馬車還露天放著呢，太危險了，快回去！」

高博被她催促著上了車，還是沒搞懂什麼情況。

一輛馬車放在外面有什麼危險的？

高博和蔣夢瑤趕回了流營後，蔣夢瑤直奔那被他們卸在角落的馬車旁，因為這輛馬車太大、太重，所以他們出門都不用這一輛。

蔣夢瑤讓人把馬車套起來，然後拉著高博鑽進馬車，等高博進來之後，蔣夢瑤就趕忙放下了車簾。

高博被她神秘兮兮的表現弄得莫名其妙，卻還是耐心地等著，看她到底想幹麼。

蔣夢瑤放下車窗簾子，馬車就變成黑暗的空間，蔣夢瑤從懷裡拿出火摺子，然後從高博的靴子裡抽出一把匕首。

高博對她的行為表示更加不解，只見蔣夢瑤把火摺子交給他，然後跪走到車壁前，用手指量了量尺寸後，就用匕首刺入車壁，高博想阻攔，卻是晚了，蔣夢瑤的刀已經刺進了一些。

一番割鋸之後，蔣夢瑤把擋在面前的車壁木用力一摺，摺斷了一個小角落，這才放下匕首，又拿過高博手裡的火摺子，照著車壁一看，兩個人都驚呆了。

「我說這輛馬車怎會這麼重，要四匹馬三個時辰就換一次拉呢。」蔣夢瑤還曾在心裡嘀咕過蔣源，怪他做車就做車，幹麼不做得輕便一些，原來癥結在這裡。

高博將頭湊近看了好一會兒，才轉頭對蔣夢瑤難以置信地說：「妳不會告訴我，這車壁之中全是這個吧？」

蔣夢瑤舉著火摺子，對高博比了幾個位置，說：「沒有全部，但是馬車兩壁這麼大的地方，還有車底全都有。」

高博大大呼出一口氣來，已經不知道說什麼好了。

蔣源夫婦一年前送他們出城的時候，只是跟他們說這輛馬車是蔣源親手打造的，讓他們好好珍惜，千萬不能給旁人，他們卻隻字未提馬車裡的乾坤，車底、車壁中竟然藏了大量的金塊。

金塊啊！可不是鐵塊，不是石塊，是金塊啊！

蔣夢瑤用匕首摳下了一塊，放在手裡掂了掂，又財迷地放在牙齒上咬了一下，一點牙印便留在金塊上，她將之交給高博。

高博還繼續沈迷在這震驚之中，良久才說出了一句話。「岳父、岳母這些年，到底掙了多少錢啊？」

蔣夢瑤也是一副傻樣看著他。

「岳母有沒有告訴妳，這裡面一共有多少？」

蔣夢瑤對高博比了個「一」的手指。

高博猜測。「一千兩？」

「一萬。」

這下連高博也沒話說了。

兩人在車裡調整好情緒，然後下了車。很顯然，兩人都對這份嫁妝抱持難以消化的態度。

唉，真的好苦惱，這是硬逼著他們在關外稱王稱霸的節奏啊！

夏日過後，便是深秋，關外的冬天來得特別迅猛，在人們還沒有感受到秋意的時候，一場大風颳過，第二天氣溫就逐漸下降，十月底的時候幾乎就要穿上厚厚的棉衣了。

因為高博和蔣夢瑤的到來，流營村的生活水平直線上升，一來是因為女人們的繡活在省內繡莊裡很受歡迎，蔣夢瑤每回去內省都會給她們帶回當季時興的花樣，讓她們照著花樣自己研究學習，這裡的女人大多是官家出身，繡技雖然有高有低，但畢竟都是從小學來的本事，有了花樣的模子，很快就上手。

蔣夢瑤乾脆在村裡成立了繡坊，將村裡的守衛所改造成眾繡娘的工作場所，讓大家聚在一起，一邊繡一邊討論，誰也不會藏私，會的人教給大家，這樣繡活的水準就一整個大飛躍，女人們的收入也隨著水準增長，一步步漲了起來。

現在就憑她們的繡活，用來養家都是綽綽有餘，更別說那些在堡裡工作的男人們，每月還有二兩銀子的工錢，所以，大家現在手裡也寬裕了，生活的品質跟著提升不少，經常會在商隊去內省時，讓人捎帶一些東西回來。

進了十一月，大夥兒就要開始做過冬的準備，木柴、木炭是必備之物，夏季時，蔣夢瑤就派人去內省運回了十幾大車，因為夏季之時，冰場走俏，可木炭卻是一年之中最便宜的時候，那時買入的話，成批能比冬季購買時要便宜三成。

其他的過冬糧食儲備更是不能馬虎，現在大家富裕了，各種食材也全都買入。

蔣夢瑤吃不慣山裡的野味，所以高博就特意讓人搭了一個雞鴨棚子，專門派了兩個人養雞養鴨，棚子可以封閉，裡面也有炭火取暖，因此冬天時雞鴨在裡面也不會凍死。

蔣夢瑤對高博這個行為很是無語，人家相公對娘子好，多的是送花、送銀票，她家相公卻獨樹一幟送雞鴨。好吧，橫豎這都是他的一片心，她自然是開心地笑納了。

這日，她捧著厚厚的棉絮來到華氏的帳篷，見華氏獨自坐在梳妝檯前，凝視著手裡的東西。

蔣夢瑤走過去看了看，問道：「娘，您在看什麼呀？」

華氏這才發覺蔣夢瑤進來了，一回頭，竟是兩行清淚。

蔣夢瑤見了，趕緊把手裡的棉絮放下，來到華氏身旁，關切地問：「娘，您怎麼哭了？可是哪裡不舒服？」

華氏搖頭，抽出帕子拭去了眼淚。

「沒什麼，只是想起一些從前的往事罷了。」

蔣夢瑤見她這樣，低頭看了一眼她手裡的東西，那是一串極為普通的手串，模樣不像瑪瑙，有點琥珀的光包圍在外，可又不是琥珀。

從華氏手裡拿近一看，蔣夢瑤這才驚奇地說：「是紅豆！」

只不過不是一般那種食用的紅豆，而是外面包裹一層金黃色透明凝膠的紅豆手串。

華氏見蔣夢瑤十分驚奇，也不隱瞞，說：「這是他還未登基時，我們在宮外偶然遇見，他在集市上買來送我的；後來又要內務府在外包裹一層極硬的漿膏，說是泡在水中萬年不化，丟入火裡千年不熔。」

華氏口中的「他」，蔣夢瑤是知道的，便是當今聖上一個人。華氏對聖上情根深種，直至此刻也不能忘懷。

蔣夢瑤也知道，其實華氏這兩年在關外的日子過得並不開心，虎妞經常來告訴蔣夢瑤，華氏一個人偷偷哭泣。

蔣夢瑤也跟高博說起過，但高博也沒有辦法，只說他娘是個傻女人，皇帝都這樣對咱們了，她還是忘不了他。

聽華氏說起「他」的時候，眉眼間似乎都透著亮，蔣夢瑤想讓她開心，所以乾脆坐了下來，和華氏說起那個她心目中的「他」。

「原來娘和皇上在宮外就認識了呀！」

聽蔣夢瑤這麼說，華氏的臉上閃過一絲少女般戀愛的甜蜜，點頭說：「是啊，我和他，還有皇后，都是同一天認識的。當初未入宮時，我和皇后情同姊妹，她是左僕射袁大人家的長女，我是前太子少傅華家的三小姐，我爹爹沒病死之前，我與皇后就是趣味相投的官家小姐，經常女扮男裝結伴出遊。當時他還只是太子，意氣風發，清雅端方，不識我倆身分，幾番相處之下，他與皇后情投意合在一起了，原來皇后早就告知了他咱們女兒身的身分，只有我一人像個傻子似的還在裝。到後來新帝登基，廣選秀女，我和皇后全都被選入宮中，他的眼中只有皇后，我卻始終不能從那段感情中抽身而出。看著他為了保護皇后，在前朝後宮奔波，日漸消瘦，我於心不忍，這才對他提出代替寵愛的戲碼，他一口就答應了，自此對我寵愛有加，做足了表象。我為了能在他身邊多待些時日，一肩承擔了後宮傾軋，一日日熬著，一日日等著，竟不知不覺，熬過了十多個春秋冬夏。」

蔣夢瑤初聽華氏說起這一段往事，更加確定心中對皇后和皇帝的評價，皇后就是個不知不覺中搶了閨蜜喜歡的男人的賤人，她和華氏趣味相投，兩人約定了女扮男裝與當時還是太子的皇帝交往，皇后卻暗地裡將這個秘密告訴了皇帝，率先表明了心意，與皇帝一同笑看閨蜜耍寶猶不自知，這種踩著閨蜜上位的手段，真是噁心。

而那個皇帝也是個傻逼，竟然這麼多年都沒有看清這出賣朋友的女人是個什麼貨色。也是，他是個二次元的宅男，對於NPC中的女神，有自動遮蔽缺點的功能，盲目地一頭陷進去。

猶豫了一會兒後，蔣夢瑤把之前戚氏帶來的消息告訴華氏。

華氏聽完後，表情也有些複雜，在聽到皇帝為她建了祭臺，守了三天三夜的事時，又一次沒有忍住，哭了出來。

「早知今日，何必當初呢？但凡他對我有絲毫愛戀，我和博兒也不至於落到如今這下場了。」

蔣夢瑤聽她這麼說，不禁說：「其實咱們落得如今的下場也沒什麼，高博對京裡的身分和生活沒有一點留戀，因為京裡給他的回憶都太痛苦了，反而到了關外，他才可以釋放本性，自由翱翔。」

華氏嘆了口氣，說：「也是我對不起他。」

蔣夢瑤安慰。

「娘，您別想那麼多了，反正現在咱們已經出來了，只怕今生都回不去了，京裡的人和事就像您說過的那樣，早已成了過往雲煙。皇上、皇后恩愛也好，不恩愛也罷，都與咱們沒有多大關係了，不是嗎？」

華氏點頭。

「是啊，我知道這個道理，當初皇后要害我，若是我真的想留下，她也未必能害得了我，我也是受夠了那苦痛的生活，才會將計就計，想出這麼一招金蟬脫殼的法子。橫豎如今的我已然是個死人，想再多都是徒勞，現在，我只希望你們兩個能一直這般相親相愛，將來替我生兩個寶貝孫兒出來，我便不想其他的了。」

提起「生孫子」這事，蔣夢瑤就有點臉紅。

華氏見狀，撫著她的髮絲說：「親家走的時候，也跟我說過這事，不過我不急，你們都還小，有的是時間。」

沒有得到預料中的逼迫，蔣夢瑤鬆了口氣，將寄託著華氏一生所戀的手串還給她，見她將之小心翼翼地裝入一只精緻的錦囊之中，妥貼地收到梳妝檯上的寶箱之內。

藏好了寶貝，華氏這才回過神，看見蔣夢瑤拿來的棉絮，婆媳倆這才相互幫忙著開始倒騰被褥。

今年的冬天據說比以往來得早，十一月下旬的一天，天就開始飄雪，大雪下了三、五天仍不見停歇。

因為趕在下大雪之前，城堡中近半的面積都已經封了頂，因此，男人們做工倒也不耽誤，女人們就更加不耽誤了，幾個人圍著火爐，一邊說說家常，一邊做著繡活。

大家全都對如今的安穩生活感恩戴德，最起碼在一年前，這樣的日子，他們連想都不敢想。

華氏雖是宮妃出身，但是一手的糕點技藝卻是極為精妙，從前是為了討好皇帝特意學的，可是在學成之後才發現，縱然自己做的是珍饈美食，也抵不過他心上人遞來的半杯茶水。

到了關外，華氏的手藝又一次成為新寵，首先是征服了蔣夢瑤和虎妞，每每吃過之後，都覺得齒頰留香，欲罷不能，蔣夢瑤乾脆纏著華氏教她，而高博無疑就成為她在學習期間的小白老鼠。

每每進了帳篷，只要看見蔣夢瑤笑靨如花地走向他，高博就自主性地覺得頭皮發麻，然後就是被各種軟糯的撒嬌纏得無可奈何，替蔣夢瑤試味道。

不過，手藝這種東西，本來就是做多了就會好很多，直到有一天高博發現入口的糕點，不再那麼難咬、不再夾著麵粉沒揉開、不再甜鹹分配不均、不再焦黑無法下口的時候，蔣夢瑤的手藝就算是出師了。

整個嚴寒的冬天，流營村都是在一片祥和氣氛中度過的。

開春三月，雪漸漸融化，春日的驕陽無比燦爛，高大的堡壘在藍天之下巍峨壯觀。四月底、五月初的時候，汪梓恒就來彙報，說是堡壘差不多已經建完封頂，要高博和蔣夢瑤前去視察一番。

蔣夢瑤饒有興趣地隨著高博一同前去，城樓足足有六丈高，也就是二十米，大概現代八、九層樓那麼高，整個城堡周邊據說有千丈遠，裡面包括了農田、溪水、街道、店鋪、屋舍、農場……還有一個占地三分之一大的馬場，所以工程浩大至極，如今還未竣工，只不過將大致規模先建造出來。

一步入高聳的城門，就連蔣夢瑤這個提出方案的人也不免為之驚嘆了。

汪梓恒的劃分很細緻，還分東區和西區，主堡壘就在中央，由各區包圍，每條街道都是以主堡壘為中心，朝四周擴散出去。每條街道上，都有五十戶人家，現在還不知誰住在哪裡，因此不好劃分，只是沿襲安京之所。

被包圍的主堡壘也是恢弘萬千，不僅堅固，更加入了張家寡婦的美觀設計，北地粗獷與南方柔情相結合，造就出這一處特別且美麗的場所。

毛坯房已經建造完成，接下來就是裝修事宜了，下半年入冬前，應當能夠全部竣工。

此時，京裡派人傳來了信，說戚氏在三月的時候已經生產，又生了個哥兒，取名為蔣顯申，七斤八兩重，戚氏足足花了一天一夜才把他給生下來。

幸好母子平安，蔣源在家裡一直陪到戚氏出月子，才離家去了南疆。

這個消息送來流營的時候，已經是五月中旬，因為戚氏怕走普通驛站會被攔截，所以用的都是商船傳遞，消息雖然抵達得慢一些，卻總算平安送到蔣夢瑤的手裡。

收到信件之後，蔣夢瑤就很擔心，因為戚氏剛剛生產完，蔣源又離開了家，她一個人帶著兩個孩子，如果有人想乘機使壞，那該如何是好。

蔣夢瑤把心底的擔憂告訴了高博，並且說出當初蔣源第一次離家時，孔氏和吳氏做的那下作事。

兩人一番商量之後，高博決定藉著戚氏派商船運送人參去南方的機會，由他親自選定十個暗衛裝扮成商人，隨船一同前往安京，上岸後便繼續潛入暗中，而他們的任務就是在蔣源回京之前，暗中保護戚氏不被壞人騷擾。

至此，蔣夢瑤這才稍微放心。

——未完，待續，請看文創風321《閒婦好逑》3（完結篇）

2015年6月出版

獨愛小虎妻

文創風 307～308

他守身如玉十八載，
還以為自己愛的是溫婉女子，
豈料初次動心的對象，
竟是那隻時時讓他吃癟、披著兔子皮的小老虎?!

文創風 255-257《君許諾》甜蜜續作

甜苦兜轉千百回 道出萬般情滋味／陸戚月

古有云「負心多是讀書人」、「百無一用是書生」，
從小哥哥耳提面命，讓柳琇蕊見到這類人一向是有多遠躲多遠，
好死不死如今自家隔壁就搬來一個，而且一來便討得她家和全村歡心，
可這書呆子成天將「禮」字掛嘴邊，卻老愛與她作對，
連她和竹馬哥哥敘個舊，他也要日日拿禮記唸到她耳朵快長繭，
只是近來他改唸起詩經情詩，還隨意親了她，這……非禮啊！
自發現這嬌嬌怯怯的小兔子，骨子裡原來藏著張牙舞爪的小老虎，
紀淮不知怎的，每次碰面就想逗她開罵，即使吃癟也覺得有趣，
天啊，往日一心唯有聖賢書的他八成春心初動了……
為娶妻，他不顧一切先下手為強，讓親親竹馬靠邊站，可還沒完呢！
如今前有岳父，後有舅兄，這一宅子妹控、女兒控又該如何搞定？
唉，媳婦尚未進門，小生仍須努力啊～～

文創風 320

閒婦好逑 2

國家圖書館出版品預行編目資料

閒婦好逑 / 花月薰著. --
初版. -- 臺北市 : 狗屋, 2015.08
冊 ; 公分. --（文創風）
ISBN 978-986-328-481-9（第2冊 : 平裝）. --

857.7　　104010633

著作者	花月薰
編輯	黃鈺菁
校對	沈毓萍　周貝桂
發行所	狗屋出版社有限公司
地址	台北市104中山區龍江路71巷15號1樓
電話	02-2776-5889～0
發行字號	局版台業字845號
法律顧問	蕭雄淋律師
總經銷	知遠文化事業有限公司
電話	02-2664-8800
初版	2015年8月
國際書碼	ISBN-13　978-986-328-481-9
原著書名	**《蔣国公府见闻录》**，由北京晉江原創網絡科技有限公司授權出版

定價250元

狗屋劃撥帳號：19001626

網址：love.doghouse.com.tw　E-mail：love@doghouse.com.tw